阅读创造生活

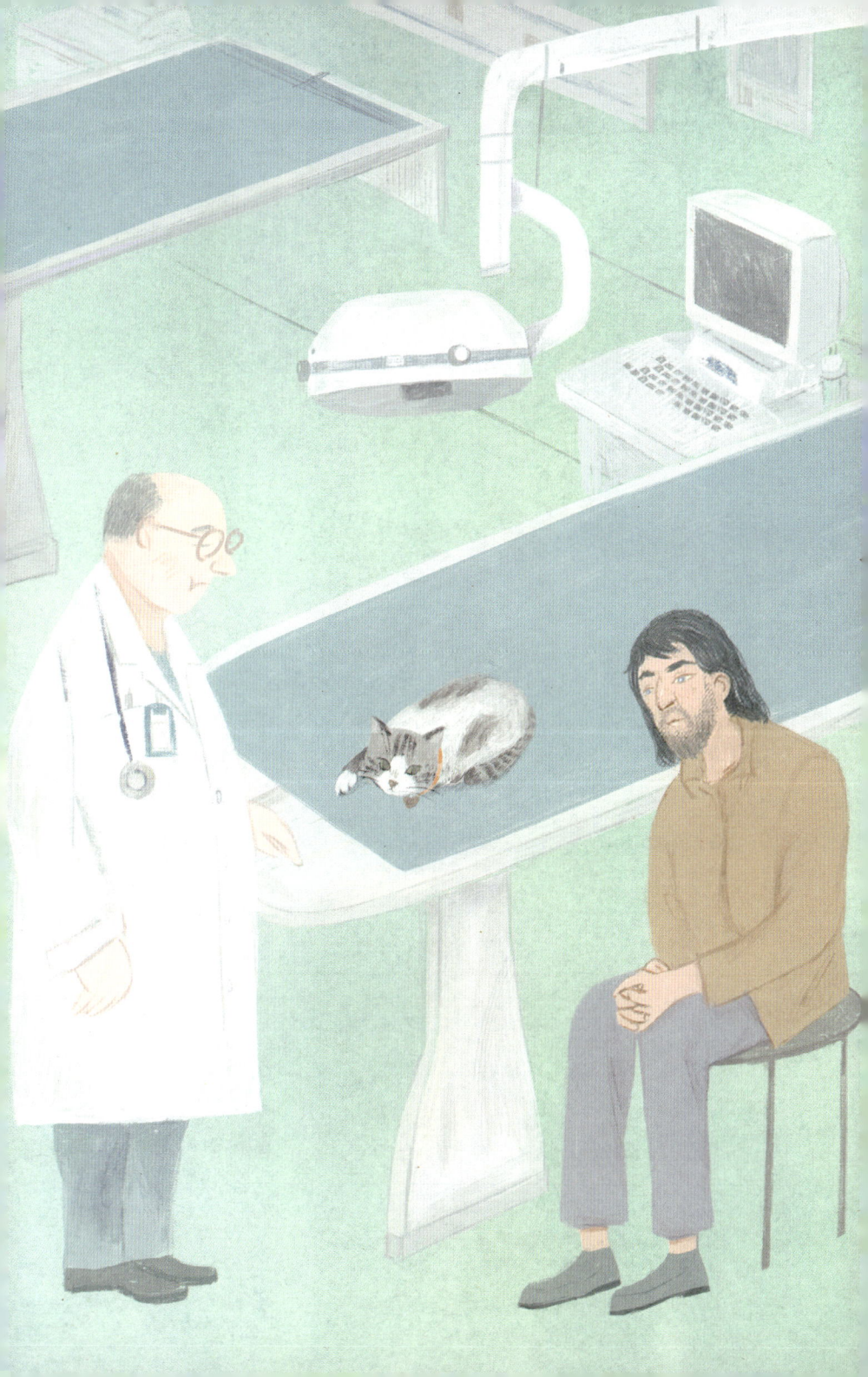

Strays

BRITT COLLINS

A Lost Cat
a Homeless Man
and Their Journey Across America

请带我回家

〔英〕布里特·科林斯 / 著
耿一岚 / 译

北京联合出版公司
Beijing United Publishing Co.,Ltd

图书在版编目（CIP）数据

请带我回家 /（英）布里特·科林斯著；耿一岚译. — 北京：北京联合出版公司，2019.3
ISBN 978-7-5596-2849-7

Ⅰ. ①请⋯　Ⅱ. ①布⋯　②耿⋯　Ⅲ. ①长篇小说－英国－现代　Ⅳ. ①I561.45

中国版本图书馆CIP数据核字（2018）第273429号

北京市版权局著作权合同登记号：01-2018-8466

STRAYS: A Lost Cat, a Homeless Man, and Their Journey Across America by Britt Collins
Copyright © 2018 by Britt Collins
Foreword © by Jeffrey Moussaieff Masson
Simplified Chinese translation copyright © (2019)
by Beijing United Creadion Culture Media Co., LTD
Published by arrangement with Atria Books, a Division of Simon & Schuster, Inc. through Bardon-Chinese Media Agency
ALL RIGHTS RESERVED

请带我回家

作　者：（英）布里特·科林斯　　　译　者：耿一岚
产品经理：贾　楠　　　　　　　　　责任编辑：郑晓斌　徐　樟
特约编辑：王周林　　　　　　　　　版权支持：张　婧

北京联合出版公司出版
(北京市西城区德外大街83号楼9层　100088)
北京联合天畅文化传播公司发行
天津光之彩印刷有限公司印刷　新华书店经销
字数 170千字　880mm×1230mm　1/32　印张 8.75
2019年3月第1版　2019年3月第1次印刷
ISBN 978-7-5596-2849-7
定价：52.00元

未经许可，不得以任何方式复制或抄袭本书部分或全部内容
版权所有，侵权必究
如发现图书质量问题，可联系调换。质量投诉电话：010-57933435/64243832

献给鲍比·西尔,我美丽的红发女孩,你永远在我心间。

也献给所有爱过、丢过猫的人。

序言

当我回忆一生中最幸福的时刻时,我想起了自己在新西兰奥克兰海滩上的午夜漫步。我们的房子被大海和亚热带雨林包围着,离市中心只有十五分钟路程的距离,但可能要走上几百英里。没有路通往我们所在的由十栋房子组成的社区,因此也没有汽车:你必须步行穿过森林才能到达市区。发现这片土地时,我的第一个想法是,这是一个养猫的理想场所。我们养了五只猫和一只叫作本吉的狗(我写的书《无法停止爱的狗》就是关于它的)。对猫来说,最兴奋的就是每天晚上我带着本吉去沙滩上溜达,四下阒无一人的时候。在满月的夜晚,这种感觉尤其美妙,海浪轻轻地拍打着海岸,发光的鱼类生物照亮了大海。五只猫——尤西、明娜、美纪、美可和梅加拉——十分热衷于赛跑,它们藏在沙丘后面,然后跳出来伏击本吉。本吉也总是很配合地装出一副惊吓过度的样子:它会沿着沙滩跑到温暖的海水里,五只猫在后面追着。它们喜欢这样玩耍。本吉喜欢,我也喜欢。我们会沿岸走到已存活了几百年的新西兰圣诞树和巨大的红树林旁,猫会爬到高高的树枝上,远远高于水面。它们会发出可怜的"喵喵"声,假装下不来。我会来调查这个问题——假装开始爬树，它们会沿着树干跑下来，跳到沙滩上，欣喜若狂。然后，我们七个会静静地站在岸边，凝视着这座小小的离岸岛屿。我知道，我所感受到的平静，六只动物也感受到了。这样的与世界和平相处的感觉，即使在当下，也并不是世界的全部。在那些非常幸福的时刻，我明白了人们常说的"动物都活在当下"的意思，不是专注于已经发生或即将发生的事，而只是享受当下那份极致的平和。

但同时，我也知道给我带来幸福感的另一个原因：意识到猫、狗和我在一起以相似的方式享受着同样的事物。这是跨越物种的相互理解：我们之所以更加享受某个时刻，是因为我们在一起享受那个时刻。后来，我了解到了一些猫的习性，这些习性和它们那孤独、冷漠的坏名声有所不同。这感觉是如此强烈，以至于我知道我必须写下这些复杂又深刻的猫的情感故事。最终，我做到了。我把这本书命名为——《猫的九种情感生活》，书名有点儿老土（我的大部分书名都是老掉牙的）。你必须进入猫的世界，而不是强迫它们进入我们的世界。这是我读伊丽莎白·马歇尔·托马斯的《狗的秘密生活》时学会的道理。每种动物都有不为人知的一面，为了探索到这一面，你需要像它们那样生活，而不是反过来。

读布里特·科林斯讲述的迈克尔·金和塔博——迈克尔在波特兰街头救起的一只负伤的猫——的精彩故事时，我意识到，故事中的猫和人都决定将对方嵌入自己的生命。这成就了一种特殊的联系，这种联系也许不能以其他任何方式进行。当迈克尔以猫的方式生活时，他获得了一种照顾别人的目的感，并以前所未有的方式敞开了心扉。除此之外，他们在流浪生活中建立起来的亲密感和羁绊与你在家里养宠物所获得的感觉是完全不同的。（也许这么说有点儿不公平，但我认为，让猫生活在室内会剥夺它们作为一只真正的猫的能力，虽然我承认，统计数据显示，它们生活在室内比生活在室外的寿命要长得多。）当迈克尔和塔博穿越美国西部时，他们很少分开，每晚都睡在一起，这样的日子持续了差不多一年。猫和人的幸福时光。顺便说一下，我建议养猫的人与猫分享自己的床。和猫一起睡觉是生活中的一大乐趣。这也可能会非常棘手：我和我的猫梅加拉一起睡了好几年（更不用说我的妻子莱拉，她通过这种极端暴露行为治好了对猫的过敏），在寒冷的夜晚里，它会滑到被子底下，小小的身体贴近我，大声地呼噜，直至睡着。（我已经验证了这个发现：只有附近存在活着的生命体时，猫才会发出呼噜声，而不是自己想发出呼噜声就能发出的。但是，这个发现也有可能是假的，正如许多读者写信给我解释，他们看到过没有人在旁边时猫依然能发出呼噜声的例子。）大文豪多丽丝·莱辛当然比我更了解猫的习性，这就是她告诉我的。她还笔酣墨饱地在《卫报》上为我撰写了书评，而并没有提及这个或是其他一些可能发生的谬误，只因为她很欣赏我对猫的热爱。但是，我跑题了。回到刚刚说的可能会很棘手的问题——偶尔我做的一些事情会惹恼梅加拉（不知道具体是什么，也许是我走路的方式不对），梅加拉会快速地咬一下我的腿以示惩罚。那很疼，也挺伤感情的。随后，我就会把它从床上驱逐下去。它会负气离开。但一个小时后，它就会回来，而我又怎么可能还生它的气呢？我只会再度温和起来，因为我深谙还有数不尽的快乐在等待着我。这种事每天晚上至少会发生两三次，莱拉对我没有因此决定不让它跟我们一起睡表示惊讶。但是，谁能抵挡得住柔软的皮毛（梅加拉是孟加拉猫，看起来像只小豹子）、舒展的身体以及呼噜声中蕴含着的纯粹的快乐呢？

你可以爱着一只猫而不因此改变吗？我想不会。我也喜欢狗，并且写了很多关于狗的作品（包括《狗从不对爱说谎》——另一个老掉牙但又恰如其分的书名），但是狗和猫有一个很大的不同点：狗不需要让你进入它们的世界。我们已经和狗一起生活在同一个世界了。猫却不是这样的。我认为，猫从来没有被真正地驯化。它们只是因为自己的原因而屈从于我们。但是，当它们允许你进入它们的世界时，你瞬间就处于一个不同的境地了。我们认为，猫神秘的原因在于，它们本质上就是神秘的。一旦它们允许你往它们的神秘世界里瞥一眼，你就会永远地改变。你可能无法描述是如何改变的，甚至可能不知道改变是什么时候发生的，但它就这么发生了。迈克尔感受到了这一切（改变的力量），从对那个或许是他这辈子最无条件地深爱之人（是的，一只猫就是一个人，这是肯定的。一只猫就是一个充满个性的生命主体，正如伟大的动物权利作家汤姆·里根在他许多开创性的著作中提醒我们的那样）的思念中解脱出来了，也为他的生命找到了更多的可能性。像远古时代的水手那样，迈克尔在自己落魄之际，学会了关心和帮助那些无助、脆弱、比我们更不幸的生命，就像这只走失的小猫塔博帮助他一样。通过进入塔博的世界，他得以与自己的过去和解。

我最喜欢《请带我回家》的地方，或者说，我最喜欢的关于迈克尔和塔博的真实冒险历程的地方，就是看到猫和人类以相同的方式渴望冒险，以及他们在面对我们大多数人从未经历过的危机时如何成功脱险。当看到这对同伴搭了几千英里的便车时，我几度好奇他们怎么会信任每一个给他们提供帮助的人。他们甚至在挨过一周令人窒息的炎热夏季后，在一个炎热的城市里和一名携带枪支、文满文身的男人同坐一辆车。更令人惊讶的是，每次都有令人始料未及的善意等待着他们，帮助他们躲过狂风暴雨，避开狂热的传道者、饥饿的熊和郊狼，甚至受惊的牛群。

也许这只自负又可爱、拥有流浪者精神的猫正是迈克尔所需要的，正如它也需要他的关爱和保护一样。但是，在他们的旅行结束之前，迈克尔改变了主意。除了把它送回原主人的身边，他还能怎么做呢？书中对猫的原主人罗恩·巴斯在它失踪的一年里不曾放弃希望、它的同胞弟弟克里托每晚在门廊上等它回来的描写，使得这个真实的故事更加引人入胜。说到引人入胜，这个故事本身就是以这样的方式写成的，如此细枝末节的刻画，让你感到身临其境。一切都栩栩如生地在你的眼前铺展开来：草地、树木、海洋的气味、光线的强度、旅途中的迈克尔和塔博时刻变换的情绪。然而，作者布里特·科林斯非常讨喜地谦逊，丝毫不会沾沾自喜。或许，将塔博归还到它在波特兰的家是迈克尔做过的最难的事情，但"放下所爱"是他从塔博那里学到的最深刻的一课。现在，他已经能够运用自如。虽然迈克尔的挣扎和痛苦并没有通过救助流浪猫而神奇地痊愈，但我确信，塔博是他的救赎者。坦白来讲的确是这样的：他原本正在走向自我毁灭，酗酒、等死，直至它到来，他不仅找回了理智，而且对活着的每一天都充满了期待。

布里特用心描绘的这个温暖、诙谐又引人入胜的故事深深地打动了我，它的丰富性与复杂性让人深刻地了解了人类和猫科动物在流浪生活中的脆弱与艰辛。为了讲述这个故事，或者应该说，为了塔博和其他猫，她投入了无以计数的激情和真实的爱。每一页都清楚地表明，布里特以最好的方式了解了猫，同时热爱着猫：它们在她的笔下才成为猫。几乎每个和猫一起生活的人都喜欢猫。对于这样一种愿意和我们生活在一起的野生动物，不管我们和它们相处的时间多么短暂（啊，太短暂了），我们怎能不心生奇妙的幸福感呢？不过，现在看来，我们更倾向于让它们成为大自然给予它们的样子。

世界似乎刚开始表现出对猫的热爱，除此之外，还有什么可以解释人们对猫的兴趣突然呈爆炸式增加呢？像这样的书、电影、电视节目、互联网小组、社交媒体上的爱猫会、猫科动物巨星（"不爽猫""流浪猫鲍勃"等），以及各种大小、不同颜色的猫被不计其数的视频记录下的千奇百怪的影像……这些东西的出现都表明了这一点。我的妻子莱拉坚信，如果可以的话，我会乐意花一整天的时间只用来盯着猫看（还有比这更糟糕的浪费时间的方式）。我相信，这不是一时的狂热，而是我们的世界刚刚追赶上猫的世界：它们接受了我们。它们爱着我们。我们真是幸运的人类。对于我们这些爱猫之人来说，这真是至高无上的奖赏，因为没有其他任何一种动物能比猫更容易让我们跨越物种交流、更让我们沉醉的了。

杰弗瑞·毛塞弗·马松

德国柏林

2016年12月28日

目 录

第1章　俄勒冈州的波特兰：午夜时分 / 1
第2章　忧郁的流浪猫 / 9
第3章　给我庇护 / 18
第4章　可怕的怪物和超级爬虫 / 29
第5章　为跑而生 / 40
第6章　再次上路 / 50
第7章　从俄勒冈到加利福尼亚：风暴骑士 / 55
第8章　边远俄勒冈：记忆中的汽车旅馆 / 66
第9章　宝贝回家吧 / 72
第10章　无论如何，不管怎样，不论何处 / 76
第11章　加州：驶向朝阳 / 79
第12章　金城：牛仔竞技甜心 / 92
第13章　恶月升起 / 99
第14章　加州的文图拉：最佳搭档 / 106
第15章　星光依旧 / 118

第 16 章　约塞米蒂：徒步荒野　/ 124

第 17 章　大天空之州：恶魔与尘埃　/ 138

第 18 章　黑魔女　/ 161

第 19 章　蒙大拿州的狄龙：圣牛　/ 167

第 20 章　波特兰：夏季风暴和满月　/ 182

第 21 章　蒙大拿州的海伦娜：猫之心的秘密　/ 186

第 22 章　星周　/ 190

第 23 章　最美的女孩　/ 195

第 24 章　猫是黑暗世界的彩虹　/ 205

第 25 章　漫长又蜿蜒的路　/ 221

第 26 章　重逢波特兰：喜悦之情　/ 236

第 27 章　离天堂最近的地方　/ 239

后记　/ 242

作者手记：救助代替购买　/ 249

致谢　/ 252

关于作者　/ 256

我生来就是迷失的,也不喜欢被人找到。
——约翰·斯坦贝克

第1章 俄勒冈州的波特兰：午夜时分

午夜过后，大街上空无一人，迈克尔·金又喝醉了。9月中旬，一场大雨倾盆而下。雨水浸透了迈克尔长长的灰色头发和零乱的胡须，他衣衫褴褛，浑身湿透。人行道积满了水，他和他的同伴感觉像在沼泽里穿行。迈克尔不怎么在意。上次下雨还是五十一天前，创造了新的干旱纪录，凉爽的雨水让人感觉很好。而且，他流落街头，早已习惯了满身污垢。

大约十年前，迈克尔曾是圣路易斯的一名厨师，赚了很多钱，住在一座漂亮的房子里。在失去了一个重要的人之后，他便开始流浪了。现年四十七岁的迈克尔看起来年老体弱，缺了一颗门牙，全身伤痕累累。他原本灵动的蓝眼睛因浓浓的黑眼圈而黯然失色，多年的过度饮酒和露宿街头使得他尖锐的脸颊深深地凹陷着。他破破烂烂的口袋里只有不到三美元。

迈克尔在一个商店的遮篷下停住，打开一个四洛克[1]罐子，把饮料倒进一个喝得只剩一半的廉价麦芽酒瓶子里。接着，他又往里

---

[1] 即 Four Loko，一种酒精饮料。

面倒入了一瓶稍早时从垃圾桶中翻出来的苹果酒,并将其称为"人行道大满贯"。几口痛饮过后,他开始感到麻木。

迈克尔把瓶子递给他的朋友乔什·斯廷森——一个二十七岁、瘦弱且胡子拉碴的人。斯廷森穿着一件磨损的红黑法兰绒衬衫和一条粗糙、破烂的黑色牛仔裤,裤腰用一根安全别针别着。

斯廷森喝了一大口迈克尔调制的混合物。

"味道不错,对吧?"迈克尔问。

斯廷森艰难地吞咽着。"这可真要命,"他说着把瓶子递还给迈克尔,"这是你从某人的车里偷的汽油吗?"

他们沿霍桑大道走着,迈克尔把剩下的酒一口喝光了。晚上,林荫大道的每个街区都布满了无家可归的人。

走过一个门口时,迈克尔被角落里浸湿的床垫绊倒。

"该死。"他喃喃道。他宁愿睡在人烟稀少的灌木丛中,也不愿意躺在人来人往的街道上。

迈克尔和斯廷森在倾盆大雨中迈着大步朝霍桑大道和东南第41号大街交界处走去,那里有个他们常去的角落,就在UPS[1]装货区旁边。他们在塔博山咖啡厅前放慢脚步,那是一家昏暗的老式餐厅,这晚并没有营业。一阵饥饿感袭来,使得迈克尔清醒了一些。窗玻璃上贴满了鸡蛋、华夫饼、汉堡和薯条的照片,让他垂涎欲滴。

---

1 United Parcel Service 的简称,美国知名快递公司。

一道白光从咖啡厅的户外餐桌下闪过，吸引了迈克尔的目光。他弯下腰来注视着那片阴影，心想，或许白光是从一个装着吃剩下的食物的外卖盒里发出来的。他开始幻想通心粉和奶酪、土豆泥和蘑菇肉汁。迈克尔寻找"宝物"颇有天赋，硬币、坏掉的首饰和半生半熟的三明治对街上的流浪汉来说都很有价值。他太擅长干这个了，其他流浪汉都称他为"百宝箱"。

"你在看什么？"斯廷森跪在一旁问。

两只发光的眼睛盯着他们。一只湿透的猫在雨中蜷缩起来。迈克尔是失望的——如果是食物就好了——但是，这只小动物的样子让他感到不安。它黑白色条纹的皮毛上覆盖着污垢和机油，一只眼睛肿了起来，脸上还有一道很深的伤口。它看起来比他还要狼狈不堪，而且很害怕。

"抓住那只猫，"他对离猫更近的斯廷森说，"尽量别吓到它。"即使已经接近午夜，也依然有车行驶在霍桑大道上。如果猫跑出来，很可能会被车碾。

斯廷森把手伸向那只猫，但是它往后缩了缩，眼睛直盯着他。当他再次尝试时，它跳起来，从他们的旁边蹿了出去。

迈克尔转过身来，看见一辆孤零零的汽车行驶在街道上，车前灯在雨雾中闪闪烁烁。"该死的。"他说。

斯廷森趁猫蹿到人行道上之前猛地抓住了它。他把这只小动物举到胸前，它喘着气，但并没有挣扎。猫脸上的毛泥泞不堪，他低头看着它，轻轻地用手抚摸它的头。它把脸埋进他的手里。

斯廷森透过被雾气覆盖的金属框边眼镜抬头看着迈克尔："我觉得我们应该带它一起走。"

"让我看看。"迈克尔说着，把猫抱在怀里。它很瘦，几乎没有重量。迈克尔流浪的时间比斯廷森长，他的人生信条是："当你什么都没法儿提供的时候，就最好别去帮忙。"但他喜欢猫，也想把这个可怜又狼狈的小家伙从下着大雨的繁忙路段上解救出来。

"或许它能和我们待一晚。"斯廷森说。作为一名来自中西部小镇的年轻退伍军人，斯廷森有着天生的正义感，特别是对于脆弱的动物而言。

猫躺在迈克尔的怀里，用大而明亮的眼睛望着他，瑟瑟发抖。

"嘿，小猫咪，"迈克尔用一种柔和、令人安心的声音问，"你怎么了？"

迈克尔把猫藏在夹克里面，和斯廷森把它带回他们称之为家的UPS装货区后面的小凹室里。那是个好地方，不用担心被抢劫和袭击，或是被警察殴打。在白天，这里是个繁忙的装卸码头，货运车辆进进出出。他们必须在这之前起床，并将睡袋藏在附近的灌木丛中，然后离开，直到码头关闭再回来。几个小时的繁忙后，这个地方会变得安静而孤立，掩藏在一片枫树的阴影里。而且，这里就在迈克尔和他的朋友们偶尔去乞讨的新季超市对面。

"我们到家啦，小猫。"迈克尔说着，把猫放在门口一块没被淋湿的地上，又把背包和睡袋从灌木丛里拿出来。迈克尔本以为猫会逃跑，但是，当他铺睡袋的时候，它一直在周围好奇地嗅着。

斯廷森也从灌木丛中抓出他的包,又拿出藏在枫树枝下的折叠的纸箱,把睡袋铺在上面。他盘腿坐下,翻出一件连帽运动衫,从头上套了进去。他深蓝色水手帽下的草莓色长发早已被雨水浸湿,闻起来潮乎乎的。

猫在斯廷森的睡袋周围来回踱步。它看起来已经流浪了一段时间,就像他们一样。它的脖子上没有项圈,偶尔伸出爪子挠挠肚子上的跳蚤。斯廷森蹲下身来抚摸它后背上潮湿杂乱的毛。它脸上那裂开的伤口让他一阵心疼。"你经历了一段很艰难的时光,是吧?"

小家伙盯着斯廷森,叫了一声,又把脑袋埋进他的手里。然后,它爬到他的腿上,迷迷糊糊地睡了过去。

斯廷森抚摸着它。"它瘦得只剩骨头了。"他看着迈克尔说。

迈克尔没说什么,但是,过了一会儿,他站了起来。

"你要干吗?"

"去商店买些猫粮。"

斯廷森看着他走远。这是长久以来迈克尔第一次把所剩不多的钱花在酒以外的东西上。

迈克尔和斯廷森相识是某年春天在圣巴巴拉一家店的门口。他们很快就被彼此身上与自己相似的逍遥精神、冷幽默以及喜爱动物的特质所吸引。在因吸烟而被驱逐之前,斯廷森在海军服役了四年。搬到波特兰之前,他曾在日本做过邮递员,至今还持有日本的驾照。

十五分钟后,迈克尔带着一品脱牛奶和一罐猫粮回来了。小家伙醒了，看到食物，它立刻张开嘴，发出一声微弱、饥饿的声音。迈克尔从斯廷森的腿上抱起它，把它放到地上。他打开罐子，把糊状物倒入一个空的汉堡盒，然后放到它的面前。它微弱地叫了一声，开始一点点地吃，但几秒钟后就变成了大口吞咽。迈克尔把牛奶倒进他在地上找到的塑料盖子，它也很快把牛奶喝完了。

两个男人静静地坐着，看着那只猫。吃完后，它用鼻子蹭了蹭他们俩，用爪子贴了贴他们的胸膛，以示感激。它依偎在斯廷森的腿上，大声呼噜着，然后转移到迈克尔的腿上，呼噜一声，进入了梦乡。

"它脸上的伤口看起来挺糟糕。"迈克尔说着，凑近了观察它的伤口。

为了不吵醒这个小家伙，他轻手轻脚地从背包里翻出来一沓塔可钟[1]餐巾纸和一个迷你急救箱。急救箱是一个朋友给他买的，因为迈克尔酗酒后总会磕磕绊绊地弄伤自己。他仔细地清理了猫脸上的红色伤痕，然后用一点儿碘酒清除了猫耳朵里的螨虫。小猫一动不动，并没有醒来。它似乎知道他在做什么。

迈克尔又从背包里翻出一些月见草油，这是另一个朋友给他的，用来治疗他手臂上的湿疹。他自己从来没有用过，但认为它或许能治愈猫的伤。

"伤口不算太深，"他说，在它被撕裂的脸颊上涂抹了一点儿

---

1 美国一家墨西哥食品连锁品牌。

油,"它可能被另一只猫欺负了。至少我希望欺负它的是一只猫。"

迈克尔把猫交给斯廷森,然后把自己那破烂的睡袋放在纸板上,疲倦地钻了进去。他多年来一直在硬邦邦的地上睡觉——唯一能感到舒服一些的方法是喝个烂醉,但这次他喝光了自己调制的"人行道大满贯",又把买酒的钱花在了猫粮上。

当两人准备睡觉的时候,猫醒了。迈克尔躺下后,它爬到背包旁,在他的身边嗅了嗅。然后,它走近一些,坐在他的面前,微微地摇摆着尾巴。

"你想要什么?我没有食物了。"

"我觉得它想钻进你的背包里。"斯廷森说。

迈克尔想,如果它想和他一起睡觉的话,那真的太绝望了。迈克尔只想睡一觉,可睡意逐渐消失了。他闭了一会儿眼睛,但睡不着。当他睁开眼睛的时候,猫还在那儿低头看着他。

"好吧,小猫,"他说着张开手臂,"你今晚可以和我一起睡。"

它钻了进去,依偎在他的胸前,轻轻地呼噜着,像一台附带催眠功能的小型电暖器。

斯廷森耸了耸肩,迈克尔看着他。"它喜欢你。"斯廷森说。

管他呢,迈克尔想,日出之前它肯定走了。

然而,清晨,有什么东西擦过迈克尔的脸颊,他一醒来就发现猫站在路面上,正舔着他的脸。毫无预兆地,他从睡袋里伸出一只手挠了挠它的耳后。它看着他,一只眼睛仍然肿胀着,喵喵直叫,显然很饿。

"你应该找别人来照顾你。"说完,迈克尔起床迎接新的一天。他没有别的东西能给它了。藏好自己的包和睡袋后,他抱起那个小家伙抚摸了一会儿,就把它放在灌木丛附近,走去乞讨了。他没想到会再见到它。

但那天下午晚些时候,当他回来时,猫正在那儿等着他。从超市买了几罐猫粮带回来的迈克尔确实存有一半的希望——它会在那里。他还买了除跳蚤的药,以及用来绑在它肿胀的眼睛上的敷布。

一人一猫进食完毕后,便又一起安安稳稳地钻进了睡袋。又一个晚上,他们在这个被称为家的地方厮守。

第 2 章 忧郁的流浪猫

"玛——塔——"罗恩·巴斯凝视着邻居家门廊下面爬行空间的阴影喊道。他的猫喜欢躲在那里,盯着老鼠的巢穴。他弯下腰,这样手电筒的光就能照进阴暗的角落了,但映入眼帘的只有蜘蛛网、干叶和蟋蟀。

他站起身来,摇了摇手中握着的一袋脆饼,看能不能吸引它出来。通常,玛塔在一条街以外也能听到"咔嗒咔嗒"的声音。他已经找了它几个小时,但任何地方都没有它的踪迹。罗恩开始设想最坏的情况。

他抓抓头,整理了一下身上黑色的"内阁乐队"摇滚T恤。作为一个五十岁出头的矮胖男子,罗恩仍然有一种真诚且孩子气的外表——可能是托了他门牙之间的缝隙的福。他从小就梦想成为一名成功的音乐家,周游世界。即使他后来加入了家族企业——一家储物柜公司,这个梦想也从未离开过他。

二十五年后,他将自己的股份卖给了他的姐姐和姐夫,用换来的钱开始做收藏家。最终,他在家族公司的废弃办公室里开了一家吉他店——"伯居音乐吉他和破铜烂铁股份有限公司"。他用大卫·鲍伊、马克·伯兰和20世纪70年代的一些音乐会海报充当墙纸。他是甲壳虫乐队的狂热粉丝，十分热衷和擅长收藏甲壳虫乐队的唱片，还有老式话筒和放大器，以及20世纪60年代每把价值高达一万美元的稀有的芬达吉他[1]。这虽然不算什么，但重燃了他的激情。他与其他音乐家朋友合作，小范围发行了独立的节奏布鲁斯唱片，稳步实现着梦想。

在罗恩的生活中，比摇滚乐更重要的只有他的两只猫——玛塔·海利和克里托。他几乎像养小孩一样养它们，让它们体验丰富的生活。他带它们去海滩（它们害怕海浪，但罗恩认为那是在"塑造猫格"），给它们举办盛大的生日派对（"猫也是寻求刺激的生物"），弹着原声吉他为它们写歌（"猫的内心是摇滚的"）。他还从全食超市购买有机鸡肉和野生三文鱼，亲自做饭给它们吃。

罗恩的父亲是一名退休律师，他对罗恩痴迷养猫这件事感到不解。他认为这很可悲，常常数落他："你可以去任何地方，做任何事情，但你总围着猫转。"

罗恩小时候从来没有养过宠物，尽管他经常求爸爸妈妈让他养只小猫或小狗。有一次，他捡回家一只流浪狗，但他妈妈说它只能待在外面的车库里。第二天下午，当罗恩从学校回家后，狗不见了——他妈妈把它送到流浪狗收留所去了。这件事伤透了罗恩的心。直到大学毕业后，他才拥有一只属于自己的猫。那只迷人的黑

---

[1] 美国一家吉他制造商，其产品受到许多音乐家和收藏家的推崇。

第 2 章　忧郁的流浪猫

猫牢牢地抓住了罗恩的心。现在，对他来说，猫就是整个世界。

罗恩早上从汽车修理厂取走了他的1967年款雪佛兰，并为住在离他家不到半小时车程的唐纳德——他的父亲——跑了个差事。不久之前，罗恩和妹妹特蕾莎向他们临终的母亲保证过会照顾父亲，尽管他们在几十年前离婚了。离婚后，唐纳德娶了他的前秘书——一个名叫朱迪的女人，她的年龄是罗恩父亲的一半。长久以来，罗恩恨着朱迪，认为她是破坏他们家庭的罪魁祸首，是她让他的母亲痛苦不堪。但是，他的母亲去世前释怀了。最终，罗恩也得以释怀。

罗恩办完事就急忙赶回家，他有一整个周末可以消磨。那天是劳动节[1]前的星期六，夏日午后明亮而温暖。他打算带两只猫去威拉米特河边，和朋友一起参加一年一度的"最后的夏日舞会"。大部分暑期游客已经离开了，所以波特兰感觉就像一座鬼城，周遭仅剩下乌鸦的叫声、松果掉在地上的声音以及从远处传来的火车声。

但是，在伯克利公园附近的东南第37号大街上的里士满社区，当罗恩将车停在那座金白相间的木匠小屋前时，他意识到了一丝不寻常。草坪上的野餐桌是空的，而通常，玛塔会在桌上等他回来。

罗恩想，也许玛塔被狗追着跑远了，也许它为了躲避艳阳而钻到灌木丛里去了，于是，他一边在邻居们的前院里搜寻，一边喊它的名字。玛塔的同胞弟弟、黑白色的克里托跟着罗恩，一边嗅着寻

---

[1] 美国的劳动节是九月的第一个星期一。

找姐姐的气味,一边喵喵叫。

邻居安听到罗恩的声音后走了出来,说早上她修剪玫瑰时玛塔还跟在她的身边,在那之后就没见过它。安有一只名叫戈登的黑毛黄眼海盗猫,罗恩救助过它。罗恩一直在救助流浪猫。

"玛——塔——"罗恩又喊了一声,小心翼翼地在被多刺冬青篱笆环绕着的安的前院里寻找着,玛塔有时喜欢在那里打盹儿。

"快出来,玛塔,"罗恩说,"别这样对我。"

玛塔总是喜欢在附近的三个街区里溜达,在修剪整齐的玫瑰和茂密的梧桐树之间漫步,但它从未走得太远。当罗恩叫它的名字时,它不久就会出现。它和克里托都待在离家很近的地方,如果它们天黑之前不回家,罗恩就会罚它们一两天不许出门。所以它们很听话。

玛塔和克里托是和其他三只小猫一起被丢弃在邻居的门廊下的。当罗恩在邻居斯蒂芬妮厨房的盒子里看到五只颤抖的小猫时——松软的身体挤成一堆,眼睛肿着,发出微弱的"喵喵"声——他就知道他必须帮助它们。斯蒂芬妮正在收拾搬家的东西,罗恩最近又刚刚失去了两只爱猫,所以他接管了这五只小猫。他每天给这些刚出生两周的小可怜喂食,并滴几次眼药水,终于保住了它们的命。两个月后,他为其中两只猫找到了主人,斯蒂芬妮带走了另一只,罗恩则收养了剩下的两只,并以他最喜爱的20世纪70年代儿童电视节目《兰斯洛特·林克——秘密黑猩猩》中的角色给它们命名。节目的主角是经营一家侦探机构的兰斯洛特,一只穿着

第2章　忧郁的流浪猫

衣服的黑猩猩玛塔·海利是它魅力四射的助手，它们的大胡子司机克里托是一个双面间谍，还是最大的反派。

此时，罗恩从短裤口袋里掏出手机，焦急地打给好友埃文——一个三十五岁的爱尔兰裔摄像师。埃文和罗恩是去年春天在哥伦比亚河谷认识的，当时他们都在公鸡岩沙滩上参加日落野餐活动。他们一见如故，很快就成了挚友。

"我想，玛塔可能又失踪了。"罗恩颤抖着说，他快哭出来了，"我担心街对面的那个疯子对它做了什么。"

埃文极力安慰他，但罗恩的担忧是有原因的。罗恩在这个街区生活了二十多年，即便在它住满低收入人群、脏乱不堪的时候，他也过得很开心。那时候，波特兰还没有那么多嬉皮士。当时，一个墨西哥黑帮老大统治着这片区域，街上还有专门为精神病患者提供的过渡教习所，这些现在已经消失了。罗恩认识大部分邻居，从没有谁刁难过他，直到一个名叫杰克的大个子搬过来。杰克很快就以为人粗鲁、脾气暴躁闻名。

二十几岁的杰克身材高大，肌肉发达，他曾是摔跤运动员和焊工，失业后靠他的女朋友养活。杰克通过折磨罗恩获得了一种反常的快乐，他讨厌身为同性恋、体重超标、爱猫的罗恩——以及所有让美国出了问题的东西。身材魁梧、有文身、留着希特勒式发型和长长的嬉皮士胡须、脸上穿着各种钉的杰克比罗恩高出许多。对于不喜欢动物这一点，他表现得很明显。罗恩没想过杰克会真的伤害这两只小猫，但是，每当杰克路过罗恩的房子时，玛塔都会发出嘘声,而克里托会躲起来。每当朋友带着他们的狗来罗恩家做客时,那些狗都会对着杰克狂吠。

大约一年前,玛塔曾经失踪过。那是2011年12月21日,一年中雪最大、天气最冷的一天。罗恩怀疑是杰克动了什么手脚。那天早上,出门工作前,他把两只猫都锁在屋里了,晚上回家时却发现后门半开着。他小心翼翼地走进去,发现原本关着的卧室门也是开着的,里面一片狼藉,东西七零八落,床头柜上还有一个不属于他的水瓶。尤其令人不安的是,梳妆台下面塞着一条毯子,很像某个人为了抓一只小动物而做的举动。克里托躲在衣柜里,吓坏了。而玛塔不见了。

很明显,有人闯进来带走了玛塔,因为其他东西一件也没少。但罗恩没有报警,他想,警察大概不会相信有人专门闯进别人家,仅仅为了偷一只猫或把它放走。

罗恩在附近进行了三天的地毯式搜索。第三天,杰克下车时看到罗恩正在找玛塔,就告诉罗恩,如果玛塔还活着,那它很有可能在华盛顿州附近的某片森林里。杰克声称,玛塔偷偷地藏在了他的后备箱里,而他将车开到了女友苏茜在温哥华的住处。杰克还坚称这是个意外,他并不知道玛塔在他的车上,直到他打开后备箱取东西,玛塔跳出来,一头钻进了苏茜家后面的树林。

罗恩立刻打通了苏茜的电话。当苏茜来杰克家住时,罗恩认识了她,并且觉得她人还不错。她经常为男友的喜怒无常和刻薄言论道歉。苏茜告诉罗恩,她怀疑玛塔的失踪和杰克有关,因为杰克

第 2 章　忧郁的流浪猫

的行为很反常，好像在掩盖什么。一结束通话，罗恩就开车去了四十五分钟车程的温哥华。他、苏茜以及苏茜的邻居——一个前任警察、现任侦探——一起在森林里搜寻玛塔，直到天色暗下来。

当三人回到苏茜的住处时，前警察邻居表示，杰克的说辞听起来很荒唐。"以我的经验来看，他说的事情不可能发生。"他说，"这说不通。猫根本不会平白无故地跳上未熄火的车，更何况这辆车属于它讨厌的人。"

接下来的几个星期，罗恩一次次回到那片被雪覆盖的森林里寻找玛塔，并给它留下食物。几个月过去了，玛塔还是杳无音信，罗恩渐渐确信杰克杀了它。

但是，就在 2012 年 6 月 21 日，玛塔失踪六个月后的这天，罗恩接到了微芯片公司的电话。对方告知他，玛塔已经被人找到，并移交给了位于温哥华的华盛顿州西南部动物保护协会，在最初绝望的几周里，罗恩曾数次造访这个协会。他立即开车前去将玛塔接回了家。有一阵子，玛塔几乎接近狂躁状态，很容易受到惊吓，但它慢慢地回到了有罗恩和克里托的家庭生活中。

现在，它又不见了。

罗恩整晚都在找它。第二天，他看到杰克的车停在车道上，于是走到马路对面去敲他的门。上次玛塔回来后，罗恩为自己对杰克的绑架控诉道了歉，并给了他一箱啤酒。从那之后，他们一直艰难地维持着和平。但罗恩仍然怕他，他知道，即便只是问问杰克是否看见了玛塔，也可能会引发另一场战争。他想试探一下杰克的反应，所以，当杰克开门后，罗恩只是告诉他，玛塔失踪了，请他帮忙留意。

杰克被罗恩的请求惹得很烦。"我不是生来就跟猫对着干的，滚出我家院子。"他咆哮着，"砰"的一声关上了门。

杰克的态度使得罗恩更加怀疑他。

几周以来，罗恩不停地在街上寻找玛塔，叫着它的名字，直到嗓子都喊哑了。晚上，他坐在附近的公园里，手里捧着打开的猫罐头。每当看到躺在别人家门廊上的猫，他都会去看看是不是玛塔。他还会每家每户地敲门，向前来开门的人展示玛塔的照片，询问他们是否看到过它。门外响起的任何猫叫和猫打架的声音都会让罗恩激动起来。有时，他突然在半夜醒来，担心玛塔被困在了某个地下室或者小木屋里。然后，他会从床上下来，走进邻居们的后院，甚至走到门廊上，从窗户看进去，只希望能看到玛塔。

罗恩每晚都会在后院为玛塔留下食物和水，并联系一遍当地所有的兽医和收容所。他还印了"寻猫启事"海报，并将它们贴到附近的每个角落。海报上方是玛塔的照片，下面写着：

$$$走失$$$悬赏$$$
你在波特兰东南部见过我吗？

玛塔是个善解人意的小家伙，它会信任任何对它没有攻击性的人。

它身上有个芯片，任何兽医或动物保护协会都可以扫描。

第 2 章 忧郁的流浪猫

我非常想念它。

罗恩把自己的电话号码和脸书链接都写在海报上了,因为他听说过失踪宠物通过社交媒体与主人团聚的故事。

贴海报的同时,罗恩还留意着其他线索。有张寻人启事上印着一张草莓金发色的十四岁女孩的照片。在众多的海报中,还有另一起宠物走失事件。那是一只看起来很聪明的棕色羊驼,有着水灵灵的黑色大眼睛和厚厚的云朵一般的非洲式发型。海报上写着愿意出一千美元悬赏金,还有一段警示语:

检查你的后院和棚屋。
如果你看到它,注意不要吓到它,否则它会吐你一脸口水。
但你可以用蒲公英和小麦草引诱它。

这事儿也只有在波特兰才会发生,罗恩想。在接下来的几个星期,有几个人打电话来说看到了一只灰白相间的小猫。其中一个男人说曾见过它翻他的垃圾桶。"它看起来瘦得皮包骨,就像那些墨西哥流浪汉一样,"他说,"我都能看见它的肋骨。"

然而,几周以来,再也没有进一步的发现,罗恩绝望极了。他变得越来越沮丧,活得像个行尸走肉。

第 3 章　给我庇护

当罗恩还在为找寻失踪数周的玛塔·海利而焦头烂额时，玛塔已经在几条街外的霍桑大道边上的一个UPS装货区安顿了下来。

那个救了它的人——迈克尔·金，他并不想养猫。他终日抑郁，酗酒，无家可归，露宿街头，不得不讨别人的残羹冷炙吃，养活自己已经够艰难的了。可现在，他发现自己想照顾这个受伤的小生命。每天早上他醒来，睡在身旁的小家伙都会伸伸懒腰，轻轻地打个哈欠。每天迈克尔都会想，说不定今天它就自己跑了。一部分的他希望它跑掉，另一部分的他又想继续见到它。

迈克尔和斯廷森制定了一套养猫日程。迈克尔会把睡袋藏到灌木丛里，顺便把猫也留在那儿，让它自己玩，然后和斯廷森开始一天的计划。首先，他们要找一家有电源插座的餐厅或咖啡厅给手机充电。像很多无家可归的朋友那样，他们的手机卡是"即付即用"的。他们还会用社交媒体获取日常的实用信息，比如哪里有食物，遇到糟糕的天气时哪里能找到床，哪里能打工，哪里有免费的社会福利发放。俄勒冈州的一些庇护所甚至会发放免费的二手手机，流浪汉可以用手机来联络家人和朋友。

第 3 章 给我庇护

迈克尔、斯廷森以及他们的很多朋友都使用脸书。他们和其他人一样，都把它当作虚拟家园。在那里，他们觉得自己不再是隐形人，和朋友保持联络的同时还可以扩充自己的社交网络。这一切都是免费且便于操作的，仅仅需要一部手机和 Wi-Fi，而波特兰已经实现 Wi-Fi 全面覆盖了。

通常，迈克尔和斯廷森会去古巴魔方咖啡厅，它位于霍桑大道和东南第 31 号大街的拐角处，整家店被粉刷成了明亮的橙色。早晨，当咖啡店还没开始营业时，他们会坐在旁边的野餐桌那里，一边给手机充电，一边自己泡咖啡喝。初秋时分，他们会从社区花园偷走苹果、西红柿等水果，收集抽了一半的烟头，并在迪威臣街的快餐车后面搜寻吃了一半就被丢弃的早餐卷饼、甜点和烤芝士三明治。

在第一周的每个早晨，猫都会目送他们离开；当他们在日落时分回来的时候，它也会在那儿等着他们。"该死的，"尽管他很高兴看到它，迈克尔还是会向斯廷森抱怨，"这只猫还没走。"

几天后，迈克尔开始叫它"塔博"——他们发现它时所在的那家咖啡厅的名字。

"塔博，"每天回家他都会说，"我们回来啦。"它会从藏身的灌木丛中跳出来，尾巴翘得老高，一路喵喵叫着跑过来迎接他们。塔博总是饥肠辘辘，它会缠在迈克尔的腿上到处嗅着，等待喂食。斯廷森会给它一块鸡蛋三明治或其他从快餐车后面找到的食物。它会战战兢兢地把食物吞入口中，然后匆忙咀嚼。吃完后，它总会在地上找一遍，生怕错过任何一粒残渣。然后，迈克尔会喂它一罐猫粮。起初，迈克尔认为它只是因为食物才留下来的。虽然他总是抱怨，但是，意识到自己有能力帮助和曾经的自己处境相同的小生命，这一点让他感到欣慰。

第一周即将结束的时候，迈克尔发觉自己开始担心塔博了，他想方设法，只为了让它更舒适。他用一个空盒子和自己的一件T恤衫给塔博做了一个类似于摇篮床的东西，这样它就能不受打扰地睡觉了。他把做好的猫窝藏在树丛里，又把装满水的碗和猫粮放在旁边，以防他们不在的时候它肚子饿了。

迈克尔发现，它现在看他的眼神不同了。它会在看见他时发出呼噜声，当他跟它说话的时候，它会睁大眼睛专心地听。

"塔博，看我给你带什么回来了。"某天，他拿出一罐金枪鱼。那天他和斯廷森的乞讨很顺利，所以他想给它吃顿好的。塔博蹿出来，喵喵叫着，看起来饿极了。迈克尔尝试着打开罐头，它围着他的腿焦急地转圈。

还没等迈克尔把所有的金枪鱼从罐头倒到盘子里，它就埋头大口吞咽起来。迈克尔弯下腰，拍了拍它因进食而拱起的背。

"它真好看，不是吗？"迈克尔说，像是第一次见到它一样。

"是啊。"斯廷森说。

它很漂亮，看起来不超过三四岁，拥有虎斑状的灰色斑块和深邃的桉树叶色眼睛。它会把自己清理干净，这样看起来比之前健康了一些；它身上的皮毛也更有光泽了，肿起来的眼睛和脸上的伤口

第 3 章 给我庇护

都在痊愈。斯廷森弯下腰，喂了它一根冷掉的薯条。"有一只猫在身边很酷。我简直爱死了它们用爪子抓食物的样子，太可爱了。"

迈克尔挡住斯廷森伸下去的手，说："你不能给它吃麦当劳这种垃圾食品，会把它的肝弄坏的。"

"你有多懂猫？"斯廷森问。

"反正比你懂。"

两个流浪汉很容易就达成了共识，迈克尔负责照顾塔博，因为他懂得怎么养猫对猫更好。事实上，自从小时候读了苏斯博士的《戴帽子的猫》《绿鸡蛋和火腿》，他就有点儿痴迷猫这种动物了。小时候，他的父母不许他养宠物，但他一早就深谙再也没有什么比和动物待在一起更能达到内心平和的道理。迈克尔有三个兄弟和一个姐姐，他是最安静的那个。他会偷偷地把从窝里掉下来的翅膀受伤的小雏鸟带回家，偷偷地把食物拿给野猫吃。在成为流浪汉之前，迈克尔一直宠爱着自己的宠物猫和狗，从他工作的餐厅里带新鲜的鱼和肉给它们吃。

每晚喂完塔博后，迈克尔和斯廷森都会肩并着肩坐在UPS装货区的临时帐篷里，安静地把铺盖卷摊开，看着小家伙玩耍。他们会把吃了一半的比萨、一袋冷薯条或捡来的任何食物放在破纸板做的盘子里。然后，他们会打开三十二盎司容量的瓶子喝起来，那里面装满了"人行道大满贯"或者被迈克尔称为"唤醒"的饮料——混合了所有他们能找到或买到的酒。

当他们吃东西的时候，塔博可能会把一个皱巴巴的烟盒踢来踢去，或者对着空盒子假装伏击看不见的猎物，它把爪子伸到盒子里，就像要跳进游泳池一样。它也可能会突然发狂十几分钟，四处乱窜，喃喃自语。有天晚上，迈克尔把买给它的一个老鼠形状的红色猫薄荷玩具扔到它的面前。它猛扑过去，用爪子拍打它，然后把它卷进了迈克尔给它做的猫窝里。"它真有趣，"迈克尔说，"它昨晚从垃圾堆里找到了一罐沙丁鱼，把它带进窝里了，就跟刚刚一样。比起猫，它倒更像一只浣熊。"

斯廷森笑着说："没准儿你应该把它留下来。"

迈克尔看起来不太热情。"真是个坏主意。"

"为什么？它挺好的，又可爱，也不难养。"

迈克尔没再说话。

即便迈克尔是他最亲近的朋友，斯廷森对他也不甚了解，仅有的信息是通过一些零碎的谈话得知的。迈克尔从不谈论自己的感受，也很少谈及自己的过去。很明显，从某种程度上来说，他遭遇了一些毁灭性的打击。他流浪的时间很长，经验丰富，也遇到过一些有趣的事情。然而，迈克尔有时会变得孤僻且消沉。斯廷森原本就希望他能更快乐一些，所以，他很高兴这只猫的出现让迈克尔笑了起来，并让他们有了牵挂。

一到晚上，塔博就变得像只蛾子——它会在迈克尔和斯廷森之间来回走动，直到他们睡着。任何细微的光线都能让它发疯。它也很容易被过往车辆的声音干扰，被警车和救护车的警报声吓到。但它喜欢早起，并希望其他人能和它一起起床——有时它会像一个坏掉的闹钟一样在凌晨四点大声地喵喵叫。只要迎来了清晨的第一缕

第3章 给我庇护

光线，它就会从一个睡袋跳到另一个睡袋，试图唤醒两个男人。如果迈克尔不起床，它就会拉他的胡子、用爪子打他的脸或者舔他的眼皮。

9月末的一天早上，塔博摇着尾巴尾随着迈克尔来到UPS大楼后面，那儿有水龙头，是他平时刷牙洗脸的地方。它喵喵叫着看向他，像在问："你又要走了吗？"那天，当迈克尔和斯廷森快走出装货区的时候，它依然跟着他们。很明显，它不想被丢下。

迈克尔站在它的面前叹了一口气，不知道该怎么办。"嗖"的一下，它飞快地从他的腿上爬到肩膀上，抓住了他那破旧的米黄色背包。

"让我说中了吧。"斯廷森大笑着说。

"好吧，塔博，"迈克尔说着，伸手揉了揉它的头，"今天你就跟着我们吧。"

但就在他们走到街上去的时候，塔博飞快地从背包上蹿下去，钻进了平时等他们回家的那片灌木丛。迈克尔不想整天提心吊胆，担心它跑到路上受伤，所以，那天下午，他用和斯廷森乞讨得来的所有钱买了一副橙红色的狗用项圈和一条皮带。他发现狗用项圈比猫用项圈更安全，猫用项圈不太结实，很容易弄坏。

第二天早上，当他们准备离开时，迈克尔背上背包，给塔博戴项圈和皮带。一开始，它并不配合，拼命躲开。"不，你得跟着我了。"他说着，将它抱到背包上，它立刻找到平衡，安静下来了。

迈克尔在霍桑大道上走着，塔博在背包和他的肩膀上交替坐着，就像一只超大的鹦鹉。迈克尔看向斯廷森。"看见了吗？"他指着那只乐此不疲的猫道，"多酷啊！"

"它是一只吉卜赛猫，"斯廷森咧着嘴笑道，"我怀疑它是哪个游客弄丢的。"

"也许它是马戏团的。"

那天之后，每当他们出门时，迈克尔都会把皮带系到背包上，说"上来"，接着伸出腿，塔博就会顺着他的腿爬到背包上。起初它不适应像狗一样被牵着走，更喜欢趴在迈克尔的身上。

有了肩上的塔博，迈克尔和斯廷森隔几个街区就会停一停。人们被吸引过来，给他们钱和食物。只是带着猫走走就有人施舍，斯廷森开始称霍桑大道为"绿里"[1]了。

每当他们路过街边的咖啡厅或餐厅时，人们都会朝他们微笑。除流浪汉以外，上一次有人看见迈克尔还能这么高兴已经是很久之前的事了。大多数人都极力避免和他对视，生怕被当作乞讨的对象。可是，自从他带上塔博，人们就开始主动搭话，甚至要和他们合影。最初，迈克尔十分讨厌这样，时常抱怨。但斯廷森安慰他道："放轻松，'百宝箱'。这是好事，对人家友好点儿。"

另一方面，塔博吸引了所有人的眼球。

塔博让他们俩很开心。有这只猫在，他们的笑容都比平时多

---

[1] "绿里"来自1999年的美国电影《绿里奇迹》，电影讲述杀人犯约翰的入狱给整个监狱带来了翻天覆地的变化。监狱里有一条称为"绿里"的走廊，走廊尽头就是电椅。

第 3 章 给我庇护

了，不再老是感到烦躁。有时候，单是看着塔博，迈克尔都感动得想哭。它实在是个温暖又善解人意的小家伙。但同时，迈克尔也明白自己不能太依赖它了，因为迟早，它要么会自己跑掉，要么它的主人会找到它。

10月到了，叶子开始纷纷落下。猩红栎和鸡爪枫闪烁着红宝石般的微光，挪威枫则是金和铜的色调。霍桑大道的商店橱窗上贴满了骑着扫帚的女巫、塑料制成的蝙蝠、发着光的小妖精和食尸鬼的图片。到处张贴着"僵尸游行""鬼屋"和"恐怖电影之夜"的海报。南瓜被摆放在新季超市外出售。

一天早上，超市对面，迈克尔和斯廷森从UPS装货区走出来，遇到了一个流浪汉朋友——留着蓬松头发的瘦弱青年凯尔，他有时也留宿在这里。凯尔独自坐在消防栓附近的人行道上，穿着牛仔背带裤和破烂的红毛衣，倒放着的帽子里有几张钞票和一些硬币。帽子旁边有一张纸板，纸板上写着"请给予一点儿小小的善意"。

凯尔眯着满是血丝的眼睛看向他们，说道："哇，你养了只猫。从来不知道你想养猫。"

"我不想，"迈克尔怀里抱着塔博，停下来说，"这是我在街上捡到的。如果当时我放着它不管，它可能就没命了。当我和斯廷森抓住它的时候，它没有嘶嘶叫。它知道我们会救它。"

"它每天都和我们待在一起。它像是小型社区里的猫。"斯廷森说着，一屁股坐在凯尔身边。

迈克尔把塔博放下，卸下背包，也坐了下来。塔博爬到他的包上，蜷起身，安静得像一尊佛。接下来的下午时光，它都这么待着。

"你回来继续流浪了？"斯廷森问。之前的几周，凯尔在为他去度假的姐姐照顾家里的猫。

"嗯，差不多吧。"凯尔回答道。凯尔在监狱中出生，是他母亲生的第十个孩子，他不知道自己的生父是谁。凯尔在婴儿时期被哈佛毕业的工程师和他从事社会工作的妻子领养了，就在离这里不远的几条街外长大的。但从十四岁开始，他便时不时在波特兰东南部流浪了。他的养父母分居后分别搬到了城市的对角。他曾轮流在两家生活，但始终无法在任何一家找到归属感，便不断逃离。在流浪的过程中，他认识了迈克尔和斯廷森。他们的阅历更丰富，也更懂人情世故，凯尔把他们当成导师一样的存在，有时候直接跟着他们流浪。

"最近怎么样？"凯尔问。

"这个嘛，某人好一段时间没被捅了。"斯廷森笑着说。

"至少两周了。"迈克尔笑着补充，露出了他那口参差不齐的牙。凯尔抚摸着塔博，问道："这只猫你打算怎么办呢？"

"你问倒我了。"

"有烟吗？"凯尔问。

迈克尔从衣服口袋里掏出几根抽了一半的烟，用火点着。他的手上布满了伤疤和老茧，指甲里藏污纳垢。"我在想，如果我们带着它四处游荡，也许它的主人就能早点儿发现它了。"

"你真的确定它有主人吗？"

第3章 给我庇护

"对。"迈克尔说着把烟递给凯尔,"并且,我觉得,等养好了伤,它就会回到原来的家。"

"我们找找看吧。"斯廷森建议道。

"我想也是。"迈克尔附和着,迟疑地拍了拍身边的小家伙。塔博抬起头来看他,懒洋洋地眨了眨眼。然后,它把他的手握在两只前爪里,开始用粗粝的舌头舔舐。

在那之后,每当在城里四处走动时,迈克尔和斯廷森都会在树和灯柱上留意寻找走失宠物的海报。这一带有很多猫狗失踪的事情发生。一只名叫弗莱迪的腊肠犬的失踪海报上写着"从手提包里被抢走了",还写着:"即使你发现了已经死去的弗莱迪,也请把它送回来,以便我们好好地安葬它。"

"我想,其中一些一定是被偷了。"斯廷森说,他们在一根电线杆上看见了各种褪色的饱经风霜的海报。

"也许吧。"迈克尔说着,回忆起了自己曾经的宠物——一只名叫"怀利郊狼"的狗,它被人从圣路易斯的一家商店外偷走了,后来再也没有找到。他只是去买包烟,也就离开了一分钟。那时他住在一个治安不太好的社区里,犯罪团伙经常出没,他们专门从别人家偷宠物做斗犬的诱饵,医学研究实验室也经常从狗贩子那里买偷来的动物。

一张启事上有孩子用笔画的小黑猫,文字十分恳切,令人伤心。"'我的名字叫罗斯玛丽,我十二岁,'"迈克尔读得很大声,"'我在古德维尔商店外把猫咪弄丢了。'我是说,这也太简单了吧,她才十二岁,就能张贴海报了?"

没看到任何一张关于塔博的启事,他既困惑又有点儿生气。"我真是搞不懂。"他们又怎么会知道塔博的家就在八个街区外的伯克利公园附近呢?在迈克尔捡到它之前,不知怎的,塔博穿过来来往往的车辆和人群,来到了霍桑大道。

10月8日,他们捡到塔博三周后,迈克尔不得不去蒙大拿州出庭受审,他受到了醉酒闹事的指控,但事实上,他只是坐在人行道上当众饮酒而已。他不在的这段时间由斯廷森来照顾塔博,并继续找寻它的主人。他们的一个流浪汉朋友——人称"疯子乔"——尝试在脸书上帮他们。他发布了一条消息:"如果你被一只流浪猫缠住了怎么办?"

有人回复:"当然是伸出援手啊,你这个笨蛋。"

斯廷森带着塔博来到他女友家,希望她愿意收留这只猫,但是塔博和女友家里的其他猫打了起来,所以这个计划没能成功。斯廷森又拍了几张塔博的照片发到"克雷格列表"网站[1]上。即便他付出了这么多努力,也还是没有塔博主人的消息。

一周后,迈克尔从蒙大拿州回来了。斯廷森对他说:"行了,'百宝箱',看样子它是你的了。"

"你不能养猫,"迈克尔想,"尤其是在你一无所有的时候。"但是他笑了。

---

[1] 美国的免费分类广告网站。

第 4 章　可怕的怪物和超级爬虫

在离家不远的霍桑大道的边缘地带，罗恩·巴斯去拜访了一位爱猫女士，她因收养流浪猫而闻名。斯蒂芬妮告诉罗恩，如果有人找到了玛塔，那么这位女士可能会有所耳闻。在动物救援团体中，她被称为波特兰东南部的流浪猫皇后。她每天晚上都要到昏暗的小巷和废弃的建筑物里喂野猫。她和其他爱猫女士关系密切，会照顾那些被遗忘的猫，花钱给它们做绝育手术，为小猫和温顺的成年猫找到主人，并帮助野性一些的成年猫回归大自然。

沿着杂草丛生的小路走到一丛紫藤的阴影下，那位爱猫女士灰粉色的盐盒式房子就坐落在那里。罗恩看到许多种颜色的猫抵在窗户上晒太阳。门口的台阶上有股淡淡的尿液夹杂着柑橘的气味。

大约二十年前，罗恩的房子里也住满了流浪猫。那时他已经有四只中年猫了，而那个夏天，有人在他的门阶上留下了三只混血暹罗小猫。它们被放在一个纸箱里，纸箱上写着残忍的烹饪指南。罗恩很快就学会了用注射器给它们喂食和照顾它们。几天后，他听到门外有猫叫声，发现三只猫的妈妈和另一只小猫也被送了过来。罗恩给猫妈妈取名为"洋子妈妈"。就这样，小猫一家永久地住了进来，罗恩的猫也达到了九只之多。罗恩被附近的居民称为"爱猫先生"。

爱猫女士打开门时正抱着一只叫个不停的棕色缅甸猫。她和怀里的猫都有一双大而明亮的绿色眼睛和被太阳照得发红的光滑的黑色毛发。眼线使她的眼睛更引人注目了。在她身后，至少还有十几只其他的猫——红的、黄的、棕色斑纹的、玳瑁色的，还有燕尾服猫、灰色和黑色的猫——它们在沙发和书架间穿梭。她看起来不像典型的身着浴袍、头发凌乱的养猫狂人。她非常有魅力，除了门前那淡淡的猫尿味，她的房子看起来完美无瑕。

她听罗恩讲述了"失而复得，得而复失"玛塔的故事。"可怜的小家伙，"她说，"它不是黑色的，对吧？"

"不，它是白色的，身上有一些浅灰色斑块，眼睛像画了眼线。"他回答道，递给她一张印有玛塔照片的寻猫启事传单。

爱猫女士仔细地看了看传单，表示并没有见过照片上的猫。然后她给罗恩讲了几个失踪的猫被找到的故事，并朝他安抚地笑了笑。"世事难料——说不定有人正帮你照顾它呢。"

"我知道它肯定在什么地方。"

"万圣节就要来了，这一点挺让人担心的，"她的笑容渐渐淡下去，"一些人会趁机对小动物下手。还好你没放弃找它。"她解释说，她和丈夫现在都有点儿不堪重负了。"大街上似乎成了抛弃动物的垃圾场。每当生活有变动或者感情变淡时，人们往往会抛弃小动物。我不是愤世嫉俗，只是见过人性最丑恶的一面。"

"是的,我知道,我也救助过很多动物。"罗恩闷闷不乐地说,"好吧,如果你看见或是听说了和它差不多的猫,麻烦告诉我,我会非常感激。"

"那是肯定的。我会和附近的朋友打个招呼,让他们也帮忙留意一下。"

"谢谢你。"说完,罗恩告辞了。

在走过五个街区回家的路上,罗恩满眼都是泪水。

事实证明,拜访爱猫女士也是个死胡同,罗恩认为自己已经无计可施了。但那天下午,当他闲在家里整理厨房时,他发现一个火柴盒上写着"瑞秋"——一个动物灵媒——和她的号码。一个朋友建议过他打电话给瑞秋,她专门帮人找寻失踪的宠物。瑞秋是个公益灵媒,她不收钱,所以罗恩想,她一定是合法的。

罗恩在瑞秋的语音信箱里留下了一条语无伦次的留言,大致解释了玛塔是怎么失踪的。瑞秋回复罗恩道,她可以教他如何运用他的直觉,他们可以试着用心灵感应找到猫在什么地方。她解释了精神联系的本质和心灵印象,以及如何判断他是否获得了这种感觉。

比如,她说:"当你专注地想着你的猫,问它在哪里的时候,如果你闻到了青草的气息,而你的猫经常在草地上玩耍,那这就是所谓的心灵印象。"罗恩相信他和他的猫之间存在着精神联系,因为从它们还是婴儿的时候他就开始照顾它们了。罗恩决定试一试。

瑞秋让罗恩想象玛塔的样子,并集中注意力。一分钟后,她问:"有感觉了吗?"

罗恩没有看到或闻到任何东西。

"让我们试试这样……你把灯关了,然后点一支蜡烛,"她说,"这会加强你和玛塔之间的感应。"

罗恩放下电话,在书架上的一个小玻璃杯里找到了半截蔓越莓香味的红蜡烛,然后点亮了它。

"好的,点着了。"他说完把手机调到扬声器模式,等待下一步指示。

"把脑袋清空,重新专注于玛塔,我也会和你一起。"

短暂的停顿后,瑞秋喘了喘气。"有一个人像一块支零破碎又被粘起来的石头,但是碎裂的痕迹仍然很明显,"她说,"它和那个人在一起。"

罗恩想,他知道她说的是谁了——他的流氓邻居杰克。挂断电话,罗恩比之前更担心了。他打电话给苏茜,但苏茜告诉他,她认为这次杰克和玛塔的失踪没有任何关系,因为劳动节那整个周末他们俩都不在家。但是罗恩无法摆脱自己的直觉,他就是觉得杰克和这件事脱不了干系。

在波特兰,万圣节是重要的节日。罗恩所有邻居的门廊和草坪上都闪耀着雕刻过的南瓜,还装饰着稻草人、巨大的蜘蛛和蛛网。不远处的一个前院里,电影布景师房主架起了一个巨大的装置,真人大小的吸血鬼和女巫身穿奇装异服戏剧性地坐在躺椅上,骷髅和

第4章 可怕的怪物和超级爬虫

僵尸们从临时搭建的墓地里冒出来。

万圣节前夜,罗恩心情低落地醒来。脑海中的玛塔挥之不去,于是,他想试着在换季前做些农活儿转移注意力。他家的花园里有一块小小的白色栅栏圈起来的菜园,里面杂乱地种着土豆、绿豆、芥菜和一些南瓜。

罗恩挑了最大的南瓜做南瓜灯,还准备给住在隔壁的安烤个南瓜派,以感谢她自玛塔失踪以来给予的帮助。安是个有点儿八卦的人,她让他想起了20世纪60年代的情景喜剧《家有仙妻》里的格拉迪斯·克拉维茨,但安是出于善意、热心肠的那种。罗恩一边洗刷着南瓜上的泥土,一边回想玛塔和克里托的童年,它们总是想要参与一切活动:如果他掀开地毯拔地板上的钉子,它们就会试着用小牙齿把钉子拔出来;如果他在做园艺,它们则会跑出来帮忙挖洞,小白爪子总是被泥土弄得脏脏的。

而现在,克里托坐在小菜园的一边,紧张地看着他干活儿。

玛塔第一次失踪后,克里托变得既害羞又易受惊吓。事实上,玛塔第一次失踪不久前,克里托先失踪了两天。它是带着肿起来的眼睛和受伤流血的嘴回家的,明显是被谁踢中了头部。它的一颗尖牙断了,几颗下牙被打掉了,下巴上的皮肤也被撕破了。那两个月里,它视线模糊,走路一直撞到东西。兽医说,克里托能活下来是很幸运的。

自从玛塔再次消失不见,克里托就变得更胆小了。除了罗恩,它即便见到认识的人也会躲得远远的,还会冲他们嘶嘶叫。这只可爱的长腿燕尾服小猫有着银绿色的眼睛和弯曲的小胡子，自从姐姐失踪，它就变得非常黏人。它总是跟在罗恩身后，不论是在房子里还是在花园里。

罗恩停下手里的园艺工作，继续喝他的咖啡。突然，他听到克里托发出嘶嘶声，紧接着，一道黑白的影子一闪而过。他转过头，只见克里托疯狂地爬上了后门廊的台阶。当罗恩转过来去看是什么吓到了它的时候，他发现杰克正走过他家的房子。罗恩肾上腺素飙升，整张脸涨得通红，他从园子里冲出去，跑向人行道上的杰克。他的手指沾满了泥，还拿着咖啡杯。

"我知道是你杀了它。"罗恩喊道，几步跑到杰克面前，挡住了他的去路。

杰克怔了一下，一时糊涂了。罗恩无法阻止自己——他推了杰克一把。罗恩本不相信暴力，但处在悲伤和愤怒中的他失去了理智。杰克一把将他推回去，很容易就把他打倒在地了。咖啡杯掉在草坪上，滚了几圈。

杰克怒气冲冲地逼近罗恩。"我没有碰你的猫，你个胖基佬。"他大叫，脸气得通红，脖子上的蓝绿色刺青在愤怒地跳动着，"我不是虐待动物的人。我可能会一个踩脚把它们吓跑，但我绝不会一把火把它们点着。"

罗恩摇摇晃晃地站起来，开始尖叫："你这个恐怖分子！我敢肯定是你踢了克里托的脸，把它的牙打掉了。不然它为什么这么怕你？大家都知道去年是你绑架了玛塔，还把它扔进了树林。这次你又对它做了什么……杀了它吗?"

"你他妈到底在说什么?"

罗恩红着脸,怒火中烧,他从草坪上抓起咖啡杯扔向杰克。杯子砸中杰克的头,划破了他的太阳穴。这一次,杯子碎了。

杰克摸了摸脸,看到手指上的血,顿时火冒三丈,像疯了的犀牛一般朝罗恩猛扑过去,用拳头狠狠地打在罗恩的胸口上。"如果你四处散播谣言,告诉别人我杀了你的猫,我就有本事让你消失。"他说,用手指狠狠地戳了戳罗恩,"我会把你弄走,没有人会找到你的。"

"去你妈的,垃圾玩意儿。"罗恩骂了回去。他直起身子,想去掐杰克的喉咙,但杰克迅速地抓住他的两只胳膊,做了个裸绞。

"你还活着是因为我没杀你。"杰克恶狠狠地说完,放开了喘不过气的罗恩,"我警告你,给我小心点儿。"然后,他气呼呼地站起来走到马路对面,又转过身来,带着嘲弄的笑容大声喊道:"刚刚很厉害嘛,基佬。我差点儿以为你要赢了。"

"卑鄙小人。"罗恩喘着粗气愤愤地转过身。

罗恩一瘸一拐地回到家里,拿出扫帚清理了人行道上的杯子碎片。他提起装满南瓜的篮子,蹒跚地进了屋。

在他打开后门的那一刻,克里托从冰箱后面跳了出来,一闪一闪的宝石绿眼睛瞪得大大的,充满了疑问。罗恩洗掉手上的泥土,抱起受惊的猫瘫倒在椅子上,依偎着它,安慰着它。

他们俩都在颤抖。

万圣节前一天的下午，迈克尔、塔博和凯尔晃荡到了新季超市外面。风很大，他们在老地方——喷满涂鸦的消防栓旁缩成一团。几年前，街上的孩子们在消防栓上喷涂了一幅迈克尔的肖像，上面写着他在流浪界的昵称"百宝箱"。事实证明，这个消防栓令人吃惊地耐用。他们拿出那张写有"请给予一点儿小小的善意"的薄纸板放在标志性的消防栓旁。

塔博从迈克尔和凯尔之间的背包里钻出来，它戴着一枚闪亮的红色心形金属身份标签，上面写着迈克尔的电话号码和"LC塔博"。"LC[1]"代表"爱猫"。

几天前，迈克尔要离开UPS装货区去新季超市买东西，就让斯廷森和另一个经常和他们一起留宿在这儿的年轻流浪汉——"鞭子小子"——替他照顾塔博五分钟。从超市出来的时候，他看见他们在人行道上追它，它身上的皮带拖在后面。街头混混们搞不定它——它既任性又顽皮，刚刚一直跟在他后面。它不想让迈克尔离开它的视线。戴上这个标签可以对它起到保护作用。

在霍桑大道，塔博渐渐成了明星一般的存在。每天，当他们到老地方开始乞讨时，路过的行人和购物者都会停下来和它打招呼。很多刚从超市出来的人会递给迈克尔装满猫粮、小玩意儿和日用品的袋子。有些人会给他咖啡和三明治，甚至一袋玉米糖。他们中的许多人整个夏天路过这里时经常无视这几个乞丐，但在秋天，这只

---

[1] 即 Love Cat。

第4章 可怕的怪物和超级爬虫

活泼的小猫的出现突然让乞丐们变得引人注目了。

塔博吸引了所有人的注意力,它嗖嗖地上蹿下跳,小肚皮翻来滚去。它是个天生的让人崇拜的表演家。

一对二十几岁的年轻夫妇往几个人的帽子里放了些零钱,又摸了摸塔博。塔博把两只后腿伸到女子的手上撒娇。

"啊,好可爱呀,它在跳!"女子边说边拿出手机试着抓拍塔博。

"给它吃的它也会捣蛋哟。"迈克尔大笑着说。

过了一会儿,迈克尔和凯尔静静地坐着抽烟,盯着人行道上打着旋儿的落叶。塔博在他们中间的背包上蜷成一团,突然,它翻过身来,用一种前所未有的方式大声地发出刺耳的尖叫。迈克尔和凯尔看向对方,目瞪口呆。

"塔博,你怎么了?"迈克尔问道,把它抱到怀里,紧紧地搂着。"凯尔,你知道它在说什么吗?"

凯尔捏着嗓子说道:"他们要杀了我……救——命。"

迈克尔被逗笑了,但他猜测,在自己偶然捡到它之前,它可能经历了不好的事。"当我看到它时,它就像在说:'别他妈碰我,我身心俱损了。'"

"我想到了另一件事,"凯尔说,"有一天,有个人试图在我旁边打开一袋大麻,然后塔博跳到了他的膝盖上。我觉得这只猫是个瘾君子。"

"一点儿也不奇怪。你看它精神抖擞的,整晚追着光跑,一定有某种瘾。我在瘾君子的狗身上看到过这种现象。"

尽管它有些不可预测，有时又令人难以置信地固执，迈克尔、斯廷森和凯尔还是爱上了这只活泼可人的小猫。

随着天气一点点变冷，迈克尔越来越担心自己不能照顾好塔博。他曾养过其他的流浪猫：有一只名叫"阳光"，是他在小巷里发现的虎纹橘色小猫；还有一只棕色的斑猫，最初属于一个进了监狱的朋友。但是，这些猫都没有和他一起露宿街头，也没有陪他去南方过冬，他为它们找到了合适的家。

无家可归的人有一条道德准则——他们总是把照顾好动物放在第一位。他们独自住在大街上，陪伴他们的通常只有身边毛茸茸的伙伴。迈克尔的一个朋友建议他把塔博送去禁止杀戮的动物收容所，但迈克尔想象得到塔博伤心的样子——失落地坐在它那装着餐具和玩具老鼠的粉红色小行李箱旁，和其他猫猫狗狗一起在收容所里排着队。他无法忍受抛弃它的念头。

虽然塔博跟在他身边已经两个月了，但迈克尔仍然会时不时地怀疑自己收养它的决定是否明智和实际。不知怎的，塔博总是能察觉到这些情绪，它会看着他的眼睛，或者舔他的手指，直到他内心的疑虑消失。迈克尔发觉自己已经爱上了它——他喜欢塔博钻到他的怀里，喜欢它拉他的胡子叫他起床，喜欢它对着玩具老鼠呼噜呼噜地叫。它有时非常黏人，但这种被需要的感觉让迈克尔很开心。他很长时间没有照顾过任何人了，内心有些蠢蠢欲动。

第 4 章 可怕的怪物和超级爬虫

在塔博出现前,迈克尔每天都以喝啤酒迎接新的一天,后来进化到喝钢牌啤酒[1],再后来就是有什么喝什么。但始料未及的是,塔博改变了他的饮酒习惯。他的酒瘾消失了,现在只在晚上喝酒。他觉得有必要保持清醒,这样就不会有人叫警察来抓他然后把猫带走了。

现在,迈克尔意识到了塔博对自己的意义,他决心无论付出什么代价,都要一直把它带在身边。是时候计划着去更温暖的南方过冬了。

尽管如此,"它在某个地方有个主人"的想法总是在他脑海里挥之不去。

---

[1] 即 Steel Reserve,美国啤酒品牌,以生产拉格啤酒著称。

第5章 为跑而生

迈克尔·威廉·亚瑟·金是在韦伯斯特格罗夫斯一座普通的隔板房里长大的。韦伯斯特格罗夫斯位于密苏里州圣路易斯市的郊区，那里绿树成荫，林立着装有百叶窗的单层小房子，有一种沉睡小镇的感觉。这是一个安全、体面又平静的地方。树林和小溪环绕着长长的蜿蜒的街道，孩子们和小狗在外面嬉戏。但对迈克尔来说，这儿几乎是地狱里一个安静的角落。他家住在镇上较穷的一端，而对他的父母——两个被他看作坏脾气的陌生人——来说，抚养迈克尔和他的四个兄弟姐妹简直不堪重负。他的父亲做了两份工作，但钱仍然紧缺；他的母亲独自在家照顾五个孩子——她十几岁就从英格兰嫁到美国了，在融入新文化的过程中，她没有得到家庭和任何人的帮助，这让她饱受折磨。

迈克尔的父母于1955年在英格兰相识。克拉伦斯——或大家口中的克兰西——是一名驻扎在剑桥的美国陆军士兵。凯瑟琳——一个十九岁的英国孤儿，嫁给了这名风度翩翩的美国士兵，打开了通向新生活的大门。克兰西将凯瑟琳带回美国，并在圣路易斯当一名警察。凯瑟琳在二十岁时生下了第一个孩子。

第5章 为跑而生

金家对五个孩子的要求是安静、听话，不允许他们带朋友到家里玩、使用电话或放音乐。但是迈克尔既任性又喜欢顶嘴，母亲常常用他父亲的警用皮带打他，除此之外还有一些其他的惩罚措施。最令他不安的记忆是，在家里其他人吃晚饭时，他被锁在楼上的壁橱里。对迈克尔来说，凯瑟琳似乎一直很生气。随着年龄的增长，情况变得更糟了。

焦虑不安的迈克尔和他的双胞胎兄弟以及三个兄弟姐妹一起就读于玛丽女王和平天主教学校。那里所有的修女都极力保护迈克尔。她们看到他腿后的伤痕，就知道他遭遇了家暴，所以她们会确保他在学校里平平安安。他的二年级老师莫林·特蕾莎修女对他庇护有加。迈克尔崇拜她。在那段日子里，学校是他的避难所。然而，随着年龄的增长，他变得更加任性和孤僻。逃学，在他家附近的铁轨上闲逛，这些都助长着他逃跑的梦想。

孩子们都上学后，凯瑟琳开始在当地医院上班，做夜班护士助理。被丢在家中无人看管的迈克尔和他的兄弟们整晚在铁路上和公园里徘徊——但迈克尔大部分时间都是独自一人，在小巷里闲逛，阅读有关动植物的书籍，做白日梦，学习如何摆脱孤独。

1978年6月，十三岁的迈克尔第一次离家出走了。正值暑假，他告诉朋友们，他要"从那座房子里逃出去"。他打包了一小袋行李，在半夜和他的孪生兄弟——昵称为JP的约翰·帕特里克一起溜了出去。他们沿着铁轨走出了圣路易斯。没有钱，也没有地方住，他们就洗劫蔬菜园和苹果树，吃野黑莓，睡在废弃的车库或茂密的灌木丛中。他们只走到了新墨西哥州，之后就因逃学而被捕，被戴上手铐送回了家。

十四岁时，迈克尔经常在火车轨道旁的灌木丛中睡觉，在当地餐馆吃饭并逃单。有一段时间他经常住在邻居家里，贝克梅尔一家人很同情他。但他最后总是被捉回家。

当迈克尔十五岁时，他的父亲在后院里抓到他和JP一起抽大麻。他们只是尝鲜而已，父亲却勃然大怒。他认为儿子们有毒瘾，于是把他们送去参加为期一个月的封闭式治疗项目。

几天后，迈克尔和另一个十六岁的孩子迈克搭便车逃离了那座小镇。

他们往西雅图逃去。在那里，迈克说，他们可以和他的母亲住在一起。但是，他们在怀俄明州的惠特兰被捕了。因为是未成年人，所以他们只是被安置在一个拘留室里。警长先打电话给迈克的父母，他们说迈克是离家出走，并表示想让他回家。

然后，警长和迈克尔的父母通了电话。他的父母最初报警了，但后来停止了寻找。最后，警长挂了电话，解开了迈克尔的手铐：克兰西不想让他回去了，凯瑟琳则被迫接受了迈克尔在家里不开心而更喜欢露宿街头的事实。对她来说，少一个孩子可能是一种解脱。警长带迈克尔回到车上，送他出城，并给了他二十美元，然后说："祝你好运，孩子。"

1981年夏天的某个时候，迈克尔来到了蒙大拿州。锯齿状的

第 5 章　为跑而生

山脉和阳光炙烤着的平原正是他在寻找的野性的、未开垦的地方。"你能看到的只有一小片乡村风景和一大片天空，数英里内空无一人。"在寄给 JP 的明信片上，他如此写道。他找到了一份工作，为海伦娜的一家奶牛场运送牛奶；他找到了一间便宜的公寓，并在当地高中的招生表格上伪造了他父亲的签名。

迈克尔认为自己的灵魂很老，在某些方面，他已经成熟得超越了他的年龄。他很容易被人看作十八九岁，但几个月后，他被当局发现了，并被告知若没有合法监护人，他就不能待在蒙大拿州。

他回到了圣路易斯，但不愿意回家。几个月后，他搭便车回到蒙大拿州，决心找一个合法的监护人。迈克尔从未有过和陌生人一起坐车会遭遇危险这个念头。他坚信，有很多个天使跟着他，没有什么坏事会发生在他身上——而且，他早已经历过最坏的情况了。一到达海伦娜，他就跳上了第一辆为他停下来的破旧小卡车。这名卡车司机要去参加匿名戒酒互助会，他是个有酒瘾的嬉皮士。迈克尔没有别的地方可去，便加入了他的行列。他认为匿名戒酒互助会是个能找到合法监护人的好地方。前年，他短暂地参加过治疗项目，很欣赏那些成年人表现出的诚实。

那年 10 月的一个星期二下午，迈克尔在互助会上遇到了沃尔特·埃伯特——一名越战退伍军人，曾为军队招募新兵，离异后开始戒酒。

迈克尔觉得沃尔特是个不错的人，对他有种踏实的信任感。迈克尔问沃尔特是否愿意装作自己的父亲，这样他就可以继续上学了。他还解释道，他是从不幸的家庭里出走的，不过他有工作，并且可以照顾自己。他需要的只是一个签名。"没问题，我会帮你的。"沃尔特说，但他坚持要先与迈克尔的母亲联系。电话里，凯瑟琳告诉沃尔特，如果迈克尔想待在蒙大拿州，她没有意见。迈克尔的父母放弃了监护权。

在接下来的三十年里，沃尔特将成为迈克尔的养父，并给他一份长期的关怀。接受过耶稣会教育并在圣方济各会神学院待过一段时间的沃尔特经常告诉迈克尔："在滋养他人的同时，我们也会找到自己。"

搬进沃尔特家不久后，迈克尔拿到了GED文凭[1]。他白天继续做园艺工人，晚上偶尔在海伦娜的非法地下赌场贩毒。最初几年，他和沃尔特住在一起，他们分摊房租、伙食费和账单。后来，迈克尔去博兹曼市的蒙大拿州立大学学习商业和园艺，但当他意识到即便没有学位也能创办自己的园林绿化公司时，他就退学了。他在蒙大拿州生活和工作了将近十年。

这些年来，除了也搬到蒙大拿州的JP，迈克尔与家人的联系很少。但他在1990年8月回圣路易斯参加了父亲的葬礼。他打算在镇上待几天，但在葬礼的那天晚上，迈克尔和他的弟弟罗伯特去圣路易斯的一家酒吧喝得酩酊大醉。

---

1 美国一种特殊的考试，叫作"一般教育发展考试（General Educational Development Tests）"，简称GED，是一种全美承认的替代高中毕业文凭的考试。

第5章 为跑而生

喝得正酣时，迈克尔认出了高中时代的一位旧友——迈克尔·默瑟。他的头发变短了，脸也瘦了，成熟了一些，但默瑟还是和以前一样帅气。他们第一次见面是在迈克尔十六岁的时候，在圣路易斯梅维勒高中的走廊里。两人一拍即合。默瑟比迈克尔大几岁，他们看起来非常相似，身高都是六英尺两英寸，头发乌黑且凌乱，颧骨尖尖的，还有明亮的蓝眼睛。默瑟高中毕业后参了军，两人曾短暂地通过书信保持联系。

分离的九年似乎只有一眨眼那么长。短短几分钟后，他们就在一起喝酒抽烟、谈笑风生了，和高中时没什么两样。第二天，迈克尔又和默瑟见面了，他决定推迟返回蒙大拿州的时间。这位旧友悠闲、慷慨而且风趣，和他相处的感觉比和任何人都好。和默瑟在一起，迈克尔终于有了家的感觉。

他短暂地回到蒙大拿州，打包行李，关停自己的园林绿化公司，然后搬进了默瑟在圣路易斯的住处——简陋、昏暗的街区里一幢摇摇欲坠的联排公寓楼。房东是默瑟的朋友，他给迈克尔提供了一份公寓经理的工作。迈克尔的工作是收租、日常维护住宅和庭院，这让他以极低的租金在此租住了很多年。

最终，迈克尔在一家豪华的小餐厅里找到了一份厨师的工作，默瑟则是一名电缆工人，负责上门给人安装有线电视。他们的生活安稳有序，时不时地玩玩扑克，偶尔会吸毒狂欢。他们也会野营旅行，享受户外活动。他们甚至谈及退休后要搬到蒙大拿州去。在下班后的电视休闲时间，他们目睹了苏联解体、南非废除种族隔离制度、许多国家签署核不扩散条约。看起来整个世界都在进步，任何事情都有改变的可能。

在这个崭新、舒适的环境中，迈克尔得以承认一个一直以来被隐藏的事实：他爱上了一个男人。成长过程中受到的教育让迈克尔将之视为一种罪恶，但这种新鲜、意想不到的爱让他感觉像是某种馈赠。

五年来，他们一直过着平静而满足的生活，直到默瑟坦言自己是艾滋病病毒携带者。病毒是在他们重逢的几年前感染上的，如今他正努力应对。几乎是一夜之间，迈克尔就从与默瑟一起耕耘新生活的状态变成了做好准备迎接伴侣的死亡。

迈克尔怀抱希望，希望他们能控制住这种疾病，并且，在将近十三年的时间里，他们做到了。他们继续了他们的生活。然后，在2003年的夏天，默瑟病重，并入院治疗。迈克尔一阵恐慌，在等待不可避免的未来时，他感到一种麻木的悲伤。

迈克尔每周工作六十个小时，但每天早上上班前，他都会去医院和默瑟一起吃早餐，确保默瑟有自己需要的一切东西。有一天，他发现护士忘了给默瑟止痛药，他气疯了。他不喜欢默瑟被如此对待，所以他几乎绑架般把默瑟带回了家。医生警告他："你不能这么做——默瑟只有两周可活了。"但在迈克尔和一位在他工作时接替他的临终关怀护士的照顾下，默瑟又活了四个月。

几乎每天，当迈克尔从餐厅回到家时，默瑟看起来都比前一天更加糟糕：更瘦，更苍白，更虚弱。当默瑟开始呼吸困难时，迈克

第 5 章 为跑而生

尔给他买了一个氧气罐。这段时间里，迈克尔一直在联系默瑟的家人，让他们知道默瑟的时间不多了，希望他们能帮忙照顾他，或者至少来看看他。但他们完全不相信，并拒绝接受默瑟即将死去的事实。默瑟病重期间，他们从未来看望过他一次。

默瑟于 2003 年 10 月 20 日去世，享年四十一岁。默瑟临终时，迈克尔抱着他，透过泪水凝视着他此生的挚爱，描摹着那张脸庞上的每一个细节和染霜的黑发散落在高高的颧骨上的样子。

五天后，迈克尔用尽全力在葬礼的折磨中保持了冷静。在默瑟去世前的几个月里，迈克尔一直悲痛欲绝，就像在最后的日子里，当默瑟脆弱的身体在他的臂膀里摇摇欲坠时他感受到的那般。在那个周六下午的葬礼后，他回到家，精疲力竭，瘫倒在沙发上——他们曾坐在沙发上聊天，度过了很多个晚上。他打开电视，调成静音。在接下来的几天里，他一点一点地垮掉了——湿疹突然失去控制地冒了出来，手指穿过的头发像被银币染过一般。他几乎没有离开过沙发。

当终于站起来时，他面对的却是默瑟在他的生命里留下的千疮百孔。在浴室里，他看到了默瑟的牙刷。当打算把它扔掉时，他意识到默瑟再也不会用它了。

目之所及——椅子、陶瓷摆件、他们在默瑟去世前不久开始收藏的艺术品——全部诉说着他们一起经历的种种，而现在都化为了难以承受的沉重负担。

迈克尔想，世界上的东西太多了，大部分都毫无意义。

他开始把东西从架子上拿下来，卧室里堆了一堆，厨房里堆了一堆。他把他们车道上的所有东西在脑海中列了一张清单：崭新的斯巴鲁、福特F-150、拖车、船。它们加起来大约值二十五万美元。他想过进行一场车库拍卖，但立即因"从默瑟的死亡中赚钱"这一想法而感到内疚。

尽管如此，迈克尔还有一项令人心碎的任务——清空他们的房子。就在默瑟去世一周前，迈克尔已经将他们的大个子斑点母猫"矛矛"和一只叫作"小阿吉"的狗一同送给了默瑟的兄弟。那时他已经知道他要离开圣路易斯了。

此时，在葬礼的一个星期后，迈克尔最后一次上楼，仔细地翻看了他们的照片，拼凑出他们在一起的日日夜夜。他的目光停留在一张照片上——默瑟正抱着矛矛微笑。以非洲叛军命名的矛矛占了沙发一半的位置，姿势像只小狗。默瑟很喜欢它。小阿吉是一只棕色的流浪幼犬，是迈克尔在密苏里州西南部一家餐馆的垃圾箱里捡到的。幸福的回忆像幻灯片一样在眼前闪现，迈克尔再次崩溃了。

他回到楼下，抓起一瓶威士忌，瘫倒在沙发上，凝视着空气，然后举起瓶子对着自己灌了下去。他就那么瘫在那里，直到整瓶酒见底。他抬头看了看无声的电视，瞥见了屏幕上的自己——他的脸哭得又湿又肿。

不久之后的午夜时分，迈克尔在背包里装了几件衣服和几张珍贵的照片。他腾空冰箱，在后院走了走，将食物堆成一堆留给松鼠和浣熊。他把所有的鸟食器都填满，然后在他亲手建的池塘边、亲手种的柳树下坐下，旁边是他用金银花、含羞草和玫瑰园填满的砖墙小院。曾经的夏天，迈克尔和默瑟就坐在院子里的草坪躺椅上聊天、抽烟，伴随着从房子里飘出来的尼尔·杨的歌声。

他返回屋里，拿起背包。他想重新振作起来，却不知如何摆脱这种悲伤。他做了唯一能做的，然后逃走了。

没锁前门，迈克尔最后一次离开了家。在最近的公路上，他竖起了拇指。他孑然一身离去，却感到莫名的解脱。

第6章 再次上路

11月底的波特兰，寒冬已经来袭，把景物变得既灰暗又阴森。哥伦比亚河谷的风带来了刺骨的寒气，冻得人眼泪直流。频繁的雨水不断地渗入被虫蛀咬的破旧的睡袋，迈克尔只能想尽办法保持睡袋干燥。

他们五个有时睡在UPS装货区，有时一起挤在繁忙街道上的店铺门口：迈克尔、斯廷森、他们的朋友凯尔和"鞭子小子"，还有塔博。露宿者独自一人很容易受到攻击，特别是在城市的公园里和隐蔽的地方，这也是一些人养狗的原因之一——有意识地保护睡觉时的自己。

大约十年前，当迈克尔从他的家和生活——所有的一切——中逃离出来时，他认为几个月的流浪生活将帮助他摆脱悲伤。他并没有打算彻底无家可归。但他变成了一个酗酒者，并且，在经历了厄运的暴击后，他再也没有什么可依靠的了。他孤身一人，身无分文，最终融入了其他流浪者的团体，并适应了他们的生活方式。

露宿街头也意味着要随季节变化而不停奔走。通常情况下，迈克尔会在11月中旬从波特兰出发，去某个气候不那么恶劣的地方，

第 6 章 再次上路

但今年他多坚持了一段时间,希望有人能来认领走失的塔博。

一个寒流肆虐的早上,迈克尔醒来后发现睡袋被霜覆盖了。塔博早已爬进他的运动衫里,颤抖着向他靠拢,尽可能地取暖。它在寒冷的环境中活不了多久的。他们已经承受了太多狂风暴雨的夜晚。迈克尔知道,是时候去南方过冬了。

霜冻之后的12月3日,也就是他四十八岁生日那天,天气晴朗,微风吹拂,迈克尔以一罐钢牌啤酒开始了一天的生活。他想要举办一场生日聚会及告别会。在带着塔博一起上路之前,迈克尔和斯廷森、凯尔、塔博一起去了霍桑大道附近的几家酒吧,但他们要么被赶出去,要么在店主报警后被警察撵走了。最终,他们来到了莫里森街的孤杉墓园,在这个人迹罕至之地进行庆祝。

"疯子乔"和其他一些朋友筹到足够的钱给迈克尔买了一瓶野火鸡酒,还有一打六罐装啤酒和速食三明治。在埋葬着先驱者的墓地中央,在三棵高大的松树下,他们围成一圈,听着古典乡村音乐,传递着酒瓶,一人喝一大口酒。那样的话,如果警察来了,他们只会损失一瓶酒。

在一座巨大的地下圣堂附近,迈克尔站在寒冷、无月的天空下,塔博在阴影里徘徊着。当和朋友们一起身处像这座墓地一般安静、空旷的地方时,迈克尔就会取下皮带,让塔博自由漫步一会儿。它绕着橡子和松果转,在泥泞、破落的草地上嗖嗖地摇晃着尾巴,在长满青苔的坟前面的杂草丛中偷偷地跑进跑出。

两个影子突然从地下圣堂后方的一片漆黑中冒了出来,像吸血鬼一样，把每个人都吓坏了。"疯子乔"，这个身材矮小、留着又短又脏的金发、年近五十的男人吓得一跳，把啤酒洒到了裤子上。

两个"吸血鬼"实际上是"鞭子小子"和简。"鞭子小子"穿着绿色军裤和法兰绒衬衫，外面套着毛衣和牛仔夹克，是个懒散、独立的小孩。他的女朋友简很可爱，脸色苍白，脸上长着雀斑，留着栗色短发，骨瘦如柴。她站在他的旁边，害羞而警惕。

"你们吓死我了，"疯子乔"用浓重的南方口音说，"我还以为你俩是从墓地里爬出来的。"

"对不起，不是故意吓你的。""鞭子小子"朝他们走过去。

"你是南方人吗？"简问"疯子乔"。

"当然了，妈妈，"他边说边打开一罐啤酒，"佐治亚州……一个偏远山区……你从没听说过的小镇。""疯子乔"看起来像个硬汉，肌肉紧实，精神高度紧张。他带着一只黑色的大罗威纳母犬，它正蜷缩在不远处的哭泣天使石像旁。"我妈妈是个乡巴佬，我爸爸是个卑鄙小人，我也不是好人。"他到波特兰来画画、摘水果，找任何能做的工作。找不到工作的日子，他就靠在社区花园里种植、贩卖大麻和致幻蘑菇勉强糊口。

当大家喝酒聊天的时候，塔博走过去坐在他们中间，开始舔舐自己。每当听到自己的名字时，它就停下来，把一侧湿漉漉的皮毛露出来。那只性情温和的罗威纳犬摇着尾巴，用它柔软得像奶牛一样的眼睛一直盯着塔博。接着，它在松针和枯叶上滚来滚去，试图说服塔博一起玩。但塔博不理它，继续舔舐自己。

第6章 再次上路

"我们在来德爱[1]外面捡到了二十美元,""鞭子小子"边说边从包里拿出两瓶啤酒,将其中一瓶递给迈克尔,"你知道这代表着什么——"

"天使的声音。"迈克尔大笑着说,举起瓶子和"鞭子小子"干杯。

简倚坐在迈克尔旁边的一棵松树下玩着手机。"你为什么要在墓地里过生日?"她咯咯地笑着问,视线没有离开手机。

迈克尔咧嘴一笑,说:"我猜,墓地天生就是为流浪者准备的。"

"这里是埋葬自己的好地方。""疯子乔"插嘴说。

"警察总是把我们从所有老地方赶走。"迈克尔补充道。

"疯子乔"又喝了一大口啤酒,写满忧伤的灰色眼睛看了看众人。然后,他看着迈克尔说:"如果你想放松一下的话,我这儿有些好东西。"他说着打开了一个皱巴巴的装满致幻蘑菇的棕色纸袋。

"不需要。我有猫和一堆酒了。"迈克尔一边说着,一边看向他的啤酒和背包旁的塔博,它正像逗弄猎物一样玩着一个橡果,"很高兴你能来。"他小时候从未办过生日派对,所以,看到平时熟悉的流浪汉兄弟们都来了,他很感动。他喝了一口野火鸡酒,刷新了一下手机。来自全国各地的朋友发来了生日祝福,他在脸书页面上写了条简短的消息作为回复:"潮湿的波特兰……猫是如此美好。"

那晚寒风刺骨,气温接近零度,还下起了小雨。威士忌只能让

---

[1] 来德爱(Rite Aid),美国的连锁药店。

身体暖和一小会儿。迈克尔意识到，他不仅需要摆脱严寒，还要摆脱散发着寒冷的自己。他想象塔博戴着一副小小的红色太阳镜，脖子上挂着一块纸板，上面写着"到加州去"。

他把酒瓶递向身旁的人，宣布道："塔博和我要去加州了。"

"我们和你一起去。""鞭子小子"说，"我和简也要往南走，去晒晒太阳。"

"是啊，看得出来。""疯子乔"点点头说，"在我心里，我已经身处某座热带小岛上的棚屋里了。我想这对你们和这只猫都有好处。但是，你们打算怎么带着猫一起上路呢？头等舱还是长途大巴？"

除了凯尔和斯廷森，大家都笑了。

带着猫上路并不像看上去那么不切实际，当然，它肯定会让迈克尔的旅程变得困难一些，但他不能丢下它不管。"我想带它去看看风景。"他说。

塔博已经结束漫步，回到了迈克尔身边。他把它裹进夹克里，和斯廷森、凯尔一起回住的地方。他们把神志不清的"疯子乔"和他的狗留在了那座拥有红砖堆砌的尖塔和彩色玻璃窗的豪华地下圣堂里。

"带塔博去南方，"走出墓地时，迈克尔对朋友们说，"是内心的一种冲动。"

第 7 章　从俄勒冈到加利福尼亚：风暴骑士

距离在孤杉墓园举办生日派对已经过去了几周，迈克尔、塔博、"鞭子小子"和简正在暴风雪中的俄勒冈州 5 号州际公路边拦顺风车。迈克尔把一个结实的带拉链的尼龙宠物笼牢牢地绑在背包顶部，塔博正蜷缩在松软的羊毛毯子里，毯子是霍桑大道上一个富有同情心的店主捐赠的。

那天早上早些时候，迈克尔把在水牛交易所旧货店外的废弃箱子里找到的二手衣物塞进了他破旧的背包。他带了一个小型露营炉、一个平底锅、一个开罐器、一些香料、豆子和苏打饼干、一罐雀巢咖啡、一条毯子、一件雨衣、一部便携式收音机、几本平装书、笔记本、几根钢笔和马克笔、一个用来乞讨的锡杯，还有猫粮和猫用品。

他在 UPS 装货区旁那条街的枫树下留了一个装有五十多个猫罐头的纸板箱，上面有一张字条："免费猫罐头。请送到当地动物保护协会。人们对我和这只猫很友好，但我带不了这些猫粮。"救助塔博的三个月以来，迈克尔开玩笑说，他收到的食物足够养活一群猫了。流浪汉兄弟们帮他分担了一些猫粮，装在他们自己的背包底部，还藏了一些在霍桑大道的灌木丛中，以备不时之需。不过，自从它第一次当众出现在他的背包上，他就一点儿也不担心食物的问题了。

迈克尔已经告别了正被朋友们照料着的凯尔，还有斯廷森——他买了一辆二手车，正前往新奥尔良，准备和他的女朋友共度冬天。随后，迈克尔到霍桑餐具店告别店主——一个前迈阿密警察，他对迈克尔很友好，让迈克尔在离开前过去打个招呼。店主曾经给了迈克尔五十美元，以感谢他帮他们避免了一场抢劫。

捡到塔博前，有一次，迈克尔在餐具店对面的一辆快餐车下醉得神志不清。有两个人试图闯入车厢，这时，他醒了过来，喊道："嘿，你们在干什么？"两人跑走了。他报了警，并告诉警察要注意那两个人。他觉得他们还会再来的。果然，第二天晚上，他们又来了。不久之后，餐具店店主看到迈克尔坐在门口，便对他说："我听说了你做的事。你一直在照看我们，现在我也要照看你。"他给了迈克尔五十美元。后来，当得知迈克尔要去加州过冬时，他便想给他更多，当作他的路费。

收了钱后，迈克尔和塔博与"鞭子小子"和简会合了。天下起了小雪，他们在7-11便利店喝咖啡暖身，然后踏上了去往南方的旅途。俄勒冈州是唯一一个在高速公路上步行不违法的西部州。

他们其实有足够的钱买火车票，但如果不给塔博下药，他们是藏不住这只爱叫唤又过分热情的小猫的，迈克尔可不打算下药。所以他们不得不搭便车。

第7章 从俄勒冈到加利福尼亚：风暴骑士

"鞭子小子"很擅长看地图、认路和拦顺风车，但这条公路太人迹罕至了，偶尔才出现一辆货车。货车司机很少会接受搭便车的人。货车公司不允许载客，因为他们的意外事故保险不涵盖乘客。沿着公路走了好几英里，他们的脚印是雪地上唯一的痕迹。迈克尔不时停下来，把手从拉链缝伸进塔博的毯子，检查它的情况。

到了下午，雪越下越大，覆盖了公路，衣服和背包上也积了厚厚一层雪。大型卡车从他们身边疾驰而过，溅起了更多的雪和泥。"鞭子小子"挥舞着他的拦车板，上面写着"南方或加利福尼亚"，试图吸引司机的注意，但根本没人减速，更别说停下来了。

下午三点左右，他们看到了一条被杂乱的冷杉树围着的街，街上满是破旧商店和快餐店。不过他们决定继续走到下一个出口，那里有一家简易便利店和一座加油站。然而，当走到出口时，他们发现商店关门了。他们在渐暗的天色中快步回到公路上，希望能找到一个便宜的"歇脚处"——流浪汉对汽车旅馆的称呼——他们可以在那里过夜。

"我们得赶快找个地方安顿一下，"迈克尔每走几英里就说，"我不想带着一只猫顶着暴雪拦车。可能会有人报警的。而且，塔博不喜欢这样。"

"别担心，'百宝箱'，我们会找到的，""鞭子小子"不停地安抚他，"我很快就能给咱们找到顺风车。"

但天色越来越暗，他们一直没拦到车。几个小时前，映入眼帘的景物已经从波特兰南部的城郊住宅区变为绵延起伏的森林了。他们筋疲力尽，在一片长满草的隔离带里找到了一个掩蔽在茂密的杉树丛中的落脚处。杉树下铺满了松针，干燥舒适，他们就在这儿铺好了铺盖。简、迈克尔和塔博由于疲惫，很快就睡着了。而"鞭子小子"把睡袋裹在身上，靠着背包坐在路边，手里拿着拦车纸板和手电筒，等待着过往的汽车。

凌晨四点左右，雪还在下，"鞭子小子"叫醒了简和迈克尔。他没睡，不知怎么拦到了一辆车，可以把他们送到下一个休息站——在威尔逊维尔。匆忙收拾好东西，他们朝停在路上的小货车走去。简、迈克尔和塔博可以和司机一起挤在前排座位上，但驾驶室里没有空位留给"鞭子小子"了。他们不得不用地毯把他裹起来，希望这样他坐在卡车后座上时能御寒。

司机开起车来很恐怖，卡车不停地在泥泞的雪地上打滑。迈克尔把塔博的笼子放在腿上，尽量让它保持平衡。但是塔博很平静地坐在车里，没有抱怨——大多数猫可是会从俄勒冈州一路"喵喵"叫到加州的。这一路上，让迈克尔和简更担心的是"鞭子小子"，他们怕他被甩到公路上然后被车碾过去。好在离休息站只有四十英里了。

"可真难熬。"当他们把他从地毯里放出来的时候，"鞭子小子"对迈克尔说。他在冰冷的卡车后座上被来回摇晃了将近一个小时。

威尔逊维尔的休息站——迈克尔曾在这里搭过好多次便车——很冷，但提供免费咖啡，那是非营利组织为司机提供的服务。因为快到圣诞节了，所以俄勒冈州的休息站也在分发饼干和甜甜圈。

第7章 从俄勒冈到加利福尼亚：风暴骑士

迈克尔打开笼子，将塔博放到腿上。他握着咖啡杯捂了捂手，然后把手贴到塔博的身上给它取暖。它"呼噜呼噜"地叫着，把脸蛋蹭到他的脸上。

时间仍然很早，他们搭不到车，于是迈克尔领着他们穿过雪地，来到附近的一个休息点——就在离公路不远的树林边。那是一间废弃了很久的房子，有一条封闭式的后门廊，覆盖着苔藓的废墟散发着灰尘、霉菌和雪松的味道。树木穿过破碎的窗户生长，杂草从扭曲的裂缝中穿出。树林慢慢地收回了它的土地所有权。

"鞭子小子"和简走进去，小心翼翼地擦着门绕过破损的地板。漆片像秋天的落叶一般从天花板上掉下来。

迈克尔紧紧地抓着猫笼，跟在后面。"我认为，十二宫杀手[1]在这里住过。"他笑着说。

这里看起来的确像逃亡者的藏身之处。后门廊上放着一对坍塌的沙发，他们把沙发拼到一起，然后把睡袋放在上面挤着取暖。塔博和迈克尔一起蜷缩在铺盖里，安稳地睡了几个小时。

太阳一出来，他们就继续往南向另一个休息站出发了。在几杯咖啡和几个甜甜圈下肚后，他们顺利地搭了几次便车。在从塞勒姆南部到普赖恩维尔——一座被高山峡谷和冰川绿湖环绕的前伐木小镇——东部的途中，他们的运气耗尽了。尽管如此，他们还是能借住在普赖恩维尔一个朋友家的客厅里。第二天，迈克尔在脸书上发

---

[1] 20世纪60年代晚期在美国加州北部犯下多起凶案的连环杀人犯。

了一条消息:"在普赖恩维尔,和'鞭子小子'、简在一起……这雪真让人心烦。"三天后,那个朋友受够了他们,于是四位同伴回到路上,搭便车到了雷德蒙德——一个曾经以屠杀野生动物和没人要的马而闻名的沙漠城市。生态破坏者烧毁屠宰场之前,当地的下水道中马血泛滥,当地人不断地抱怨马匹的恶臭味和惨叫声。

从雷德蒙德出发,他们又踏上了通往姊妹城的路,那是俄勒冈州中部一座风景如画的滑雪小城,被一片常绿的森林包围着,还有熙熙攘攘的行人。那天晚上,他们三个人几乎冻僵了,穿上各自所有的衣服睡在外面冰冷的水泥地上,猫笼里的塔博则缩在毯子里。每当迈克尔把手伸到笼子里,它就会把爪子放在他的手上,让他暖和一下。虽然外面只有大约十八华氏度,但它还是暖烘烘的。

第二天早晨又霜冻了,他们收拾好铺盖,在一家杂货店外坐下来,乞讨一些零钱。攒够了大约八十美元,他们买了食物和咖啡,在路边试着拦车。在漫长的等待中,"鞭子小子"和简迫不及待地想摆脱天寒地冻,他们拦到一辆车,钻了进去。迈克尔并不喜欢那辆车的外观。司机一只手拿着啤酒,显然已经醉醺醺的了。迈克尔和他们告别。他和塔博会拦别的车。

现在只剩下迈克尔和塔博了——他俩相遇几个月以来的第一次独处。路上几乎没有车经过。走了几个小时还没看到车,迈克尔快要崩溃了。除了几杯咖啡,那天早上他只吃了一个三明治。他饥肠辘辘,四肢几乎要失去知觉了。最主要的是,他非常担心塔博。它时不时会叫几声,似乎是在告诉他自己还在这儿。每当他放下猫笼去察看它，它都会透过网状小窗户跟他眨眼。

突来的一阵风差点儿把迈克尔刮起来。他们需要一个庇护所，否则熬不过这一夜。当迈克尔又一次看向塔博时，它似乎害怕极了，眼睛睁得大大的，从毯子下面往外看。

"我会找个暖和的地方的。"他向猫保证道，并把手伸到笼子里，爱抚着它的耳朵和下巴，"我们很快就会沐浴海边的阳光，你会喜欢的。"塔博凝视着迈克尔，慢慢地闭上又睁开眼睛，以猫的方式给了他一个吻。

他用眼神回给了它一个吻，然后把它裹在毯子里，关上猫笼。他扫视四周，举起手抵御眼前的飘雪。在公路的两边，到处都是令人目眩的积雪和树木——云杉、紫杉和铁杉。路下面不远处，越过一片被积雪覆盖的松林，迈克尔看到了一座陈旧的谷仓。

他提起猫笼，从公路上的斜坡跑向谷仓。那儿看起来很荒凉，但至少能提供一些庇护，使他们免受一夜风雪的侵袭。谷仓周围是破败的牧场围栏，像是旧马场的废墟。离他们最近的马厩门上倒挂着一个马蹄铁，那扇门被一大片积雪挡住了。迈克尔小心翼翼地上前清理，然后撬开门，生锈的铰链正好脱落了。他扫视了一下眼前的黑暗，以确保没有危险，然后把背包和塔博放到里面。他把门紧紧地关上，挡住了肆虐的狂风。

尽管看起来废弃已久，马厩里仍有股肥料和发霉的味道。谷仓里满是稻草和种子壳，但都是干的。他在最远的角落里发现了一堆肮脏破烂的旧马毯和空麻袋。他顺着墙跌坐在毯子上，然后把塔博从猫笼里放出来，揉搓它的后背，好让它暖和起来。他一边抱着它，一边摆弄着铺盖卷和一小包行李。他感觉手指在手套里冻成了冰柱。

尽管坐在马厩里，他依然很冷，迈克尔能看到自己呼出的白气。风把雪花吹起来，从破碎木条之间的裂缝吹进来。他又把塔博裹起来放进笼子，并用几张马毯堵住缝隙来抵挡寒冷的空气。然后，他拿出橙黑相间的北面[1]睡袋和泡沫垫，把它们铺在地上。

他去年过生日时买了那个睡袋。当时他正在人行道上写标语："我出生于1964年12月3日，今天是我四十七岁的生日。帮帮我……"一个开奔驰的男人停下来问他："你需要什么？"迈克尔回答："一个新的睡袋。"那人说："上车吧。"然后开车带他去了城里的一家体育用品店。虽然这个睡袋质量上乘、百里挑一，但在流浪生活中难免有磨损，它已经被缝缝补补了很多次。

迈克尔把塔博放到睡袋上，给了它一份干猫粮。当它忙着吃的时候，他偷偷地溜到漆黑的地方去拾柴火。习惯了住在城里，他几乎忘记了乡下有多么黑暗。他穿过一小块空地，来到附近的树林，迅速、尽可能地把所有掉落的树枝捡起来。晚上独自身处树林里这件事总让他害怕。这让他回想起小时候从家附近的树林里走出去时的恐惧。

就在转身回谷仓时，他看到一道影子从眼角一闪而过。那是塔

1　即 The North Face，美国户外品牌。

第7章 从俄勒冈到加利福尼亚：风暴骑士

博，它正从树木间向他飞奔而来。

"塔博，"他朝向他跑来的猫喊道，"你这是要去哪儿？别担心，我永远不会离开你。"它太害怕了，不敢独自待在那座可怕的旧谷仓里。

迈克尔以最快的速度往回走，塔博紧随其后。他在门口谨慎地停了一下。迈入谷仓的那一刻，他有种不祥的预感——他们并不是这里唯一的生物。他听到了沙沙的稻草声。塔博的眼睛睁得大大的，耳朵和胡须颤动着。噪声似乎来自头顶上方的草棚：要么是老鼠、蝙蝠，要么是其他神秘的客人。迈克尔突然想到，如果是连环杀手呢？

他惊慌失措，四处张望，想要找出一个重物。他放下手中的树枝，拿出破旧的手机。但是他的话费已经用完了，电池也几乎没电了，而且手机没有任何信号。他能打给谁？

突然，一群栖息在草棚下的乌鸦飞了出来，穿过屋顶上的一个洞，飞出去了。迈克尔吓得几乎丢了魂，塔博像闪电一样朝墙边跑去，一头钻进了睡袋的最深处。

迈克尔深深地吸了一口气，觉得自己真的需要抽根烟来缓解一下，但首先他得生火。他捡起拾来的树枝，走到用毯子堵住的无风的角落里，清理了身边的稻草。他堆好树枝，点燃了一团小火，足以暖和一整夜了。然后他点燃野营炉，给冻僵的手指取暖，并准备了两份食物：一罐给自己的用海盐和胡椒粉调味的豆子和饼干，一碗给塔博的混合了热猫奶的咪咪乐三文鱼酱。

当年他在高级餐厅当过厨师，而现在，他正在狂风暴雪中的破谷仓里为一只猫做饭。从某种意义上来说，这是一种进步——能再次为某个特别的存在做饭是件好事。

起初，塔博拒绝从睡袋里出来吃晚餐，但迈克尔用一些小点心把它哄了出来。它狼吞虎咽地吃着三文鱼和热牛奶，同时偷偷摸摸地四处张望。吃完后，它舔了舔嘴唇，像货车司机一样打嗝，因为吃得太快了。然后它缩回睡袋里。

"胆小鬼。"迈克尔揶揄道。

通常他会喝点儿睡前酒，用来暖身加缓解疲劳，但今晚他很感激能喝一杯热的速溶咖啡。豆子和饼干根本不能填饱他的肚子。虽然筋疲力尽，但他睡不着，于是坐起来，一根一根地卷着香烟来转移对饥饿的注意力。为了熬过这个夜晚，他回想着自己在圣路易斯的奥比餐厅做厨师时曾做出的那些菜肴：涂着奶油芝士和草莓酱的得州法式吐司，裹着菠萝伏洛干酪、意大利辣香肠、青椒和洋葱的意大利煎蛋卷。

外面暴风雪的声音越来越大，摇摇晃晃的旧谷仓门嘎吱作响。风凄厉地咆哮着，树枝被刮到屋顶上。迈克尔一直担忧地望着谷仓另一头的阴暗角落，想知道会不会有其他东西要跳出来。他紧张地等候着，仔细地辨别每一个声音，在焦虑中变得有点儿偏执。有一次，他甚至以为自己听到了轻柔的脚步踩在雪地上的声音，接着脑子里就出现了一部恐怖电影的画面，电影讲述的是森林里与世隔绝的房子和精神病杀手的故事。

火光中，蜘蛛网上闪烁着凝结的水滴。跳动的火焰照亮了墙壁，他现在看到了几十年前的涂鸦，还有胡乱画的头骨、十字架和乐队名。他依稀可以辨认出那些被刻进早已腐烂变形的木板上的带着姓名首字母及日期的爱心图案，这让他想起了十几岁的默瑟，那时他们抽着大麻，嘲笑一切。在学校走廊相识后，在迈克尔离家出走的间隙，他们每天都抽空见面。他们逃课，分享香烟和啤酒，或者在公园里嗑药。

关于默瑟的回忆使他的脸上浮现了笑意，也平息了他的恐惧。

火堆燃尽，迈克尔钻进睡袋，最终睡着了，并且做了一个关于默瑟和他差点儿把房子炸了的噩梦。默瑟去世前一周，迈克尔下班回到家，发现默瑟在吗啡的作用下精神恍惚，他的胸部有一缕烟灰正沿着T恤慢慢燃烧。一个氧气罐离他的床只有两英尺远。迈克尔大惊失色，对他说："你再也不许抽烟了。如果你要抽烟，身边一定要有人。"默瑟吓了一跳，意识到他差点儿炸毁房子，杀死他们的猫和狗。

当光线透过破碎的木条和朦胧的半月形窗户照到草棚上时，迈克尔猛地睁开了眼。他花了好一会儿才弄明白他在哪里，然后就感到胸口和脸上有一股暖暖的温和的压力。塔博正站在面前低头看着他，揉着他的胡子，忘情地和他对视。迈克尔笑了，抓了抓它毛茸茸的脑袋，它呼噜呼噜地叫着，把脸蹭到他的脸上。

熬过了暴雪的夜晚，在这个清晨，他们对彼此的爱又加深了。

第8章 边远俄勒冈：记忆中的汽车旅馆

天还没有大亮，迈克尔和塔博就继续上路了。迈克尔在他破破烂烂的四层连帽衫里瑟瑟发抖，外面套着一件旧的UPS司机工作服。他把一条羊毛围巾紧紧地围在脖子上。那只猫被裹在它的小羊毛毯里，只有耳朵尖伸出来了。

他艰难地走在公路上，搭了一趟短途便车回到了姊妹城，昨天他和"鞭子小子"、简就是在这里分开的。他需要买一些咖啡和补给品。

市中心的主干道看起来似乎和19世纪时别无二致，街上布满了人行道和酒吧，酒吧名字都是"布朗科·比利家"和"三个克里克人酿造"之类的。一家杂货店外，迈克尔坐在游客和购物者匆匆走过的人行道上。他拿出一把彩色记号笔和一张纸板，画了一棵圣诞树、雪人和雪花，写上"节日快乐。谢谢你的施舍"。2005年，一个名叫"神秘"的年长黑人流浪汉第一次教会他如何乞讨，从那以后，他总会在那只瘪了的锡杯旁放一张写着节日祝福的乞讨板。然后，他从纸板上撕下边角，自制了一小堆圣诞卡，用来分发给人们。

这一天是圣诞节前夕。塔博躺在迈克尔的大腿上，盖着毯子，

第8章 边远俄勒冈：记忆中的汽车旅馆

半睡半醒。它只露出了头和一只伸到他手臂上的爪子，但这吸引了行人。在看到这只猫后，他们给了迈克尔食物和猫粮，还有毯子、热饮、备用的袜子和毛衣。当迈克尔坐在那里时，他想起他曾经在圣路易斯的"皮金爷爷家"买圣诞礼物，那家古怪的复古折扣商店早就停业了。和默瑟在一起之前，圣诞节对他来说没有什么意义。作为一名厨师，通常迈克尔节假日也要工作。

在这个平安夜，人们特别慷慨，给的都是十美元和二十美元的钞票，快天黑时，他已经筹集了一百多美元。当迈克尔正考虑收摊的时候，一个高大魁梧、看起来像砖匠的女人从店里走出来，她的小女儿跑在前面，兴奋地看着猫。当小女孩弯下腰去看塔博时，那女人把孩子拽回来，吼道："别碰那只猫。"

迈克尔扫了一眼塔博，它看起来既受伤又困惑，于是他说："噢，塔博，我很抱歉！"

那个女人给了他一个充满恨意的表情，开始对他大吼大叫，怪他把猫带到了她的孩子面前。塔博吓坏了，想逃跑，但有项圈和皮带拴着，迈克尔能及时抓住它。

那场谩骂和指责使他有点儿心烦。迈克尔流浪了这么长时间，早就学会不把一些人对他的轻蔑和奚落当一回事了。大多数人都躲着他，但他也会遭遇欺凌，多数时候是一大堆孩子朝他竖中指，或是当天心情不好、干净整洁却喝得酩酊大醉的年轻男人朝他吼："找个工作吧，嬉皮佬。"

有时迈克尔会提醒自己，莫林·特蕾莎修女告诉过他："人们说的那些刻薄话通常是他们对自己的感觉。别往心里去。"

但现在他有塔博,就变得很难不在意这些了。他对这个无端指责一只无辜的小猫的女人感到一阵愤怒。他想大声辱骂她,但他没有,而是站了起来,把包和东西从地上拿起来,把塔博放进笼子,结束了这一天。

通常情况下,他只要收了一点儿钱,就会痛饮一番。但今晚,他克制自己,只买了半品脱的野火鸡酒。他现在要对另一个生命负责了,必须先考虑塔博的需要:它的饥饿、恐惧和不适。他想让塔博在床上睡一觉。

他走到小城外围,雪小了一点儿,随即又下大了。他发现了一家老式的汽车旅馆,它看上去破旧不堪,很可能是附近最便宜的住处。他急切地想摆脱寒冷,于是冲了过去,却在汽车旅馆停车场覆盖着冰雪的水泥地上滑了一跤,头朝下向前倒去。摔倒的同时,塔博从笼子里掉出来,消失在了三英尺厚的雪中。

"该死,该死的!"他扔下背包,摇摇晃晃地站起来,"塔——博——,对不起……对不起。"他一边喊一边用手和膝盖在雪地里搜索,可什么也看不到。"塔博,你在哪儿?"

接着,一个低沉、痛苦的叫喊声从雪堆深处传来。他用尽全力往雪里钻,到处摸索,直到手指碰到了暖和的东西。他抓住它,爬了出来,然后松开手。它看起来很困惑,头上有一堆雪,像一顶小帽子。

"找到你了。我在这儿呢。"他说着把它抱起来,放在怀里,朝汽车旅馆的前门走去。

第8章 边远俄勒冈：记忆中的汽车旅馆

在旅馆前台，一个染了蓝色头发、脖子上挂着20世纪50年代的猫眼眼镜的老妇人接待了迈克尔。他走进门的时候身上沾满了雪，塔博躲在他的衣服里，湿漉漉的小猫头露了出来，老妇人狐疑地看了他一眼。

迈克尔的钱足够住三个晚上。他把钞票放到柜台上，当老妇人数钱时，他对着猫说："看，塔博，我们在外面啦。"这是他和朋友之间的一个愚蠢的小玩笑。自从他露宿街头，从沃尔特到波特兰的社会服务部门的每个人都想帮他摆脱流浪生活，他只要把猫带到室内，就会称之为户外活动。

过了一会儿，他将旅馆房间的门关上，狂风被挡在外面。他欣喜若狂，立即跳到床上。当迈克尔走进浴室打开水龙头往水壶里灌水时，塔博冲了进来，跳上水槽，啜了一口从水龙头里流出来的水。他给塔博弄好晚餐，然后泡了一个漫长的热水澡，试图将自己解冻，并减轻脚上的水泡的疼痛。

花床单磨损了，橙色地毯沾了污渍，浴室长了霉斑，但是对迈克尔来说，这里和里兹大饭店一样美好。塔博看起来也有了居家感。它知道该做什么，该去哪里，它会在想要方便的时候站在门边喵喵叫。这让迈克尔再次意识到它是经过训练的，它肯定有主人。这个房间有个推拉门，通向小小的后院。草地上堆积的雪比猫还高。在一英尺厚的雪中尿尿对它来说是个挑战，迈克尔从前台借来一把铲子，为它开拓出一条小路，这样它就能快点儿回到屋子里来了。外面风大且寒冷，每当迈克尔打开推拉门，都会有雪渣吹进来。

在汽车旅馆的第一晚，迈克尔打开电视，坐在床上，切换着频道。他很少看电视，即使在他有电视时也是如此，他觉得大多数好莱坞演员都不可信而且糟糕透顶。但电视里正在播放《小猪宝贝》，塔博紧紧地盯着屏幕，被正在说话的农场动物迷住了。每隔一段时间，它就会跳上电视，向屏幕后面看去，想知道怎样才能找到说话的猪和它的伙伴们。它把迈克尔逗乐了。

圣诞节那天，他们在床上吃晚餐。迈克尔吃的是从自动贩卖机里买的奶酪番茄比萨，给塔博的则是一罐粉红鲑鱼。他登上脸书，查看了来自沃尔特和他在全国各地的朋友的圣诞信息。在一家发霉的汽车旅馆里和一只猫在一起，这是他经历过的最好的圣诞节之一。

父亲去世后，迈克尔曾试图与母亲和解。多年来，他一直怨恨她，他们的关系似乎无法修复。她搬到亚利桑那州一座尘土覆盖的沙漠小镇，住在一个封闭式拖车公园里。在那里，她和两条狗生活了一段时间，之后遇到一个叫伯特的退休卡车司机，他搬去和她一起生活了。她没有和伯特结婚，因为她不想失去丈夫的警察养老金。伯特去世后，她的生活就围绕着狗和牛仔教堂——一幢沙漠里的简易的白色尖塔建筑——进行了。教堂里有蓝草音乐风格的乐队和一些社交活动，人们甚至可以骑马前往。

迈克尔为她难过，觉得她可能会感到孤独，特别是他的兄弟们都不再和她联系了。几年前，迈克尔曾两次途经亚利桑那州，并给她打过电话。有一次，他在沙漠中遇到了她，当时她正在外面遛狗，没有邀请他去做客。她后来告诉他，她不认为警卫会让他进入拖车公园——他看起来脏兮兮的，胡子拉碴。从那时起，他只会在她教堂礼拜活动结束后的星期天打电话给她。通常，她并不接电话，即使接通，他们的谈话也是简短而生硬的。

现在，他和塔博一起靠坐在鼓鼓的枕头上，把电视频道转到了《绿野仙踪》。塔博的眼睛无法从一群穿着红夹克的猴子和绿脸女巫的身上移开。

"你可以用水感化卑鄙的人，这是我从这里学到的。"他对目不转睛的塔博说。电视上，坏女巫缩成一团，然后画面只剩下了她的帽子、袍子和一团蒸汽。塔博睁大了眼睛。

当字幕出来的时候，塔博在被子下窝成一团，睡着了。迈克尔看着它，它在睡梦中不停地自言自语。它是个多梦的小家伙。有时，它的耳朵、胡须和爪子会在它磨牙的同时一起抖动，它会发出嘎吱嘎吱的声音，就是猫看到窗外的鸟而够不着时发出的那种声音。

这一切都让他想起了过去的生活，想起他和男朋友，还有他们暖乎乎、毛茸茸的小猫矛矛和小狗小阿吉睡在一张标准床上的时候。在这样的时刻，他想，他和塔博一定是彼此的救赎。

当他们一起躺在毯子里时，外面的街道上满是雪，红色的霓虹灯在窗玻璃上反射出温暖的光芒。迈克尔盯着红色的灯影，心想，一切都在变好。那天晚上，他做了一个梦。他看到了一所房子，里面有一个燃木火炉、一张舒适的床、一个橱柜和一台装满新鲜食物的冰箱。塔博躺在装满干净衣服的篮子里。

醒来的时候，他感到某些记忆已经渐行渐远了。

第 9 章　宝贝回家吧

罗恩的父亲唐纳德和他的妻子朱迪住在一幢两层的大房子里，周围都是草坪。在波特兰西山一个封闭的社区里，他们奢华又舒适的家塞满了艺术品和古董。客厅里有炫目的白色墙壁和教堂式的天花板，大大的落地窗可以俯瞰花园和锦鲤池，让傍晚的光线照进来。每张桌子上都摆放着插满白色花朵的花瓶。一架白色三角钢琴占据了客厅的一角，一棵装饰华丽的巨大圣诞树在金银装饰品的点缀下闪闪发光。

12 月初到圣诞节前夜的这段时间里，罗恩通常会卷入购物和聚会的旋涡中。但今年，他没有心思去做这些事，只打算带着克里托去父亲家参加家庭圣诞聚会。罗恩希望这两日的拜访能让他们俩转移一下注意力，他担心如果留克里托独自在家，即便只是一晚，它也会被绑架。他的父亲对猫过敏，但对儿子的遭遇感到难过，所以允许他带克里托回来。他们把猫放在客房里，房间里有浴室，克里托在浴缸里舒服地缩成一团。

罗恩的父亲唐纳德正在悼念几天前去世的一个最亲密的朋友。他今年八十二岁，这正是一个陆续失去老朋友的年龄，一个接着一个，像落叶一样。罗恩从小就认识这位家族朋友，他和父亲一起去参加了葬礼。就在前一天，当他们在天主教教堂里做礼拜的时候，罗恩崩溃了，情不自禁地哭了起来——不是因为他的父亲，也不是因为他父亲的挚友约翰，而是因为玛塔和它的遭遇，以及它可能还会遭受的苦难。他无法摆脱悲伤，因为他可能再也见不到它了，也无法知道它发生了什么事。

第二天的圣诞晚会只让罗恩更加焦虑和孤独。他无法停止悲伤，无法和人闲聊。他几乎不认识的两个已经长大成人的侄女和朱迪的儿子——和罗恩年龄相仿——试图让他振作起来。看得出来，每个人都知道他情绪失控了。

当所有人都在愉快地聊天时，罗恩偷偷地溜去看克里托。他爬上优雅的旋转楼梯，楼梯上装饰着冬青树花环，就像长得非常茂盛的常春藤。晚会期间，聚会上的每个人都跑到浴室里来跟克里托打招呼，表现得很关心。有人给了它一只圣诞长袜，里面装着一堆包装好的玩具——带发条的老鼠、可以亮起来的球以及一根猫薄荷雪茄。克里托闷闷不乐地嗅了嗅雪茄，用爪子拍了一两下就失去了兴趣。

朱迪跟在罗恩身后上了楼，手里拿着一个绑着红色大蝴蝶结的猫抓板。"看，克里托，"她说着把猫抓板放在猫的面前，弯下腰抚摸它的头，"看我给你买了什么，小猫咪。"

但克里托转身走开了。罗恩坐在地上，紧挨着它，拨弄着猫抓板上的羽毛来吸引它的注意力。但克里托从浴缸里跳出来，跳到他的膝盖上,像鸵鸟一样把头埋在了罗恩的臂弯里。

"对不起,"罗恩说,抬起头看着朱迪,知道她已经为此做出了极大的努力,特别是她并不是动物爱好者,"它悲伤、沮丧时就会这样。"很显然,克里托想念它的姐姐。朱迪说服罗恩回楼下吃晚饭。

一顿丰盛的晚餐后,大家互相交换了礼物,然后在客厅里喝了些自制蛋酒,吃了些形状像天使、星星和雪人的小甜饼。圣诞树上黄色的灯闪烁着光芒,播放着的背景乐是一首古老而伤感的圣诞歌曲——摩城唱片公司的作品《宝贝回家吧》。

玛塔喜欢房子里的圣诞树。它会爬上去抓装饰品,在树干上磨爪子,在树架子上喝水。

随着夜幕降临,罗恩的悲伤变成了愤怒。他幻想着开车辗过杰克,并伪装成意外事故。某一瞬间,他甚至想过制作一个巫毒娃娃,并不断用针戳进去。随后他就为有这样的黑暗想法而内疚。罗恩曾经是个阳光乐观的人,总是把事情做到最好,很少沮丧或抑郁。现在,他被悲伤和消极的浪潮击垮了,它们淹没了他生命的每个角落。

看到罗恩一个人坐在沙发上,朱迪拿着一瓶红葡萄酒和两个杯子走过去,坐在了他的旁边。他们之间的关系曾经复杂而冷淡,但经过多年的摩擦,最终变得融洽了。

"你还好吗?"她问道,并给他倒了一杯酒,"我不知道该说什么,只知道我为你感到难过。"

第9章 宝贝回家吧

"太反常了,"罗恩说,目光涣散地盯着壁炉架上挂着的彩灯,"怎么能发生两次呢?这就像被雷劈了两次。我敢肯定是住在街对面的尼安德特人[1]干的……他精神错乱了。那个卑鄙的野蛮人很可能杀了它。"

"你没有任何证据,你也不能提出这样的指控。"朱迪带着关切的神色说,"但你必须抱有希望。"

"我要怎么充满希望?"他暴躁地说,"这一年糟糕透顶了……我丢过一次猫,它才回来三个月,我又让它被抢走了。现在我正和一个疯子交战。我对2012年真是太失望了。"他对自己的抱怨感到内疚,他知道朱迪花了好几天的时间来购物,为这次聚会作准备,他不想显得过于任性或不知感激。"我的脑袋里有一场风暴,没人能看见。"

"你不必自责,"她说,轻轻地拍了拍他的手,"天有不测风云。你不得不面对,并且不能被压垮。"她单手搂住他说,"奇迹会发生的。记住,你曾找回过它。"

---

[1] 这里是在讽刺杰克是一个野蛮、凶猛、粗鲁的人。

第10章 无论如何，不管怎样，不论何处

12月27日，暴风雪终于停了，俄勒冈州的姊妹城变成了一张洁白的明信片，天空晴朗而蔚蓝。迈克尔和塔博离开汽车旅馆去往巴士站。他不想走回公路上。

一辆向南行驶、目的地为尤金的巴士停下来，迈克尔抱着猫跳上了车。司机摇了摇头，看着他，好像他手里拿着一把突击步枪似的。"不行，"他哼了一声，"不能让你搭我的车。"

迈克尔只好下车。他不知道司机不让他上车是因为他抱着猫，还是不想让一个流浪汉搭车。迈克尔穿着皱巴巴的衣服睡了好几天，看起来比衣服更糟的是他乱七八糟的头发和黑眼圈，但他在汽车旅馆里待了三天之后就变得干净了。

巴士站旁边的咖啡馆里的老板看到窗外的动静后冲了出来。"发生了什么事？"她问道，"他为什么不让你上车？"

"不知道。"迈克尔说。他习惯了被人有意避开，不想惹麻烦。

但这位女士是真的很担心他，也很难过。"太恶心了，"她摇着头说，"我应该把他的车牌号记下来投诉他的。真不敢相信居然有人能这样对待活生生的人和猫。"

第 10 章　无论如何，不管怎样，不论何处

"没什么大不了的，"迈克尔勉强笑着说，"我习惯了。"

"外面很冷，"她说，她是一位气质复古的淑女，涂着粉红色的口红，白色的头发盘成一个髻，"你进来暖和暖和。"

她说这话时虽然笑了，但语气清楚地表明她并不想听到推辞的话，所以迈克尔跟着她走进了这家老式小餐馆。内部的装潢很陈旧，像是停滞在20世纪50年代一样，有点儿灰尘和破损，但圣诞装饰品和一品红盆栽被摆放在白色的富美家柜台周围，很讨人喜欢。那位女士朝迈克尔指了指靠窗的一个角落。

迈克尔将塔博放在红色的塑料座椅上，在它旁边坐了下来。咖啡馆老板给他倒了些咖啡，然后消失在了柜台后面。迈克尔可以听到卡布奇诺咖啡机运转的声音。过了一会儿，她端出一个茶托，上面放着热好的牛奶。塔博看着她，呼噜呼噜地叫着。

"你真是一只可爱的小猫。"女士高兴地说着，俯身把茶托放在它的面前，它的眼睛直直地盯着茶托看。"它真是一只漂亮的小猫。"

"是啊，它完全可以登上那些杂志封面，《摩登猫咪》之类的。"迈克尔说，眼睛里闪烁着光芒。

"我都不知道有这本杂志。是新出的吗？"

"不，是我瞎编的……就这么一说。"

她看着塔博舔牛奶，说道："猫对灵魂有好处。"

"是啊，"迈克尔笑着说，低头看着塔博。它肯定对他施了魔法。他非常担心它，以至于他都不再担心自己的消极情绪和诸如湿袜子之类的小事了。它教会他把世界拒之门外，然后放松下来。

迈克尔给店主讲述了关于救助塔博的故事，泪水模糊了女士的蓝眼睛。"哦，上帝保佑你，亲爱的。"她说，"那你住在哪里？"

"在街上流浪。我们要去加利福尼亚避寒。"

"人不该在大街上流浪的。"

他笑了："至少我可以说我住在我想住的地方。"

"那一定很辛苦。你是怎么做到的？"

"这个嘛，每天早晨我都会摸一摸自己的脉搏。如果我还有脉搏，我就站起来继续生活。"他说，试图描述得光明些。

女士笑了笑，回到柜台后面去了。迈克尔无意中听到她在电话里跟别人抱怨那个巴士司机。

下一辆巴士抵达时，她和迈克尔一起走了出去，准备帮他们说话。"在这儿等一下。"她说，然后去找司机。她指着迈克尔和塔博，司机点了点头。她向迈克尔挥了挥手。

他捡起地上的背包，抱起猫，匆匆跑了过去。

"你现在不会有什么麻烦了。"她对他说。

他抱着塔博，跳上前往尤金的巴士，回头看了一眼这位女士，说道："谢谢你照顾我和塔博。我们非常感激。"

他回想起他的养父沃尔特曾对他说过的一句话："永远不要对陌生人冷漠，因为一点点的善意足以支撑你走很长的路，有时可以是一辈子。"

咖啡馆老板显然将这句话活成了现实。迈克尔感到有源源不断的好运围绕着这只走失的小猫。他曾对塔博展现出的善意现在正庇佑着他们俩。

第 11 章　加州：驶向朝阳

几个小时后，迈克尔和塔博在尤金下车，天气明显暖和一些了。迈克尔脱了几件衣服。不久，黄昏来临，他在路边一棵茂密的杉树下扎营，就这样度过了一夜。

第二天早上，在孤独的公路上步行、乘巴士、搭车，迈克尔和塔博继续踏上了一人一猫的征途。他们搭了一小段车，上午余下的时间都在步行，然后到达了阿什兰。这是一个艺术自由的飞地，也被称为"阿什兰人民共和国"，距离加州边界只有十六英里。迈克尔穿着破旧的衣服，在路边的杂货店和加油站停下来讨水喝，顺便休息一下。在过去的旅行中，他曾途经并暂住在附近的田地里，所以，从杂货店出来后，他朝着一个小山坡走去，顾客都要经过那里。他把塔博放在前面，用黑色记号笔在一张纸板上潦草地写下——"需要搭车去文图拉。有猫。"他不想让人们为他停车，又在看到塔博之后拒绝载他们。但事实证明，开车的人都是因为塔博而停下来的。

一个留着波浪形精灵短发的年轻女人笑着停下车，给红色的马自达加油。"我想让你和你的猫搭个顺风车，但我只有一个人，也许不该这么做。我想给你点儿东西。"她说着，递给他一张崭新的二十美元钞票。

"怎么样，塔博，"他对趴在包上的猫说，"每个人都喜欢你。"

他还没来得及给它一份零食，给自己卷一根烟，一辆带着得州牌照的闪亮房车就开了过来。"嘿，伙计，"一个戴着飞行员墨镜的男人喊道，"我看着你走过来的。你和你的猫需要搭车吗？"

"对，我们需要。"迈克尔说着抱起塔博，收拾好东西。塔博径直向房车走去，就像它一生都在搭车，也明白什么是搭车，不想错过一样。他又开始好奇它是如何流落到波特兰东南部黑暗、危险的街道上的。

"上车吧。"那人说着，推开了后车门。他的年龄和迈克尔差不多，头发花白，穿着黑色的李维斯牛仔裤和一件褪了色的灰色长袖T恤，衣服前面用大写字母写着"乐透、枪、弹药、啤酒"。"我是雷。"他摘下墨镜，露出铁灰色的眼睛。

"我是'百宝箱'。"

雷伸出手去接迈克尔的包："你去哪儿？我要去圣克鲁兹南部。"

"这对我们来说也没问题。"迈克尔回答，很高兴搭到了长途车。他坐在副驾驶座位上，塔博坐在他的膝盖上。因为他在路上一直小心翼翼地控制着塔博的进食时间，所以不用担心长途乘车过程中为它上厕所而停车。

塔博抬头看着雷，慢慢地眨着眼睛，抬起爪子去摸他的胳膊。"塔博要赢得所有人的喜爱才肯罢休，"迈克尔说，"只要你摸摸

第 11 章 加州：驶向朝阳

它，它就会喜欢你。"

"可爱的猫。"雷说着，低头揉了揉它的后脑勺。

"它是我的幸运草。"

搭便车总是一种赌博。迈克尔没办法预测每趟顺风车会把他带到哪儿，但大多数人都对他很好。迈克尔搭过各种各样的人的车：有孩子的家庭、烂醉如泥的大学生，还有一个酩酊大醉的治安官威胁迈克尔说，如果他敢碰方向盘，他就会像对待麝鼠那样射杀他，但最后他给他提供了一张床过夜，因为他没有地方可去。另一方面，他的一个流浪汉朋友曾经搭了某个人的车，那人故意把车反方向开了五十英里，然后把他送到了新墨西哥州一个叫作特鲁斯－康西昆西斯的小镇外的沙漠里，那是纯粹的卑鄙行为。

雷从西雅图开车出发，已经走了四百五十多英里。他们正沿着积雪的蜿蜒山路在浓密的松林中行进，雷在俄勒冈州的66号公路上向西行驶，向I-5公路进发。白雪覆盖的群山渐渐消失，加利福尼亚的城镇迎面而来：野草、红叶和柳树。

"那么，你的名字'百宝箱'是怎么来的？"雷斜着眼睛问。

"一群嬉皮士给我取的名。"迈克尔回答，"大约十年前，我在加利福尼亚的特立尼达岛搭上了'101'号便车，这辆卡车载满了嬉皮士姑娘。我告诉她们，我要前往阿肯色州参加彩虹集会。她们恰好也要去那里。

"凌晨三点，我们在一家便利店前停下来。我看到一辆购物手推车里装着一个盒子。我朝它走过去。就在快走到那儿的时候，我看到地上有一张二十美元的钞票，于是停下把它捡起来。实际上，那是二百美元，十张二十美元的钞票，手推车里则放着一盒六罐装的冰镇亨利·温哈德啤酒。当时我的名字叫蒙大拿·迈克，但车上的嬉皮士姑娘们开始叫我'百宝箱'了。我在波特兰的所有流浪汉朋友都喜欢这个名字，所以就这么沿用下来了。"

所有载过迈克尔的人都有自己的故事——有些人分享得太多了，他们把所有的午夜忏悔都倾吐出来，像朝神父倾诉的罪人一样，因为他们知道自己不会再见到迈克尔了。

雷是一个很好的旅行伙伴，主要是因为他大部分时间都在说话。他曾经从军，说话声音沙哑，像一天抽了一百包万宝路红标似的。"我和妻子分开了，把生活弄得一团糟。结婚后很长一段时间过得很好，后来就生不如死了。"

迈克尔没有回话，因为他累了，而且正全神贯注地看着塔博。它把它的小下巴埋进爪子，半睡半醒，发出呼噜声。

"你在逃什么？"雷问他。

迈克尔被这个问题吓了一跳，结结巴巴地说不出话来。"我，啊……没逃避任何事情，只是想远离寒冷和波特兰的雨。曾经有一段时间，我搭车把整个美国都跑遍了，但现在我只是想过冬而已。就这么简单。"

雷看着他，笑了："你看起来有点儿像犯了事的人啊。"

以前有人这么告诉过迈克尔。美国车辆管理局给他拍驾照照片

第11章 加州：驶向朝阳

的人告诉他，他长得像"比利小子[1]"。迈克尔还挺喜欢这个想法。

"我只是个流浪汉。"

"我们都是流浪者，"雷笑着说，"都是从什么东西里逃出来的。我的祖父母从爱尔兰的饥荒中逃了出来，我的父母从一座充斥着贫困和死亡的小镇中逃了出来。我从生活的窒息和战争的残酷中逃了出来。"

他们已经行驶了五个小时，一到萨克拉门托，加州农田的气味就在他们周围弥漫开来。他们驶过稻田、核桃果园和牧场。阳光充足，房车舒适，这是一段轻松的旅程。

穿越旧金山后，他们来到了位于戴利城的风景优美的滨海1号大道。往南向大苏尔行驶时，迈克尔摇下车窗，感受着冰冷的海风吹拂他的脸，想起了默瑟跟他讲过的在空军服役时到过的所有地方。一阵风吹醒了塔博，它突然坐了起来，毛发因睡了一觉而变得蓬松。

"我一直想看看这个世界，"他对雷说，"带着好奇心穿越海洋和其他事物。"

"这就是我参军时的想法。但我得告诉你，好奇心有时会害死人。"

太平洋进入了视野。"看，塔博……看，那是大海，"迈克尔说，把猫举到窗前，"那是我们要去的地方。"

---

[1] 美国著名罪犯，真名为威廉·邦尼。十七岁开始杀人，据说一共谋杀了二十一个人。

躺坐在迈克尔的腿上，塔博看着眼前的一切，像猫头鹰一样，并在兴奋的时候发出呼噜呼噜的声音：掠过头顶的低空飞云，在寒冷的微风中摇曳着的植物枝叶，以及呼啸而过的汽车。它甚至没被大怪物一样的卡车吓到，看到车开过来，它从不退缩。

一片朦胧的紫色天空下，雷在蜿蜒曲折的路上急转弯进入1号公路，悬崖近在咫尺，令人恐惧，太平洋漩涡掀起的泡沫就在脚下。

当他们到达温馨的海滨小村半月湾时，悬崖和海滩雾气蒙蒙，两人一猫都很累，都没有说话或发出声音。再往南一点儿，迈克尔嗅到了海藻林的气味，听到了象海豹在岸边的嘶叫声。塔博睡着了，在他的膝盖上打着呼噜，毛茸茸的小脑袋枕在爪子上。

他们一路开车到沃森维尔，听着"死亡肯尼迪""暴力妖姬"等20世纪80年代加州朋克乐队的歌曲，分享着一袋奇多和几罐可口可乐。

当雷和迈克尔、塔博在沃森维尔分别时，天已经黑了。这是一座距离圣克鲁兹不远的农业小镇。迈克尔在一条绿色主干道旁一棵茂密的黑胡桃树下发现了一个僻静的角落。他递给塔博晚餐，生了火，加热了一些罐装的意大利面。然后，他们俩纷纷睡去。在房车里待了将近十个小时，他们早已筋疲力尽了。

第二天早晨，依偎在塔博身边的迈克尔在阳光下醒来，自在而放松，即便身处寒冷和昏暗的黎明中。塔博吃完早餐后不久，他就

第11章 加州：驶向朝阳

把皮带扣上，把它夹在夹克里，沿着第三大街上古色古香的小店逛了一圈，随后搭上了去往圣克鲁兹的短途巴士。蒙特雷湾旁柔和的海滨城市圣克鲁兹——杰克·凯鲁亚克曾在这儿短暂停留——是20世纪60年代反主流文化的最后一个藏身之所，常常与老嬉皮士、冲浪者、吸毒者和大学生们一起被提及。加州大学圣克鲁兹分校甚至有自己的校园拖车公园，供学生使用。

迈克尔在太平洋大道附近的市中心下车，来到了海边的一家墨西哥卷饼小餐馆，他知道大多数早晨这家店都会免费给流浪者提供食物。店主是一个正在戒酒的酒鬼，和妻子、两个成年的儿子一起经营着这家餐馆。大约二十五年前，店主看到一个老人在垃圾堆里翻找食物，便开始了他的慈善事业。据他说，当时他给了老人一些吃的东西，从那时起，他就以耶稣基督的精神为名，分发食物给穷人和流浪者。每天早上，这个地区的无家可归者都会在窗边静静地排队，等着领取一盘新鲜的食物，暗号是"献给耶稣基督的豆子和米饭"。

拿到碗后，迈克尔在附近找到了一条长凳。他和塔博坐在一起，喂给它食物。它吃着自己的猫粮早餐，迈克尔在旁边吃着自己的米饭和豆子。他惊讶于自己对它的喜爱日益深厚。它真是一只完美的流浪猫，冷静而可靠，适应着一切，过着充实的生活。

又是长途跋涉的一天，迈克尔沿太平洋大道走着，塔博趴在他的背包上，桉树绿的眼睛又大又宽，对映入眼帘的所有事物都充满好奇——服装各异的街头音乐家，充满艺术气息的复古店，店前高耸入云的树。

他们穿梭在以柳树、枫树、月桂树命名的小巷里，正当背着行李和猫的迈克尔走累了时，他就看到了一家藏在偏僻街道里的小木屋风格的酒吧。那是一家友好、破旧的低端社区酒馆，非常实际，装潢很本土化，用色大胆。他可以和猫一起消失在黑乎乎的舒适角落里。他们坐在酒吧的最远端吃了午饭，因为那天是新年前夕，他还享受了供酒优惠时段。昏暗的空间里有着一种发霉的优雅：撕破了的墙纸，一台自动点唱机，以及木制长吧台后面的墙壁上贴着的复古冲洗式照片。

下午三点，用完午餐的本地人和访客已经散去。酒吧里还有五个人，他们都是经常来这里喝酒的老顾客。唱机放着怀旧金曲。

酒保是个身材苗条、棕色眼睛的男孩，脸上有雀斑，留着时髦的发型和山羊胡，他认出了早前经过吧台的迈克尔和塔博。他在迈克尔的面前放了一杯威士忌，说道："这杯算我的。现在就庆祝新年是不是有点儿早啊？"

迈克尔笑着说："不需要借口。我每天都喝。"

当老酒鬼们伸手抚摸它的下巴时，塔博非常享受。但当它没有引起任何注意时，它就会在门口溜达，用一种友好的吱吱声向路过的人打招呼。迈克尔担心有人会踩到它，或者它会溜达到街上去，所以把它拽了进来。但是，每当他的目光从它身上移开，它就会跑到门口的老地方。当他第三次带它回座位，把它放在酒吧的丝绒凳子上，扣上皮带时，它大声地喵喵叫，以示抱怨。

第 11 章　加州：驶向朝阳

"这是我们第一次出现分歧，"迈克尔对酒保说，"我不强迫它做任何事。我把它当成一个人类来对待，但不幸的是，我去哪儿都必须带着这个小浑蛋。"

"它是个女王。"

"它可真是一切的女王……全世界都要围着它转了。"

酒保细声细气地对塔博说："小猫咪，你还好吗？"

比起对顾客的暴躁和不耐烦，酒保招待塔博可谓无微不至。他把鲜奶油装在一个苏格兰酒杯里，塔博探过身去，用爪子抓着吃。酒保兴奋地尖叫起来："我的天，这真是我见过最可爱的猫了。"他曾在南达科他州的黑山养过猫，黑山位于拉什莫尔山对面，他就是在那里长大的，那个镇太小、太没有活力了，所以他搬到了加州。

塔博吃完奶油，下巴上还沾了一些，它抬头看着迈克尔。它仍然很生气，用责难的眼光盯着他，好像他把它偷偷带进酒吧，并挟持了它一样。

"我还没有把你拴在暖气上呢。"他对塔博说，微笑着把它抱起来，以防它又一次跑掉，"它有时显得我像个坏人，就像我忽视了它一样。它有猫所需要的一切，但仍然会对着陌生人喵喵叫。"

酒保给了它一把马拉斯奇诺樱桃玩。它蹦蹦跳跳地跳到吧台上，想拍着玩。它把樱桃推到地上，等着迈克尔把它们捡起来。几分钟后，它没了兴趣，又坐在他的腿上。

"看看你的爪子……黏糊糊的。"迈克尔责备它，但它只是对他眨了眨眼。

"猫不会屈服的，"他对酒保说，"它们习惯把人当仆人。每天早上还没到七点，我就已经拒绝它二十五次了。它就是这么不屈不挠。"

他把手伸进口袋，掏出一袋普瑞纳牌混合猫粮以安抚它。他捧了一把猫粮出来，它坐在他的大腿上，用一种感激、深沉的呼噜声在他的手里狼吞虎咽。然后，它挪到他旁边的空凳子上，一条后腿悬垂在一旁，很快就睡着了。

酒保又给迈克尔倒了一杯威士忌放在他面前，给自己也倒了一杯。

"我得赶时间，而且要照顾这个家伙，"迈克尔指了指在旁边凳子上蜷缩着的睡着的小猫，"我不能喝多了，不过谢谢你。"

小玻璃杯被举到空中，发出清脆的碰杯声。

在昏暗的灯光下，迈克尔喝了少许威士忌。飞鸟乐队的关于大白天却感到孤独的老歌在身后的唱机里放着。此时，在迈克尔的脑海里，默瑟出现了，他不修边幅，但很英俊，平静的蓝眼睛正对着迈克尔微笑。

酒吧最里面，塔博还在他旁边做着梦。他看着人们慢慢走进来，回忆着默瑟生病前那些快乐的时光。有那么几年，他们想离开圣路易斯，便来到了默瑟在密苏里州东南方的瓦帕佩洛湖边上的家庭农场。那幢三层的房子占地十六英亩，有一座正对着湖的广阔的野生花园。迈克尔在一家叫作"米勒家的安格斯"的牛排餐厅里做厨师。餐厅就在家门前那条路的尽头，是一个叫"左撇子米勒"的

第11章 加州：驶向朝阳

老圣路易斯黑帮分子和他的妻子安妮塔一起开的，米勒曾做过一段时间的逃税生意。他们供应海鲜牛排餐，主要是给那些每周都来的当地常客的。迈克尔和老板相处得很好，但他们都是酒鬼，而且总有一些戏剧性的事情发生。

在某个新年前夜，迈克尔又累又暴躁。有人退回了一份牛排，抱怨说她要的是外焦里生的。迈克尔在厨房里大声叫嚷，突然听到餐厅里传来巨大的撞击声，"左撇子米勒"的妻子安妮塔冲进了厨房。"迈克尔，我需要你，"她喊道，"出来，你得来帮阿左。"

"我忙着呢，"他说，"我为什么总得帮他？"

"因为只有你能碰他。"她厉声喝道，大步走开了。

当迈克尔在当地报纸上看到招聘广告后第一次走进这家餐厅时，"左撇子"马上就雇了他，并指定迈克尔是唯一一个在自己摔倒时可以碰他的人。

迈克尔脱掉脏兮兮的白色厨师服，把它丢在厨房中央的地上。他走到餐厅里，发现"左撇子"在通向酒吧的台阶上脸朝下摔倒了。"左撇子"嘴里嘟囔着，骂骂咧咧，四肢大张倒在那里的样子就像犯罪现场用粉笔勾勒出的尸体轮廓。

一个年轻的服务员正试图把他从地板上扶起来。"别他妈的碰我，""左撇子"咆哮着把他推开，"给我滚开。"

"我在这儿。"迈克尔说着把他抱起来，抬到他的林肯车上，开车穿过街道送他回家。"左撇子"喝得烂醉如泥。迈克尔把他抱进客厅，放倒在沙发上，然后回去上班。

穿过餐厅后面的停车场时，迈克尔听到了从垃圾桶里传来的呜咽声。他弯下腰，看见一只小狗，棕色的毛茸茸的一团，看起来像一只脏兮兮的小熊崽。他捡起这只受惊、颤抖的小狗，把它带进屋里，然后打烊了。他决定以牛排店的名字"安格斯"给这只小狗取名，并把这个小东西带回家给了默瑟。

他们给小狗洗了澡，带它去看兽医，然后发现它其实是一只小母狗，快要成年并且怀孕了——这很可能是它被抛弃的原因。迈克尔把它的名字改成了阿吉。它生了自己的小狗宝宝后，两人在亲朋好友之间辗转，最终为小狗们找到了主人，但留下了阿吉和其中一只狗宝宝。几个月后，阿吉跑出家门被一辆车撞死了，他们就给狗宝宝取名为"小阿吉"。

他一直很庆幸自己当年救了阿吉和它的狗宝宝们。小阿吉是只好狗，曾经带给他很多的爱。不过那是很久以前的事了，现在他有塔博要照顾。他希望他们能一起度过一段美好的时光。

第二天早上，在一株茂盛的老木兰树下，迈克尔在刺眼的光照中醒来。木板路上有一股棉花糖和咸咸的空气混在一起的味道，迈克尔瞥见海上的微光，便收拾行装，直奔海滩。但当看到一辆巴士即将开往三十多英里外的萨利纳斯时，他果断跳上车，这样就可以带塔博去看看斯坦贝克的家乡了。斯坦贝克是迈克尔最喜欢的作家，他描写破碎的美国的方式仍然真实，对迈克尔来说是有意义的。

公路穿过斯坦贝克生活过的乡村，树木繁茂的峡谷、山谷和葡

第 11 章　加州：驶向朝阳

萄园从四面八方伸展开来。塔博在他的膝盖上安坐着，爪子整齐地叠在一起。每隔一段时间，塔博就会站起来，或把小脑袋转到窗前，好好观赏一番新的风景。当巴士从十八英尺高的农场硬纸板广告牌下飞驰而过时，它的眼睛睁得老大。

他们在萨利纳斯老城区下车，迈克尔沿着中央大街步行，塔博趴在他的肩膀上。他们朝斯坦贝克长大的房子走去。街上的牌匾、石碑上，斯坦贝克的身影随处可见，"斯坦贝克曾在这里吃饭、喝酒"的标识贴在酒吧和咖啡馆的橱窗上。迈克尔与肩膀上的猫在这个保存完好的寂静山谷中漫步，走过迷宫般的街道，路过维多利亚风格的房子和古老的橡树，他和它交谈，指着各处向它一一介绍。

探索完萨利纳斯后，迈克尔从当地人那里得知，有一辆去往金城的巴士。所以他和塔博就睡在绿色隔离带旁的灌木丛中，以防错过巴士。他告诉过塔博，当到达第一座温暖的城市时，他们就会安顿下来，结果表明它碰巧是金城。

第 12 章 金城：牛仔竞技甜心

夹在莴苣和草莓地里，那是一个沉睡的海滨小城。每当迈克尔沿着海岸线向加利福尼亚迁移的时候，金城都是他的必经之地。即便在冬季，这个地方也弥漫着草莓和夏天的气息。当他们到达那里时，日照充足，气温保持在七十几华氏度。甜美的香气和温暖的阳光把流浪汉和流浪猫两颗漂泊的心变得如伊甸园一般。

到那儿的第一天，迈克尔在市中心漫步，塔博坐在他的肩膀上。他们来到一家老式购物商场。穿过琳琅满目且气味各异的手工精品店、民间二手书店和可爱的小院咖啡馆，他们在杂货店外的一棵柠檬树下乞讨。那棵树开满了花，花瓣随风飘散。

白色的花瓣沾在皮毛上，塔博向走过来的孩子和小狗们打招呼，像个国际外交官一样。它向每个人问好，然后翻过身来，露出雪白的肚皮——那儿正变得越来越圆。孩子们兴奋地叽叽喳喳说个不停，他们一边抚摸它，一边笑。

一个戴着红色牛仔帽、拿着塑料玩具枪的小男孩告诉塔博："你有像牛一样的斑纹。你是牛仔竞技甜心。"迈克尔忍不住笑了。

当太阳变得火辣辣的时候，迈克尔在麦当劳外面找到了一块阴凉处。一个胖乎乎的穿着牛仔短裤和人字拖的年轻女人走出商店，径直走向他们，递给他一袋东西。"这是给你的奶酪汉堡和给猫的小奶酪汉堡。"

迈克尔谢过她，但他想，有些人就是不懂。他从不喂猫吃汉堡那样油腻的垃圾食品。他过去常常对斯廷森喂塔博吃法式炸薯条的做法感到恼火。然后女人把手伸进钱包。"这是二十美元，你想要什么就买点儿什么吧。"她说着递给他一张崭新的钞票，"上帝保佑你。"迈克尔再次谢过她。他会替塔博吃了它的小汉堡，然后再去买些猫粮。

当地居民大多是拉丁裔和信教人士，对无家可归者非常慷慨。有人给了他一本袖珍《圣经》，里面夹着一张十美元的钞票。"谢谢你，耶稣。"待施舍者走远，迈克尔低声说。这只猫不断地唤起人们的善意，他想，他会把上帝赐予的钱花在它的身上。

"塔博，我们就在这儿安顿下来。"他对不远处那只在冬日暖阳下翻肚皮的小猫说道。它抬头凝视他，眼睛在烈日下眯成一条缝。"我们给自己放个假吧。"

迈克尔和塔博在金城待了两个星期——这正是他们在经历了俄勒冈州的大雪和一切艰辛后所需要的。

一天傍晚，洗完脏衣服后，迈克尔在自助洗衣店外一棵葡萄柚树下的长凳上坐下来。他心情愉悦地读着当地的报纸，抽着一根混合了当地大麻的烟，塔博坐在他的腿上。一辆面包车停在他们旁边，里面坐着一个男人和一个小男孩。司机摇下车窗喊道："嘿，这只猫你卖多少钱？"

这惹恼了迈克尔。"用这辆车和这个孩子换。"他说道。那家伙目瞪口呆。

过了一会儿，一个深色长发、穿着紧身黑色毛衣和破洞牛仔裤的年轻女人停下来向塔博问好。"哈，你真是很可爱啊。"她柔声说着，拍了拍塔博，又问迈克尔："你一定很爱它吧？"

"爱疯了。"迈克尔说，嘴里叼着烟，放下报纸，"它是只很棒的猫。刚才有个白痴想把它从我手里买走。他以为我会说二十块钱之类的。但这只猫不是金钱能衡量的。它是无价的。"

那个女人又拍了拍塔博，然后问他们从哪里来。他给她讲了他捡到它的故事，以及它是如何在雨中神奇地出现的。"从第一个晚上开始，塔博和我就像豌豆和胡萝卜一样相配。"

"真美好，"她说，"这是命中注定的。你们俩或许注定该找到彼此。"

"我们是完美的一对。我们俩的性格都很平和，没什么野心。"

"你介意我问问你是怎么变成无家可归的吗？"

"嗯，我遭遇了一些挫折，"他回答道，突然闷闷不乐起来，"就是那些不可免的事情。"他盯着人行道上的裂缝，眼前出现了默瑟临终前的脸。迈克尔在两个街区外的餐馆里工作时接到了照看默瑟的临终护士打来的电话："默瑟快不行了，回家吧。"当迈克尔回到他的床边时，几分钟内，默瑟的意识逐渐模糊，迈克尔还没来得

第 12 章　金城：牛仔竞技甜心

及告别，他就去世了。

"对不起，我不是故意的。"女人说，她看到了迈克尔脸上的绝望，"我们心里都有过不去的坎儿和悲痛。别失去希望。四十天没有食物，三天没有水，三分钟没有空气，我们也能活下来。但是，一旦没有了希望，我们就活不了几秒钟。"

"这我倒是不知道。"迈克尔说。他的养父沃尔特也曾谈过希望的重要性，总是告诉他，除了希望，别奢求太多。迈克尔并没有完全活在这种哲学中。"希望常常是残酷的……食物、水、啤酒和烟通常就够了。"他微笑着说，"但我过得还不算太糟。我有这只猫陪伴。我们的友谊和感情就像密西西比河一样深。"

塔博伸展着身体，从他的膝盖上跳下来，回头看了看他，然后沿着附近一条小巷的砖墙朝开花的藤蔓走去。这触动了那位女士的神经，她后退一步，泪如雨下。"你的猫让我想起了我的小斑猫。"说完，她从手提包里掏出一些钱塞到他手里，让他启程前买些东西给塔博吃。

迈克尔惊奇地发现她给了他一张五十美元的钞票。那些内心最悲伤的人似乎也总是最慷慨的。

此时，迈克尔的心情有点儿低落，他注意到天快黑了。塔博默默地走到他的面前，用鼻子蹭他的脚踝。它的身上有股甜甜的麝香味，迈克尔注意到它的皮毛上沾着白色的小茉莉花瓣：它一定是去蹭墙上爬满的藤蔓了。"我们走吧。"他说着把还在呼噜呼噜叫的塔博抱起来放到肩上。他带着那位女士给的现金前往最近的一家卖酒的商店。几分钟后，他买了一瓶廉价的酸麦芽威士忌、一盒六罐装的雷尼尔啤酒和一包美国精神牌香烟。

第二天黎明时分，迈克尔在寒冷和困惑中醒来，不知道自己身在何处。他可以辨认出一条废弃的小巷和一堆破了的垃圾袋，这些袋子被郊狼或浣熊撕碎了。他感到一阵剧烈的头痛。塔博蜷缩在他的胸前，爪子藏在身体下面，睡眼蒙眬地盯着他。他尽量不去打扰它，伸手去拿帽子。那是他很久以前在西南部一片荒无人烟的仙人掌地里发现的一顶破旧的绿色短帽，他把它盖在脸上，挡住了阳光。然后他又睡着了。

过了一会儿，他感到一只强壮的手抓住了他的肩膀。迈克尔移开帽子，露出一双玻璃般的目光涣散的眼睛。矇眬的阳光下是一片深蓝色，除此之外他几乎看不见任何东西。一个粗暴、方下巴的警察正站在他的上方。

"该死的。"他自言自语地嘟囔着，揉了揉眼睛驱散睡意。他摇摇晃晃地站起来，把塔博放下，随即又倒在地上。塔博跑到几英尺外的小巷角落坐下来看向他。

"你不能在这里睡觉。"

"对不起，警官，我在这儿昏过去了。"

"我得给你开一张堵塞交通的罚单。"说着，警察开始填写街头滞留罚单。

"我不能隐身……真希望我能啊。"

第12章　金城：牛仔竞技甜心

警察要他出示身份证件，并继续填写罚单。迈克尔因为宿醉，昏昏沉沉无法思考，他拿出一些州身份证和驾照之类的证件，其中包括一些早就过期了的，这些证件照片上他的头发和胡子长短不一。他挑出蒙大拿州的身份证，伸手把它交给了警察。

"蒙大拿州，"警察低头看着迈克尔说，"这是你住的地方吗？"

"我没在任何地方住。"

警察把身份证和罚单一起递回给迈克尔。迈克尔盯着那张黄色的纸，被罚款的数额惊呆了。"这个，说真的，在人行道上躺着要花二百六十五美元？但这是一条小巷啊。"他心不在焉地抗议，拿出他的笔记本——他把过去几个月收到的其他未付款罚单都夹在里面了——将这张新的罚单放了进去。

"人们还是得绕着过去啊。"

"我怎么可能拿出这么多钱来呢？"

警察用既怜悯又愤怒的表情看着他，伸出一只手扶他站起来。"让我给你一些建议吧，"他说，"眼不见，心不烦。"

"好的，警官，抱歉。"迈克尔咕哝着转身走开。

塔博躺在一束阳光下，被越墙而过的茉莉花的网罩半遮着，静静地看着两个男人说话。警察准备离开的时候看到了它，它慢悠悠地走过去，蹭着他的腿，喵喵地叫起来。它尽了最大的努力来迷住他，但他径直从它的身边走过去了。

它回头看向迈克尔，难过地柔声叫着。

"对不起，塔博。"他说着靠在墙上，却又笨拙地滑倒在人行道上，倒在了一堆空罐、空瓶和烟蒂中。

塔博张大嘴打了个哈欠，伸伸腿，然后跺了一下脚。它跳上他的肩膀，用鼻子蹭他的脸。

"不能让女士在这样的环境中生活了。"他对它说。塔博凝视着他，仿佛明白他在说什么。"我会努力做得更好的。"

它把头靠在他的下巴上，大声地呼噜呼噜叫着。它的皮毛被太阳晒得又软又暖和。它相信，和他在一起，无论身处何方，都是好地方。

第 13 章　恶月升起

大雨倾盆而下。棕榈树被风吹倒，椰子从空中掉落下来。罗恩蜷缩在一座石屋的废墟后面，紧紧地抓着玛塔，看着木条和树枝从眼前飞过。风刮得更猛烈了，玛塔从他的怀中滑了出去，被卷进大海，他无助地望着。

罗恩睁开眼睛，六神无主，满身冷汗。他听到"砰"的一声，克里托从地板上飞快地蹿到了卧室门外。它一定是被从噩梦中惊醒的罗恩给吓到了。

那是1月的一个寒冷刺骨的上午，就快十一点了。每天早晨他的感觉都很糟糕，他挣扎度日，但周末是最难熬的。他养成了一连几天不出门的习惯。朋友们取笑说，他有可能会陷入日间电视节目和抗抑郁药的黑暗世界，或者更糟糕——收集枪支。他躺在那里，茫然地盯着墙上的三张黑天鹅绒猫王挂画，思索着那个梦的含义。他觉得自己精疲力竭，似乎被心痛和愤怒吞噬了。

克里托又回来了，跳到罗恩旁边的枕头上喵喵叫着。罗恩摸着它毛茸茸的脸颊。"如果不是为了这只猫，"他想，"我就什么也不会做了。我很可能会像布莱恩·威尔逊[1]那样,就那么躺在床上。"

没过多久,吉姆——一只油亮光滑的巧克力色暹罗猫——也跳上了他的床,喵喵叫着要吃早餐。吉姆是房客史蒂夫的猫。罗恩在四年前结识了刚刚无家可归的史蒂夫——一个挣扎度日的音乐家——和他的老猫伦尼。罗恩好心地让他们俩住了进来,并且没有收取任何租金。伦尼去世后,史蒂夫收养了刚出生的吉姆。

罗恩走到厨房里,慢吞吞地朝咖啡机走去,他的眼睛因疲劳而发红。克里托和吉姆冲在前面,站在它们的食盆旁。罗恩知道史蒂夫喂过猫了,但是猫们总是想要更多,表现得好像它们已经饿了好几天,要多吃一顿饭才行。

给猫洗刷食盆的时候,他瞥了一眼窗户对面的杰克的房子。罗恩确信那家伙是个毒贩子——他有一股挥之不去的狂暴而神志不清的气场,一天到晚进进出出他的房子,就像从不打烊的中国外卖店一样。一想到他,罗恩就怒火中烧。"我希望你死于吸毒过量,"他咕哝着,"瘾君子。"

他把猫的第二顿早餐放好,然后告诉自己,他必须阻止自己对那个可恶的邻居的报复心。为了让自己做一些积极的事情,他打开电脑,给最喜欢的宠物猫救援慈善机构捐了些钱,然后在房子里搜寻毛巾、毯子、盘子和其他可以给当地动物收容所使用的物品。为了给自己的吉他店补货,他在易贝网上浏览了芬达吉他的配件,继

---

[1] 美国"沙滩男孩"乐队的主唱,曾因为压力过大而吸毒,消沉了很长一段时间。

而陷入复古吉他的购买欲中不能自拔。之后是整理圣诞装饰品的时间。他打开收音机,调到怀旧金曲频道,一边摘下树上的彩灯和装饰物打包到箱子里,一边听着琳达·斯科特用性感甜美的声音演唱《我告诉了每一颗小星星》。他努力让自己忙起来,因为一旦停下来,他就会开始思念玛塔,黑暗的念头也会随即在他的脑海里挥之不去。

那个阴沉的下午,天五点就黑了。史蒂夫比平时早下班回家,他邀请罗恩在当地的一家酒吧里共享优惠饮酒时段,但罗恩很沮丧,不愿离开家,史蒂夫只好独自前往。

克里托蜷缩在房间的暖气片下。吉姆在他的脚踝周围蹭来蹭去,睁大眼睛惊奇地看着罗恩把树拖到外面,松针沿路掉了一地。然后,他把箱子拖到了阁楼上。

镶板的阁楼像一间巨大的桑拿浴室。对罗恩来说,这里就像一间秘密树屋,是他的藏身之处。有时,他到这里来冥想、清空思绪或听音乐。倾斜的墙壁和天窗分别对着房子的正面和背面。黑胶唱片一箱箱地堆靠在一面墙上,墙上贴着20世纪60年代早期甲壳虫乐队的海报。老式麦克风立在一个小书架旁,旁边放着一盏红色的熔岩灯。每个角落都弥漫着平和的气氛。

一把旧式理发椅面对着后窗,罗恩把放着圣诞装饰物的箱子推进去的时候碰倒了它。这把椅子由胡桃木雕刻而成,裹着毛绒皮革,装着金属脚蹬,属于罗恩的祖父。他的祖父曾在圣约翰拥有一家理发店。圣约翰是波特兰北部一个古雅的小郊区,横跨威拉米特河。罗恩几乎是在这把椅子上长大的——一个胖嘟嘟的小男孩在祖父的老旧理发店里，头发被剪成军人式平头。店里有老式理发杆、拱形天花板、镶着木板的墙壁，墙上贴着印有男士发型的泛黄照片，柜台上摆放着五颜六色的美发用品，商店里洋溢着温馨的气氛，而且总有留着小胡子的男人们坐着抽烟、说话和大笑。

祖父的理发椅就像一台时光旅行机。每当罗恩坐在上面，脑海里就会浮现出幼时自己在圣约翰桥下的大教堂公园里玩耍的景象。他喜欢去附近那些世代相传的老店，其中一些还在营业：母亲在他剪了头发后总会带他去的郁金香糕点店；杂乱的漫画书店——店里的硬木地板嘎吱作响，店主一家是个很不错的伊朗家庭，他们也售卖可可软糖，罗恩所有的零花钱几乎都花在了买糖上；老圣约翰电影院——1975年夏天，罗恩在那儿第一次看了电影《大白鲨》；狮子的洞穴人商店——店名很滑稽，每当路过这里，罗恩都会笑起来。

20世纪40年代，他的祖父在成为理发师之前曾是拉格泰姆[1]乐队的一名音乐家。他把自己的第一把吉他和一个口琴给了罗恩，并把一切——从古老的爵士乐大师到巴迪·霍利和鲍勃·迪伦——都一一介绍给了罗恩。罗恩坐在理发椅上转悠着，心想，现在可能是装修阁楼的好时机，还可以建一个他一直想要的小录音棚。这将是他迫切需要的消遣。

---

[1] 美国流行音乐的形式之一，产生于19世纪末期。

罗恩转向后窗，抬起头。这时，天完全黑了，一轮满月照亮了寒冷的夜晚，天空灰蒙蒙的。有那么一瞬间，罗恩错把它当成了蓝月。但上一次出现蓝月是在8月，差不多是玛塔和克里托三岁生日的时候，所以下一次不太可能很快到来。对罗恩来说，满月意味着情绪上的剧烈波动。他完全体会到了这一点，并认为1月的寒冷和阴郁恰好和自己的抑郁不谋而合。他的生日——他常和人说，他与猫王、大卫·鲍伊的生日在同一天——过去三天了。他突然感到一阵战栗，想知道青春到哪儿去了：他做了很多错误的选择，交过一些糟糕的男朋友，错过了很多机会。他的生活从二十五岁开始就没怎么改变过了，除了现在他独自一人，郁郁寡欢，住在一个反社会虐待狂的对面。

在月光的照耀下，掉落在阁楼地板上的零星的金箔装饰闪着光。罗恩站起来，拿起扫帚和簸箕，把它们扫了起来。然后，他无意中在一个箱子里翻出了上个圣诞节给玛塔的未拆封的新袜子，那是他在它第一次走失期间准备的。看到那只长袜仍然密封在红色的塑料包装中，仿佛凝固在时间里，他回想起去年冬天玛塔迷失在森林里时那些漫长而寒冷的日子。

他的脑海里浮现出从温哥华动物保护协会接回玛塔那天的细节。它骨瘦如柴，还感冒了。当他到达收容所时，工作人员找不到它。它被转移到密室的死囚区里了。它再过几个小时就要被宰杀了，因为他们认为它是半野性的，而且病得太重。收容所会保留动物五天，如果它们没有被收养或被原主人找回，就会被杀死；野生动物和不友好的动物则会直接被送到死囚区。一个富有同情心的猫舍工人把罗恩带到了那间荒凉的像煤仓一样的密室里，那里关押着所有被放弃的动物。那是罗恩见过的最让人难受和心碎的地方。

他默默地走进去，流着泪走过一排排金属笼子，里面都是受惊的大猫和幼猫，有些蜷缩在垃圾托盘里，有些站着流泪，目光里满是恳求。最绝望的是那些已经被放弃的猫，它们安静地蜷缩在笼子后面。

玛塔就在它们中间，躲在猫窝后面，头靠在爪子上。但是，当罗恩喊出它的外号"甜甜小兔子"时，它竖起耳朵，抬头望向他，然后用一连串悲伤、哀怨、微弱的喵喵声叫了起来。

回家路上，玛塔把爪子伸出猫笼的栅栏，握住了罗恩的手指。罗恩哭着回忆，那次他差点儿就失去它了。

悲伤欲绝的罗恩下楼去拿笔记本电脑，想看看有没有收到关于玛塔的邮件。然后，他带着笔记本爬回阁楼，在脸书主页上贴了一张他最喜欢的照片——照片里他抱着玛塔和克里托。他写道："玛塔，请回家吧。没有你，我们不再完整。"

他关上笔记本电脑，把它放在地板上，然后瘫倒在理发椅上，把头埋在手里。同时，他听到了嘎吱作响的楼梯上猫轻快的脚步声。他抬起头来，看到了吉姆伸到楼梯顶上的头。大个儿的暹罗小猫目不转睛地盯着罗恩，眨着它那双一只蓝色一只金色的奇怪眼睛。

"哦，吉姆，吉姆小乖乖，"他低声细语地咕哝着，"你真是个好孩子。"

第 13 章 恶月升起

当罗恩跟它说话的时候，吉姆就用它那沙哑的嗓音忧郁地喵呜直叫。它慢悠悠地踱步，身上的颜色让它看起来像穿着棕色紧身衣，然后，它像个小体操运动员一样跳上了罗恩的大腿。它用它那像极了大卫·鲍伊的迷人眼睛凝视着罗恩。然后，它把头蹭到罗恩的脸上，用爪子拍着他的腿。

吉姆的纯真和傻乎乎的幼猫行为让罗恩缓过神来，他笑了。

罗恩听见钥匙开门的声音，是史蒂夫回来了。他不想让房客看到自己这个状态。他站起来，抱起吉姆，转身把它放到身后的理发椅上。他关上灯，深吸一口气，用羊毛衫的袖子擦了擦眼泪。他一直等着不动，直到听到史蒂夫在厨房里捣鼓消夜的声音，才打起精神下楼。

不知怎的，他想，他必须坚强起来，熬过这个冬天。他必须相信自己会找到玛塔，而且一定能再次带它回家。

第14章 加州的文图拉：最佳搭档

1月中旬，迈克尔乘坐一辆当地巴士从金城南下。然后，他和背包上的塔博一起沿着海岸线搭便车。几乎是立刻，他们就搭上了一位和蔼老大爷的车。老大爷留着白色的胭脂鱼发型，身穿一件白色格子衬衫，他要去圣巴巴拉接受癌症治疗。车后座上坐着他的狗——一条身材高大、性情温和的德国牧羊犬。总是和狗相处得很好的塔博一路都安心地睡着。事实证明，这段路程很顺利，他们沿着101号公路一路开往圣巴巴拉。迈克尔和塔博在一条环绕着太平洋的蜿蜒的公路上下车，他看到了一道波光粼粼的水湾，水面上零星散布着一些冲浪者。海浪翻滚着拍向海滩，微风带着温暖的防腐剂和盐的味道。"来吧，塔博，"他说，一下车就向沙滩走去，"我要带你去看大海。"

当他们走近海边时，塔博看上去欣喜若狂。它宝石般的眼睛睁得大大的，鼻子颤抖着迎接扑面而来的景色和气味：海浪、随浪花飞走的海鸟、咸咸的海风和湛蓝的大海。迈克尔把它放在沙滩上，它蹲下来，把爪子浸到海水里。它并不畏惧咆哮的海浪，也不怕海水拍打着它的四肢。

"塔博，你可真怪，"他咧嘴笑着说，"猫一般都不喜欢玩水的。"

塔博看着一群海鸥在岸边着陆。它蜷缩着，眼睛盯着那些鸟，胡须抖动，在狩猎模式中前后摇晃，准备随时扑向猎物。它花了半个小时追逐海鸥，带着满身沙子和海水回来了，脏兮兮的，他只好带它到城里的宠物美容店去洗澡。

他们在圣巴巴拉住了几天，和一些无家可归的朋友在一起，他们都不相信迈克尔带着一只猫在旅行。塔博在圣巴巴拉的街上大受欢迎，它骑在迈克尔的肩膀上，迈克尔在街上乞讨，它就向人们打招呼。

但是迈克尔想继续赶路了，所以他们又搭车去了文图拉——一个位于加州海岸线上的宁静小城。迈克尔朝着洋槐树丛掩盖着的小海湾里一个他十分喜爱的老旧露营地走去：从公路上下来，一直走到看不见机动车的地方就到了。沙滩上的人看不到这个地方，而它又离市中心很近。迈克尔发现，这里看起来和去年冬天他离开时没什么变化，也就是说，没有其他人来过。他打算继续保持这个样子，于是一定得把篝火藏起来。他不得不小心翼翼地躲过当地"小混混"们的视线，因为他们可能会抢劫他；还要避开那些可能会报警的居民——尽管他并没有造成任何伤害。他没有忘记那个给他开罚单的警察的话："眼不见，心不烦。"

洋槐树丛下，迈克尔正抓紧时间搭建他们在海边的房子。他用废弃物搭了一座简易的小屋，它由胶合板边角料、零散的树枝和塑料碎片组合而成。他在俄勒冈州布鲁金斯的温恰克河（迈克尔称这条河为"木头块河"[1]，因为岸边堆积了很多木头）边学会了搭建小屋。这是一项必要的技能，因为海洋本质上就像一个风洞、一个可以保护他不受寒风侵袭的庇护所。然而，即使是一座很好的小屋，看起来也像是由一个在海难中幸存下来的人建造的。

在沙滩上的第一天，塔博似乎爱上了这座新的游乐场，它久久地躺在上面，兴奋地滚来滚去。它爬上迈克尔的大腿，不断发出呼噜声，像公鸡一样趴在蜷缩着的前爪上休息。迈克尔轻抚着它，把它两只耳朵之间柔软光滑的毛弄成了鸡冠头，它心满意足地发出呼噜声。太阳落山，迈克尔感到幸福近在咫尺。

大多数早晨，迈克尔和塔博会在太阳升起前听着鸽子的叫声醒来。晚上，他们在小屋里摊开睡袋挤在一起。白天，迈克尔听着洛杉矶电台的谈话节目打发时间，在皱巴巴的笔记本上涂涂画画，还会捡被丢弃的旧书来读。除了斯坦贝克，他还喜欢美国古典文学和有关美国历史的书籍。

当迈克尔看书或是在本子上涂画时，塔博也总是保持着忙碌，经常坐在他头顶低矮的树枝上，或者在他的身边玩耍。它已经很擅长用迈克尔在沙滩上为它找到的树叶、羽毛和酒瓶塞制作自己的玩具了。塔博表现得就像是这里的主人一样，它会交叉着前爪坐上几个小时，凝望着大海，就像一只母狮在审视它那狂野无限的王国。

---

[1] 木头块河（Woodchuck River）与温恰克河（Winchuck River）发音相近。

它从来没有远离过迈克尔，但当它捉蜻蜓或是尾随小蜥蜴和螃蟹时，他总是密切注视着它。

黄昏时分，银绿色的大海平静而空旷，他们在沙滩上散步，塔博的脖子上拴着牵引皮带，迈克尔寻找着海胆、海贝和生篝火用的木头。这是个简单而令人放心的例行公事般的活动，能够阻止迈克尔产生抑郁情绪，虽然抑郁总是威胁着要涌入脑海，但从未真正到来。

有一天，迈克尔试图用皮带拴住塔博，它却挣脱逃走了，跑到安全距离外以后还顽皮地回头看他，喵喵叫着。它等着他赶上来，然后在沙滩上蹦蹦跳跳。他跌跌撞撞地跟在它的后面跑，哈哈笑着，低声咕哝着："噢，塔博……快回来。"

迈克尔想不起来他上一次不喝酒就这么开心是什么时候了。任何一个旁观者大概都会觉得这个在沙滩上追着一只猫的满脸胡茬的流浪汉简直疯了。

它终于筋疲力尽，跳上他的肩膀，等着他背它回家。

有那么几天，迈克尔醒来时发现塔博在追着浪花玩。他吹了声口哨，它就跑回他身边了。但是，有一天早上，当迈克尔背对着塔博生火给自己煮咖啡的时候，塔博突然消失了。它不知道在野外走动会招来山猫或郊狼的侵袭，并且很可能因此丧命。他沿着海岸走来走去，寻找沙子上的猫爪印，拼命地喊它的名字。就在他开始慌张的时候，他听到了海鸥的叫声和遥远的微弱的喵喵声，他发现它正在远处的沙滩上追海鸥。

它蜷缩着身子，尾巴前后摆动，蹑手蹑脚地爬向海鸥群边缘的一只大海鸥。迈克尔慌了，他知道海鸥可能会愤怒，会攻击猫和小狗，它们会用俯冲轰炸式的姿势冲过去，用钩状的喙袭击小动物的头。

他向它冲过去，喊道："塔博，你在干什么？塔博！不要过去！"塔博明白"不要"的意思，但它只是看了看迈克尔，然后继续在沙滩上前行，朝那只巨大的海鸥爬去，但这只海鸥和其他海鸥一起飞走了。

"塔博，别打搅它们。它们的生活已经够艰难的了，你就不要再掺和了！"迈克尔说着，抓住它搂在怀里。它咕哝了一声，很生气他搅乱了它的埋伏行动。当他用皮带拴住它时，它愤怒地嘶叫着。这是它第一次对他发出嘶嘶声。但它需要戴上皮带，这样他才能保护它不受捕食者的伤害，避免它被海浪卷走，或者遭受其他很多风险。当他第一次训练它戴着皮带走路时，它会躺下来拒绝移动或跳上他的肩膀。但它在海滩上的例行散步中找到了安慰，于是跟着他回到了他们的临时小屋。

但是，当他们回到洋槐树下的家后，塔博转过身背对迈克尔，生气地拍打着尾巴。他试图抚摸它，它又转过身来，停止不动，给了迈克尔一个厌恶的眼神，然后匆匆走开了，留给他一个脾气暴躁的背影。但到了午餐时间，当他端上它最喜欢的食物——珍致牌鸡肉猫罐头时，它把脸埋进碗里狂吃，把愤怒抛到了九霄云外。

迈克尔认为塔博对事物是有良知的，但这并不能阻止它做些不该做的事情。同时,他也喜欢它的调皮,那让它看起来更可爱了。有时它会叛逆,会偷偷摸摸地去执行一些秘密任务。他试过跟踪它,但它通常能感知到他的目光,会转过身来冲他喵喵叫,发出小猫叫妈妈时那种刺耳的像鸟一样的声音。

接近中午时分,迈克尔带着塔博来到一座靠近海滩的停车场。他尽量让它在视线范围内活动,直到它溜进一辆敞篷面包车。他走了几分钟才走到车那里。在大麻的烟雾中,他路过了几个朝气蓬勃的冲浪者。一个年轻英俊的小伙子穿着湿漉漉的牛仔短裤,颧骨像悬崖一样陡峭,头发被太阳晒得黑黑的,正抬头看着他。

"我想我的猫跑进去了。"迈克尔说。

"我想你说对了。"冲浪者笑着指向身后的猫。塔博四肢伸展,腹部朝上,躺在一堆潜水衣上。听到迈克尔的声音,它懒洋洋地转过头来。"它在放松自己,"他说,"你想进来吗?我觉得它吸得太舒服了,根本不想动。"

"我可不希望如此。"迈克尔边说边走进车内,车内弥漫着一片蓝色的烟雾。在波特兰的时候,他曾对几个在街上晃荡的孩子发火,因为他们往塔博的脸上吹大麻的烟雾来逗它开心。"你们想要的话,把世界上所有该死的毒品都吸完也无所谓。"他对他们大吼,"可是永远不要让猫来吸。我得对付一只顽固的成年猫,可我不想和一只磕嗨了的成年猫打交道。"

"这只猫是真的难搞,"冲浪者一边说,一边吞云吐雾,"它就这么直接进来,爬上我的胸,开始舔我的眼睛。我说:'哦,我的天哪，这位猫朋友，说真的，我们不是恋人，我只想跟你随便玩玩，伙计。'"

迈克尔一边笑，一边抱起他那只误入歧途的猫。"它就是这样的。有一次，当我在乞讨的时候，一位警官走过来对我说：'你不能在这里乞讨。'这只猫就走到他跟前，爬上他的腿。因为它习惯了在我的腿上大呼大叫，所以理所当然地觉得对任何人都能这么干。我说：'不行，塔博，快下来。这是警察。'我不得不把它拽下来。我对那个警察说：'对不起啊，警官先生。'然后他说：'嗯，这的确不太应该。'这只猫大概喜欢那个警察身上的某些东西吧。它对某些人就是这样的。"

回小屋的路上，迈克尔看见垃圾桶里塞着一张皱巴巴的《洛杉矶时报》，他伸手将它抽了出来。头版上有一条关于一个前洛杉矶警察的报道，他在大贝尔城附近白雪覆盖的森林里进行了疯狂的报复性持枪扫射。他现在仍在圣贝纳迪诺山的某个地方逍遥法外，幸运的是，那儿距离此地有三个小时车程。

逃亡的连环杀手是迈克尔最不担心的。他和塔博面临的最紧迫的危险并非来自警察、瘾君子或者本地小混混，而是当地的郊狼。迈克尔可以在晚上听到它们的声音，他担心它们迟早会想要抢走塔博。他和塔博挤在睡袋里，仔细地分辨每一个声音，如此度过了几个可怕的夜晚。他甚至想出了一条逃生路线。他把树干上的树枝折断，做成了几个把手和脚踏板，如果郊狼靠得太近，他就可以快速抓住塔博并把它关进笼子里，然后爬到树上。他们甚至练习过几次，就像消防演习那样。

迈克尔必须时刻保持警惕，但不停地盯着塔博并试图让它知道外面确实存在危险，这让他感到焦虑。他开始喝更多的酒来平息恐惧。旁边树上的一对红尾鹰也让他不安。它们会飞到离他们的头顶有十英尺高的空中，主要是为了捕鼠，但有一天晚上，迈克尔看到它们杀死一只松鼠并把它拖回了巢里。

迈克尔每天都会说好几次："抬头看，塔博，抬头看。"塔博就会把它可爱的小猫脸转向天空。他甚至教会了塔博在他吹口哨的时候来到他身边——他称之为"塔博专用口哨"。在某种意义上，他认为这就像养孩子：你喂养他们，保护他们不受伤害，尽你最大的努力教育他们，并抱着最好的希望。

对迈克尔来说，训练动物就像是一种本能。当他和默瑟住在圣路易斯的联排公寓里时，迈克尔训练过房东的斗牛表演犬。

一天晚上，迈克尔坐在他们的小屋里，看见公路边有一只郊狼，月光照亮了它银色的皮毛。又过了几晚，一只郊狼突然出现在海滩上，并朝着他们稳步前进，那狡猾的琥珀色凤眼在暮色中微微发光。另外两只郊狼出现并加入了它，它们开始包围迈克尔和塔博的住处。就在这时，迈克尔一把抓住塔博，把它塞进笼子，又抓起两罐猫粮爬上了树。等爬到足够高，他朝体积最大的领头的那只郊狼扔了一罐猫粮。那只郊狼用鼻子把罐子轻易地弹开了，然后咆哮了一声，但没有挪动。迈克尔觉得伤害动物的行为让他很难受，因为郊狼正在一个充满敌意的世界里竭尽全力生存，但他必须不顾一切保护塔博。

过了一会儿,几只郊狼走开了。迈克尔确信它们已经走了,便爬下来,背起行李,拿起猫笼,也出发了。那天晚上,他和塔博在市中心的美国银行门口宿营。但迈克尔感到不安,不停地胡思乱想——"我被野狗盯上了。我再也睡不着了。"

第二天早上,迈克尔在"聪明宠物"商店买了一个硬塑料笼子。这间"活动房屋"将给予塔博更多保护。他还买了一条二十英尺长的牵引皮带,这样塔博既可以四处走动,又能安全地待在他的可控范围内。即使有新的防护装备,他还是决定,他们应该搬到位于文图拉县附近的另一座小城——千橡市,至少在那里待上几天,让郊狼闻不到他们的气味。千橡市有一个购物中心和一个老年中心,那里人流密集,迈克尔希望他们能乞讨到足够的钱和食物。购物中心对面的马路上有一片种有棕榈树的宽阔草地,晚上他们可以在那里睡觉,迈克尔可以安静地喝酒,不会被警察或其他人打扰。

在千橡市,迈克尔很快培养了一套新的作息时间。每天早上六点,他会把塔博扛到肩上,从棕榈环绕的小丘走到城里的主干道上喝咖啡。在路上,人们一注意到塔博,就会把车停在路边,下车来抚摸它,然后给他钱。他们似乎都会问同样的问题:"你怎么弄到这只猫的?你怎么让它蹲在背包上的?你怎么开始流浪的?"

喝完咖啡,他会再次把塔博放到肩膀上,然后往购物中心走,在老年中心附近停下来乞讨。他会拿出硬纸板做的牌子讨要零钱。

第 14 章 加州的文图拉：最佳搭档

几乎每天都有人给他一个塞满猫食的袋子或是一张咖啡店的礼品卡。一位和蔼可亲、爱猫的老绅士甚至给迈克尔买了新衣服，并邀请他到家里洗澡。一开始，迈克尔觉得去某个人家里洗澡有点儿奇怪。后来他才知道老绅士是个鳏夫，养了三只捡来的猫，只是很乐于助人。

第三天中午时分，一位拄着拐杖的老妇人摇摇晃晃地向他们走来。迈克尔想冲过去帮助她，但又怕她会介意。

老太太弯下腰拍了拍塔博。"你有一只这么漂亮的猫啊。它叫什么名字？"

"塔博。"

老太太看上去很惊讶，眼里充满了泪水。

"你为什么哭了？"迈克尔问道。

"那也是我的名字，"她说，"我叫琳达·塔博。"

迈克尔想："我的妈呀，她是个猫女。"

"你是新来的吗？"

"我每年都到文图拉过冬，已经有四五年了。"

"我以前怎么从来没注意过你？"

"我那时没有猫。"

"哦，"琳达边说边倚着手杖，思索着，"我马上回来。"她拖着沉重的脚步回到车上，几分钟后又带着一些现金回来了。"你想尝尝我做的砂锅吗？我明天给你带过来。我还要给小猫带点儿吃的。"

迈克尔被这意想不到的慷慨感动了，眼里泛起泪水。他努力酝酿着想要说些什么，但最后也只是说了句"谢谢"。

琳达把自己的故事讲给他听。大约四十年前，丈夫意外去世后，琳达便开始酗酒。她本有孩子和年迈的母亲需要照顾，但自此她不再关心。她经常酗酒，以致不能开车，有时甚至下不了床。她知道自己正在失去对生活的控制，于是查询黄页，决定打电话给匿名戒酒互助会。电话接通后，对方向她询问住址，过了不久，一个叫帕特的女人出现在她的家门口。她带琳达去参加匿名戒酒互助会，和她共同度过一天，然后把她送回了家。琳达再也没喝过酒，也没再见过帕特——她称帕特为"我见过的最重要的陌生人"。从那以后，她一直在偿还债务。

接下来的几个星期，琳达每周都会在购物中心见迈克尔一两次，给他带来各种美味的家常菜。她给塔博带了烤鸡、猫粮和其他小零食，还给了迈克尔一些衣服和钱。迈克尔希望用余下的钱来买酒，但他克制住自己，只喝那种六罐装的啤酒，因为他总是担心有人会看到他酩酊大醉，然后试图把塔博从他的身边带走。

一天，迈克尔注意到沿街的商店橱窗里装饰着用纸板制成的大大的红心、纸玫瑰和银灰色的气球。那是2月，情人节就要到了。他变得多愁善感起来，童年记忆突然浮现，让他感到悲伤。他的二年级老师莫林·特蕾莎修女曾给他买过彩纸和蜡笔，让他为班上的其他孩子制作手工贺卡，以便在情人节那天与他们交换。因为她知道迈克尔家太穷了，买不起商店里的贺卡。但当他把蜡笔和彩纸拿给母亲看时，母亲从他的手里夺过那些东西并放到冰箱上，然后对

第14章 加州的文图拉：最佳搭档

他说："你不许给任何人做贺卡。"回忆起自己是唯一一个没有贺卡可以交换的孩子时，他再次感到羞辱。

几年后，莫林·特蕾莎修女去世了。迈克尔穿好正装准备出席她的葬礼，但母亲不许他出门。这些悲伤的回忆因另一件事的发生而变得更糟：大约在特蕾莎修女去世的同时，他的一个同学被牧师猥亵，并在他父母的房子里上吊自杀了。

让迈克尔觉得奇怪的是，最痛苦的记忆总是伴随着自己——不可磨灭。

那天下午，琳达带来了一张情人节贺卡，上面有她写的一首诗。她把卡片和砂锅一起交到了迈克尔的手上。迈克尔翻开卡片读道：

> 我的新朋友迈克尔让我笑了，
> 他陪着小猫塔博走了一英里又一英里。
> 它感到温暖舒适，
> 因为它知道自己被迈克尔爸爸和天上的天使爱着。

迈克尔深深地被这张卡片打动了，再一次，他不知该说什么好。"谢谢。"他喃喃道，抬头看着琳达，蓝色的眼睛里噙着泪水。他站起来拥抱了她。

那是一段美好的回忆，将永远铭刻在他的心上。

第 15 章 星光依旧

3月里一个异常温暖的星期六下午，罗恩鼓足气力做着园艺工作。在街对面，杰克正和他的新纳粹主义伙伴们一起把家具装进移动货车里。三个人都留着同样明显的希特勒青年团发型，刮掉了下巴上的胡子，其中一个人穿着印有同盟国旗帜的T恤和长筒靴。看见罗恩后，杰克站在路边，大喘着气，摆出大哥大的正直做派，开始谩骂诋毁罗恩。

罗恩正跪在地上拔草，厨房门里传出来披头士的专辑《橡胶灵魂》里的音乐。他沉默不语，不理会杰克那些关于恐同的陈词滥调，并怀疑杰克只是想在他那些流氓朋友面前炫耀一下。但几分钟后，那辆货车在罗恩家旁边发动了，杰克把头探出车窗外。"我猜你一定很高兴看到我的背影吧，死基佬。你最好不要再散布我的谣言了……你个肥泼妇。"

罗恩抬起头。"听着，"他简短地说，"我接受你的说法，但我不相信你。我不想再和你吵架了。"

"继续啊，婊子，克里托也会消失的。会有那么一天，你回到家里，发现它也不见了。"说完，货车疾驰而去，在拐角处闯

第15章 星光依旧

过红灯。

那天晚上,罗恩被一声巨响惊醒了。他爬下床,走到客厅里。碎玻璃铺了一地,旁边有一块砖头,是什么人从窗户外扔进来的。他走到外面,看见房子正面被人用油漆喷上了"烧死基佬"几个大字,车的所有轮胎都被扎了。罗恩报了警,警察把罗恩、史蒂夫和他们的两只猫送到朋友家里过了一夜。

回家后,他们把克里托和吉姆锁在屋里。罗恩要去吉他店工作而史蒂夫不在家的时候,他就带着克里托和吉姆一起去店里。他每天晚上睡觉时都把手机放在枕头上,把棒球棒放在床边。他被最近的这些攻击吓坏了,变得越来越焦虑。越来越多的不安逼得他考虑搬到另一个住处,或者干脆搬离波特兰。但在尚未弄清楚玛塔到底出了什么事之前,他不能就这么离开。

在故意损坏财产和仇恨犯罪事件发生后,罗恩的朋友米格尔打来电话邀请他去索维岛拜访他和他的伴侣,和他们一起度过漫长的复活节周末。他可以带上克里托,换个环境对他们俩都好。

离波特兰市中心不到一个小时路程的索维岛就像另一个世界——一个由芦苇丛生的悬崖和蜿蜒的乡间小路组成的地方,路两边是种着玫瑰、玉米、南瓜、苹果和桃子的蔬果园。乔治和米格尔住在峭壁上一座古老的农舍里,农舍周围长满了草,可以俯瞰哥伦比亚河。他们的房子饱经风霜,有着雪松木制成的屋顶,曾是一家乡村旅馆,四周环绕着郁郁葱葱的牧场。他们有一座小型葡萄园,里面种了水果和蔬菜,养了宠物鸡和火鸡——它们都有自己的名字。

耶稣受难日的下午，罗恩带着克里托来到乔治和米格尔家。他看到米格尔正在后院里给他称之为"小姑娘们"的五十只母鸡和五只火鸡喂玉米和谷物。米格尔会把它们产下的一小批漂亮的蓝鸡蛋出售给当地的农贸市场。十二年前，罗恩在岛上认识了三十几岁的米格尔。米格尔是个谦逊的男人，有着黑色的杏仁状眼睛和光滑的青铜色皮肤。他的伴侣乔治六十多岁，是一位时髦的银发绅士，也是一位酒商和葡萄酒经纪人，他向西海岸的高档酒店和餐厅出售自己的精品葡萄酒。

乔治不在家，于是罗恩和米格尔把睡着的克里托留在家里，沿着明亮的勇士角沙滩散步，经过一群冲浪者和锈迹斑斑的小船残骸。他们朝岛北端的白色勇士岩灯塔走去，路上偶然发现了一家乡村小客栈，里面有一间餐厅。他们坐在靠窗的座位上，吃着炸鱼和薯条，这让罗恩想起了20世纪70年代和祖父在岛上度过的暑假，当时岛上一片荒芜，只有几个渔民和农民。他们会在海滩上放风筝，然后买冲浪小屋的海鲜。罗恩过去常把薯条喂给海鸥吃。

天黑前，罗恩和米格尔回家了。乔治也刚刚回家，三个人坐在二楼的家庭活动室里，面对着一排玻璃门，门外就是阳台。在那里，他们能听到海鸟的叫声和树木的沙沙声，还能看到鹿在茂密的草木丛里觅食。那里是它们自己的小乐园。

乔治准备了几瓶特制葡萄酒和一盘奶酪，配上甜瓜和草莓，喝酒的时候用来细细咀嚼。尽管周围的环境平和而美丽，罗恩还是担心他不在的时候他的房子会被人破坏和闯入。史蒂夫带着吉姆去他

第15章　星光依旧

姐姐家过周末了。罗恩在沙发上翻来覆去，不停地看手机。克里托懒洋洋地躺在罗恩的身旁，身上穿着的小猫背带系在一根牵引皮带上，罗恩是为了不让它离米格尔的鸟儿太近才这么做的。

米格尔注意到罗恩无神的眼睛下面有浓重的黑眼圈，于是试着安慰他。

"我不知道该怎么办，"罗恩看着窗户说道，因为紧张而心烦意乱，"我是说，我怎么就开始和一个精神病罪犯打交道了呢？住在自己的房子里，却感觉像个逃犯，还有砖头从窗户外飞进来。但真正让我害怕的是他威胁要带走克里托。"

"你唯一能做的事就是把克里托时刻带在身边，"米格尔说完，给他们的酒杯满上酒，"现在你是安全的。"

乔治说："你知道的，只要你愿意，你就可以一直待在这儿。"

突然，他们听到敲门声。他们转过身，看见一只鸡在门外咯咯叫着，用嘴敲着玻璃门。

"那是露西。它想进来。"乔治说着站起身来，推开门，让那只毛茸茸的亮黑色母鸡进来，"每天太阳落山后，它都会爬上外面的楼梯敲玻璃。"一只红色的小母鸡紧跟在后面跳了进来，它毛发蓬松，双脚柔软光滑。"这只小红鸡叫海伦娜。它看不见东西。有意思的是，不知道其他鸡是如何知道这一点并开始关照它的。它们都会确保它吃好喝好。它们会引导它，保护它。"

当乔治跟海伦娜说话，夸它漂亮的时候，它就愉快地叽叽喳喳地叫。它想被抱在怀里爱抚，乔治就把这只小盲鸡抱起来贴在胸前,又"扑通"一声坐回扶手椅里。

"有些小母鸡是我们从农场里救出来的,"乔治说着喂给海伦娜一些甜瓜,"出人意料的是,它们通常是最友好、最重感情的。"

克里托仍然拴着皮带,彬彬有礼地站在沙发上,观察着这些"咯咯"叫着的奇怪生物。露西抬起它那闪闪发光的黑色小脑袋,疑惑地瞪了一眼面前的猫,然后跟着米格尔去拿酒。

当他们回来的时候,露西走近沙发,用明亮的铜色眼睛对着罗恩和那只猫"咯咯"地叫着。克里托以前从来没有见过这么大的禽类生物,它有点儿害怕,躲到了皮带能伸到的最远端。米格尔走过去把受惊的猫抱在怀里。

"自从去年克里托的脸被人弄伤后,它就变得胆小了。"罗恩解释道。

"是那个住在街对面的讨厌鬼干的吗?"

"我敢肯定是他,"罗恩说,"我们街上所有的猫和小孩子都怕他。有一天,我和隔壁的安聊起了乌鸦男,那是个喂饼干给乌鸦吃的老人。乌鸦会跟着他,就像花衣魔笛手[1]那样。于是我们聊起了有些人喜欢动物而有些人不喜欢。当时有两个在街上骑自行车的孩子来摸安的猫戈登,并告诉我们:'对面那个留着胡子、脸上镶满了钉的男人真的很卑鄙,他讨厌猫。'安问:'为什么?'他们说:

---

[1] 来自古老的欧洲传说,花衣魔笛手有一支神奇的笛子,一旦吹响,所有的小动物、小孩子就都会跟着他走。

第 15 章 星光依旧

'因为我们看到他把戈登赶出来,还大喊滚出去。'"

"可怜的克里托,"米格尔说,"我讨厌伤害动物的人。"

乔治用手抚摸着那只小盲鸡,抬头说:"也许是时候离开波特兰了。"

"这些烦恼都让我开始讨厌波特兰了。但我又不觉得还能跟那个疯子有什么牵扯。他大概藏到另一个安全的吸毒窝点去了。"

罗恩弯下腰来抚摸沙发上的露西。它跳上罗恩的胳膊,他顺手把它抱了起来。似乎觉察到罗恩陷入了某种困境,它抖开羽毛钻到他的膝盖上,试图以此安抚他。他抱着露西,手掌感受到了它小小的心跳。它软软的咯咯声和体温能让人平静下来,也让罗恩考虑着搬到沿岸来住。他想象自己住在一座门口种满玫瑰的渔村小屋里,有一座供克里托玩耍的大花园;家养鸡在厨房里钻进钻出。头顶上有星星出来了,而他就那么安静地坐在那里,很容易就能将波特兰和诸多烦恼一并忘却。

可玛塔在脑海中挥之不去——他知道,只要它仍然下落不明,他就会在它熟悉的家里等它回来。

第 16 章　约塞米蒂：徒步荒野

4月下旬，迈克尔和塔博的老朋友斯廷森来文图拉接他们回波特兰避暑。斯廷森还带了一个来自密西西比州的女友，她的名字叫麦迪逊，留着乌黑圆润的精灵头，带着一把原声吉他和一只名叫鲍比的焦糖色杂交斗牛犬。鲍比性情温顺，马上就和塔博相处得很好。斯廷森带着麦迪逊和鲍比从深南部[1]一路赶到了这里。

就在他们抵达的前一天，迈克尔收拾好行李，顺便拜访了住在千橡市的琳达·塔博，告诉她他要走了。她最后抱了抱塔博，他们彼此约定会保持联系。然后迈克尔和塔博回到文图拉，在洋槐树下等着朋友们的到来。

迈克尔和他的流浪汉朋友们有时会分开好几个月，然后在加利福尼亚的某个荒野地区或波特兰的偏僻街区重聚。和迈克尔一样，斯廷森也不怎么安分。他是个游手好闲的人，曾在海军服役过一段时间，这让他意识到自己不喜欢规则和一成不变。他看重自由，即

---

[1] 深南部（Deep South）是美国南部的文化与地理区域名，一般情况下包括亚拉巴马州、佐治亚州、路易斯安那州、密西西比州和南卡罗来纳州。

第 16 章 约塞米蒂：徒步荒野

使自由意味着要勉强度日。他觉得为了买自己并不需要的东西而长时间痛苦地工作是没有意义的。

斯廷森和麦迪逊到了之后告诉迈克尔，他们想在往北走之前先去一趟约塞米蒂，然后不停地讨论那儿有多美。之后，他们想去芒特沙斯塔。

"你可以让塔博多看看这个世界。"斯廷森这么和迈克尔说道，但他并不需要劝说太多。

塔博很高兴再次见到斯廷森。它热情地和他打招呼，爬到他的膝盖上，呼噜个不停，还扯他的胡子。

几个人在海边过了几天饮酒听歌的生活，分享了一些路上的见闻后，迈克尔觉得自己和塔博最好还是继续前行。他想，既然它喜欢在海滩上的时光，那么它也会喜欢高山的。

他们开始沿着海岸线缓慢地行进。第一站是圣路易斯-奥比斯波，一座位于中央海岸的浪漫又古老的教会小城，在太平洋和葡萄酒之乡中间。在那里，他们参观了一道海湾，迈克尔因为乞讨，又被开了一张罚单。

第二天早上，他们早早出发，驱车四个小时后，在午饭前抵达了约塞米蒂国家公园。5月的融雪使河水上涨，公园里挤满了露营者。他们在露营地边缘发现了一个安静的地方，那是一个被浓密的树叶和灌木挡住的角落，四周环绕着花岗岩巨石和参天树木，但离他们的车很近。他们希望避免与大型猫科野生动物和熊发生冲突。

下午的阳光照在身后，迈克尔脱掉鞋子，背靠在一块岩石上。

塔博伸展开来，在他的身边打盹儿，鲍比则躺在他的脚边。

斯廷森给他们仨拍了一张照片，然后问："你小的时候相机发明出来了吗？"

"有啊，20世纪70年代，一部相机有罗德岛那么大。"

一群女孩在附近的营地里安顿下来，她们简直不敢相信迈克尔和他的同伴们把一只猫带到了荒野里，更不用说斗牛犬和猫居然是朋友。迈克尔安抚自己，这里是公园，周围又有这么多人，不会太危险的。

第二天早上，迈克尔兴奋地向塔博介绍高耸入云的红杉树和松树，它喜欢爬文图拉的洋槐树，可能从来没有见过这么高大的树，所以他想它也许会喜欢。但它似乎没注意。它在草地上躺着晒太阳，一边观察周围，一边打着哈欠，迈克尔和斯廷森则在系一张吊床。吊床弄好了，塔博立刻跳起来蹦上去，仿佛那完全是给它做的。当麦迪逊带着鲍比去散步的时候，他们俩和塔博一起躺在树下打发了一下午的时光。从吊床上可以看到美熹德河的岩石流、远处宁静的金色草地、更远的伊尔酋长岩以及其他在约塞米蒂峡谷中突出地面的岩层，还有成群的登山者在陡峭的花岗岩石壁上上下移动。

迈克尔躺在吊床上，塔博躺在他的肚子上，牵引皮带缠在他的手腕上。其他露营者的话让他对郊狼、熊和美洲狮的存在感到恐惧，所以他不会让它离开自己的视线。

塔博伸长脖子，紧盯着一棵树，发出嘎吱嘎吱声。

第16章 约塞米蒂：徒步荒野

在兰伯氏松树的树枝间，一对乌鸦弓着身子，把它们那丝滑乌黑的脑袋转向迈克尔和塔博，叽里呱啦地叫着——它们明亮的目光坚定而炽热。

迈克尔笑着对猫说："不准你爬上那棵树。我需要起重机才能够到你，那些鸟可不会让你好过的。"

它似乎听懂了，挫败地缩成一团。他一边读着《愤怒的葡萄》，一边看着它打瞌睡，它的头慢慢地滑到了爪子上。

"你知道，美洲原住民相信乌鸦是神圣的……变形者，以及所有生物的创造者。"迈克尔对斯廷森说，而对方根本没在听。

塔博醒来后开始洗脸，不时停下来用它那双有着金色斑点的绿眼睛盯着迈克尔。它把头靠在书上，使劲地扯着书页。迈克尔不理睬它，它就伸出一只爪子扑向他的脸。他笑了起来，开始朗读关于主人公汤姆·乔德从监狱搭便车回家庭农场的一段描写。"瞧，塔博，他得像我们一样竖起大拇指拦车呢。他也喝威士忌，喜欢小动物。他在路上救了一只差点儿被车碾过的乌龟。"

斯廷森斜睨了他一眼："你变成给猫读书的疯狂的猫女士了吗？"

"塔博能听懂，但它更喜欢有插图的书。"迈克尔觉得他和这只猫好像心有灵犀。它似乎能以超自然的能力读懂他的心情和思想。有时迈克尔会考验它。他会想象它在做什么——比如跳上他的肩膀——这时他会看着它的眼睛，然后它就真的会这么做。

"也许你应该为天赋异禀的猫们设立一所学校。"斯廷森开玩笑说。

"猫才不想学习呢。它们只想玩。塔博比我见过的很多人都要复杂、机敏和聪明。"

"塔博才不在意这些呢。"

迈克尔合上书,用一片树叶做书签。一群人正在山腰上越过小溪,这分散了他的注意力。从眼角的余光里,他看见他们身后的树林里有什么东西在慢吞吞地走着。

斯廷森朝兰伯氏松树林里望去,然后,他从吊床上跳了起来,喊道:"你后面有一只熊……一只熊……快跑!"

迈克尔转过身去看,只见一只巨大的熊从兰伯氏松树丛中走了出来,他一把抓住塔博,把它关进笼子。他和斯廷森向着斯廷森的车飞奔过去,这时,附近营地里一个留着寸头、肌肉结实的大个子对着那只熊冲了过去。他跑得像个疯子,挥舞着手臂,大喊大叫。熊呆住了,然后转身朝着一片低矮的荆棘丛奔去。

"他在做什么?"迈克尔问道,"他想抓住那只熊吗?"

"我想恰恰相反。"看着那个大个子追着那只吓坏了的动物,斯廷森答道。

据迈克尔说,黑熊很少攻击人类,除非它们感到惊奇或想保护它们的幼崽。它们只是好奇,只是恰好在人们野营觅食时离得近了一点儿而已。所以,过了一会儿,迈克尔和斯廷森又回到了他们的营地。

尽管如此,当麦迪逊和鲍比结束徒步回来后,他们还是决定收起吊床,找个地方重新安置。他们找到了一小块僻静的荒野,那里

第 16 章 约塞米蒂：徒步荒野

就在路的尽头，延伸出去是一块更加宽阔平坦的空地。斯廷森和麦迪逊背对着树林坐在岩石上。鲍比走了很长一段路，累坏了，蜷缩在麦迪逊脚下的草地上，大声地打着鼾。

迈克尔准备好猫粮和水，然后打开一罐钢牌啤酒，坐在了塔博的旁边。

塔博从盘子里抬起头来嗅着什么，耳朵一抖一抖的。突然，它弓起背，身上所有的毛都竖起来了，尾巴翘成了一根刷子。迈克尔回过头，顺着猫注视的方向看去，只见灌木丛在颤动，树叶沙沙作响，却看不到塔博看到的东西。当他再看的时候，大约五十码外，一只棕色的大熊已经从茂密的老橡树和松树丛中蹿了出来，两只肉桂色的爪子和餐盘一样大。它盯着迈克尔和猫，笨拙地朝他们走来。

面对迈克尔的艰难处境，斯廷森全神贯注地卷着烟，浑然不觉。迈克尔一动不动地坐着，与麦迪逊交换了恐惧的眼神，很明显她也看到那只熊了。他低声对斯廷森说："你后面有只熊。"

"我不会回头的，"斯廷森笑着说，"我知道你在说谎。"

"不，伙计，真的有只熊。"

"行了，'百宝箱'，闭嘴吧你。"

"不，斯廷森，那儿真他妈的有只熊。"

麦迪逊两眼紧盯着那只熊，俯下身来对斯廷森低声说："就在你后面。"

斯廷森转过身，跳了起来："哦，见鬼，真的是熊。"

当那只熊走近时，塔博开始嘶嘶叫、吐口水，试图把它吓跑。鲍比被吵醒了，心情很差，也开始狂吠。麦迪逊抓住它的项圈，朝停着的车跑去。

迈克尔抱起猫，再次把它放进笼子。即使迈克尔知道自己不应该表现出恐惧，不应该从野生和捕食性动物面前落荒而逃，恐惧和本能还是将他笼罩住了。他再次爬上了车，斯廷森紧随其后。

从相对安全的车里，他们看到那只熊也朝着他们的方向看了过来。它一口吞下了本该属于塔博的食物，然后又溜回了树林里。

"该死，那只熊一定是从冬眠中醒来的，饿疯了。"迈克尔说。他意识到给猫喂食是个愚蠢的做法，因为熊可以闻到几英里外的食物的味道。

事实上，他们意识到，他们几乎违反了公园所有关于安全的规定。他们没有在野餐区吃东西，没有使用公园里的金属储物箱，还把一只家猫带到了野外。

他们很快收拾好行李，搬到了另一个营地过夜。

第二天早上六点之前，他们在黎明前的薄雾中醒来，一行人挤上车，然后沿海岸线行驶。在接下来的两天里，车有两个轮胎没气了，他们不得不在金城停下来修理轮胎，然后继续出发。塔博和鲍比通常是依偎在一起的，轮胎故障和其他事情发生时它们都在睡觉。

他们再次上路，决定下一站前往芒特沙斯塔。芒特沙斯塔被尊称为连接天堂和人间的圣地,是来自世界各地的精神寻求者的朝圣之地。加州的第五高峰就位于芒特沙斯塔,这座山是一座休眠火山,也是户外探险者和攀岩者的目的地。

天气温暖而晴朗,公园里挤满了露营者,但在日落之前,他们在城堡峭壁公园旁边发现了一个安静、阴凉的地方。

斯廷森生了一堆火,从车里拿了一盒六罐装的啤酒分给他们三个。迈克尔解开了塔博的牵引皮带,这样它就可以和狗一起玩了。麦迪逊则准备了一些简餐,包括面包、奶酪、多力多滋玉米片和啤酒。麦迪逊把一块切达干酪弄碎,迈克尔发现干酪并不够三个人吃,只够勉强养活几只老鼠。

"我没那么饿,"他说,"我有啤酒就行了。"

"你总不能拿着个空盘子到处转吧。"斯廷森说,他知道迈克尔很饿,只是太为大家着想了。

"这里正好不让投喂野生动物。"迈克尔笑着说,指着钉在斯廷森和麦迪逊身后一棵树上的牌子:不要给公园里的熊和野生动物喂食。

迈克尔靠在一棵树上,大口地喝着啤酒,做着《洛杉矶时报》上的填字游戏,报纸是他从垃圾堆里捡来的。约塞米蒂的露营者提醒他在公园里要看好自己的猫,于是他一直控制着饮酒量,但他想现在已经安全了。他不时地抬起头来,盯着在树丛里追逐对方的塔博和鲍比。猫会在树的一边等着,狗在另一边,然后它们中的一个——通常是塔博——会飞奔而去,它们会像吃了兴奋剂的赛马一样在灌木丛中飞奔。

最后，它们倒在了一起。当迈克尔再次抬头看塔博时，它正和鲍比蜷缩着在暮色中打盹，头和爪子缠在一起。迈克尔又喝了一大口啤酒，感到一阵欣喜。周围的帐篷里传来微弱的说话声、笑声和音乐声，夹杂着酒杯碰撞声和蛐蛐儿的嗡嗡声，他在这些声音的环绕中睡着了——虽然短，却很沉。

迈克尔从打盹中醒来，不知道自己睡了多久，但天已经黑了。斯廷森和麦迪逊在火炉的另一边聊天，狗独自坐在刚刚和猫蜷缩着睡觉的那棵树旁。塔博不见了。

"有人看到塔博了吗？"迈克尔问。

斯廷森看了看周围。"我还以为它和你在一起呢。"他说。

迈克尔僵硬地站起来，围着篝火走了一圈。"鲍比，塔博在哪儿？"他询问道。鲍比抬起头用温柔的乳白色眼睛看着他，若有所思地歪着头，然后换了个姿势，把头靠在爪子上，又睡着了。

迈克尔惊慌失措，跟跟跄跄地走进树林，扫视着高耸的黄松周围的灌木丛。"塔博，你在哪儿？"他喊道，仍然没有回应，"塔博，好孩子，快出来，你在哪儿？"

麦迪逊和斯廷森加入了搜寻，鲍比醒了，也跟着他们。他们走到树林里，边喊边注意听塔博的动静。

大约四十五分钟后，他们回到营地会合。

"我在想什么呢，怎么能把它带到这儿来？"迈克尔说，声音里充满了绝望，"我只是想让塔博看看荒野，了解世界并不都是街角和高速公路。"

"我担心过带鲍比来这儿，"麦迪逊说，"这个地方到处都是美洲狮和熊。"

"该死，"迈克尔说，他没想过美洲狮，"这太糟糕了。"

斯廷森走过去把手放在他的背上。"冷静些，'百宝箱'。它肯定在不远处。"斯廷森在这方面做得很好，每当迈克尔生气或情绪激动时，他总会安抚他，"但我们最好在危险到来前就开始找。"

他们三人又分头行动了。月光下，迈克尔看到泥土上有很大的爪印，对于家猫来说太大了。四周能听到灌木丛和树林里的沙沙声，在暮色中，他觉得自己瞥见了一些无法辨认的生物。从某种意义上来说，他觉得这是自己小时候多次离家出走受到的惩罚。不同的是，他的父母并不关心他，也不希望他回家，而塔博是他的一切。

当他深入森林时，黑暗吞没了他。他没有手电筒，眼睛因为一直盯着黑暗而疼痛。他不断地绊倒在树根和石头上。

"你好。"一个声音在他面前的小路上响起。

迈克尔抬起头来，看到一个壮实的小个子男人正被一只矮胖的巧克力色拉布拉多犬拖着走。他就像从动画里走出来的牛仔，长得像留着毛毛虫眉毛和浓密小胡子的"躁山姆[1]"。

---

1 华纳动画《乐一通》系列中的角色，留着一脸红胡子，总是双手持枪，脾气非常暴躁，和兔八哥是死对头。

"我刚刚在小路上看到了一只巨大的美洲狮,我们听到了郊狼的叫声,"这位"躁山姆"说,"祝你今晚能找到你的狗。"

迈克尔没有回应。纠正这个人说的话或与其交谈是没有意义的。已经快两个小时了,他快担心死塔博了。猫头鹰在他的头顶上方鸣叫,周围不断有沙沙声。

树枝"啪"的一声折断了,一只手抓住他的肩膀,吓了他一跳。是斯廷森。他带迈克尔回到他们的那块空地上。路上,迈克尔看到了一个标志:小城里有美洲狮出没。

麦迪逊已经回来了,她坐在火炉边的一块石头上,抚摸着鲍比。"没找到,"她说,抬头看着他们,黑眼睛因担心而睁大,"真希望塔博就藏在什么地方,希望它没事。"

回来后,斯廷森点了一支烟,吸了几下便用鞋踩灭了,说道:"我们会找到它的。来吧,我们再去找找看。"

迈克尔想象着塔博正在经历的恐惧。"我真不敢相信,"他说,"几个月来,我的饮酒量减少了,就因为我不想让塔博离开我。然而我居然在一个国家公园里把它弄丢了。"

"会没事的。"麦迪逊说,试图让他平静下来。

"不,不会的,"迈克尔说,声音又累又刺耳,"它是我的一切。"

在他们的头顶上方,一只鸟发出警告般的叫声,然后又叫了一声。

"嘘,别出声。"斯廷森说,他看了看四周,聚精会神地听着,"你听到了吗?听起来像喵喵声。"

斯廷森把手机的灯光照到树上。光束掠过树枝,捕捉到一对发光的眼睛。那是塔博，正坐在树枝上，懒洋洋地看着他们。它迷糊的凝视显然说明它一直在上面，睡着了。

"它很有幽默感。"斯廷森笑着说。

"噢耶，斯廷森再次立功了。"迈克尔自言自语道。在波特兰的那个雨夜，正是斯廷森第一次抓住了塔博。此时迈克尔能感觉到的只有快乐。在这一刻，除了这只猫，世界上再没有什么是重要的。

它爬下树，迈克尔把它抱起来，脸贴到它毛茸茸的脸颊上，它闻起来像春天的树叶和混着泥土的树皮。"哦，我的天。你没事。"他说，眼里含着泪水。他为塔博没有发生什么事感到宽慰，为它的归来感到高兴，但也对自己感到失望：他没有负起足够的责任来照顾它。这是他第二次犯粗心的毛病，置它于危险中了。

他告诉塔博他爱它，它用头碰了碰他，用粗糙的舌头舔着他的脸。"我会让自己变得更好的，"他贴着它毛茸茸的耳朵说，极其认真，"你会看到的。"

第二天早上，他们驱车前往芒特沙斯塔的市中心添了些补给品，然后继续向南，前往萨克拉门托河南叉流的佛洞附近的另一个营地。

沿着拜占庭式的小径，他们走到森林深处，发现了一个隐蔽、阳光普照的角落。沿着多石的斜坡向下走，他们在河岸边一座茂密的小丘上安顿下来。佛洞是一个如晶莹剔透的翡翠般的深水潭，被卵石滩、雪松和松木所环绕。这个特别的地方是所有途经这里去参加在沙漠中举办的火人节的嬉皮士的裸泳圣地。

斯廷森和麦迪逊开始搭帐篷，迈克尔给塔博系上牵引皮带，并将另一端绑在一棵纤细的小树上。塔博伸开四肢，打着呵欠，钻进一簇蕨类植物下面的阴凉处，鲍比已经在那里拱了个舒适的窝，塔博直接躺在它的身边，睡了个长觉。那天下午，斯廷森和麦迪逊在浅水里游泳，水花四溅，迈克尔坐在鲍比和塔博的旁边看书，生怕猫会被美洲狮或郊狼叼走。

晚些时候，他们三个人抽了点儿大麻，喝了点儿酒，聊了个通宵。在经历了前一天紧张又戏剧性的事件之后，迈克尔认为他多喝两杯啤酒也没事。虽然有时他可以连续几周或几个月滴酒不沾，但还是得意忘形了，因为他已经醉了。

迈克尔打开又一盒六罐装啤酒，讲起了他的一个流浪故事："去年夏天，我在路上乞讨时遇到了一个女人，她问我：'你喝酒吧？'我说：'对啊。'她又问：'那你每晚喝多少？'我说：'不知道，差不多六罐吧。'她问：'你喝酒有多少年了？'我说：'大概三十年了。'她说：'你知道吗？如果你不喝酒，把三十年的酒钱都存起来，每个月存入一个投资账户，你现在就有足够的钱买一架飞机了。'我说：'噢，他妈的……居然有那么多。'于是我问她：'那你喝酒吗？'她说：'不喝。'我继续问：'那你那架该死的飞机呢？'"

风从萨克拉门托河吹来，天气变冷了，迈克尔生了一堆篝火，拿出他的野营火炉，给他们烤了些东西吃。火熄灭了，他再次点燃。

迈克尔靠在炉火旁,看着塔博昏睡过去。他小心翼翼地把它从膝盖上抱起来裹到羊毛毯子里,然后放进笼子。斯廷森和麦迪逊已经醉得不省人事。迈克尔感觉有点儿冷,穿着衣服和鞋爬进睡袋,在火熄灭之前睡着了。

迈克尔被塔博在笼子里哀嚎的声音吵醒了,笼子还在他睡觉前放的那个地方。它拼命想把迈克尔叫醒。迈克尔闻到一股烟味,当他往下看的时候,睡袋已经烧到膝盖了。

塔博的尖叫声也惊醒了斯廷森,他一看到那个冒烟的睡袋就跳了起来,喊道:"你着火了!"

"没错,我能看见。"迈克尔说着,还是醉醺醺的。他把双腿挪出来,站在地上用泥土扑灭了火。

他本可能被严重烧伤,这个念头让他有些后怕。

第二天早上,迈克尔后知后觉地感到慌乱。他差点儿就失去了塔博,还可能在一个燃烧着的睡袋里醒来。迈克尔想,他成年后的大部分时间都是在昏昏沉沉中度过的,以逃避令人沮丧的回忆。而现在,他有一只依赖着他的猫,它全心全意地爱着他,他却总是让它置身险境。他决定在从芒特沙斯塔回波特兰的这最后一程中不再喝酒了。

第 17 章　大天空之州[1]：恶魔与尘埃

告别芒特沙斯塔回到波特兰的两周后，迈克尔意识到他应该去蒙大拿州拜访沃尔特。对他来说，沃尔特是最接近家人的存在。当迈克尔饥寒交迫时，至少还能指望沃尔特汇钱来买食物或支付一晚上汽车旅馆的费用。当迈克尔因流浪罪或在公共场合酗酒而被捕时，沃尔特会支付罚款或保释他出狱。沃尔特让迈克尔明白了他并非一无是处，而是被爱着的。

在霍桑大道UPS装货区的那间小屋里，迈克尔邀请朋友凯尔和他一起去蒙大拿州。才十九岁的凯尔傲慢、坚强又脆弱，就像迈克尔年轻时的样子。离家出走的孩子通常不会听大人的话，因为他们认识的大多数成年人都虐待过他们。但迈克尔也是个流浪汉，所以，在某种程度上，凯尔视他为父亲般的存在：一个经历了很多起伏、愿意倾听和分享人生智慧的人。

迈克尔和凯尔对野外有着同样的痴迷。蒙大拿州的天空永远蔚蓝，绵延的高山、峡谷和原始又崎岖的草原散发出的野性之美几近

---

[1] 蒙大拿州的别称，来自英国乐队"声音炼金术"（Acoustic Alchemy）的同名歌曲。

超凡脱俗。路上偶尔能看到野生麋鹿、大角羊和野牛，它们在山谷中吃草，在明亮的黄色冰川百合丛中漫步。

迈克尔之前的经验告诉他们，跨越爱达荷州将是他们最大的噩梦。在那里搭便车是非法的。所以，在离开波特兰之前，凯尔在克雷格列表网站的顺风车版块上贴出了他们的照片和拼车信息。在与斯廷森和麦迪逊赶了几个星期路以后，迈克尔希望能快点儿到达蒙大拿州，不要再在任何地方逗留。尽管帖子没有得到任何回复，他们还是决定出发。总是可以在路上再刷新网页看看的。

离开波特兰仅四个小时后，他们就到达了俄勒冈州东部的一个农业社区——赫米斯顿，这里因出产西瓜而闻名于整个太平洋西北部地区。道路两旁长满了干草，竖着电线杆和自制的农场招牌，招牌上写有"树莓、大黄和新鲜鸡蛋"的字样。他们被困在赫米斯顿的电线下，在尘土飞扬的路边待了半天。

凯尔越来越焦虑，偶尔叹息几声，迈克尔试图安慰他："这路是不太好走。"

他们被迫步行六英里到斯坦菲尔德——另一个偏远的郊区——寻找更好的搭车点，然后在一个看起来很有希望拦到车的十字路口安顿下来，那里车来车往，大多是运输车、房车和一些嬉皮士货车。在令人沮丧的一个小时里，他们换着举了好几个牌子——"往东""蒙大拿""海伦娜"，但还是一无所获。于是他们做了一个新牌子——"急需搭车，有猫"，但仍没有人停下来。

这是凯尔第一次搭长途便车，他显然对眼前漫长的等待、疲惫感、单调和无聊毫无准备。他带着滑板，于是拿出来打发了几次午后时光，但天气实在太热了，气温高达八十几华氏度，而且没有遮阴处，他没法儿继续玩了。他们在斯坦菲尔德的路上坐着度过了糟糕的三天，望着天空，踢着石头，看着汽车从他们的身边驶过。他们俩都筋疲力尽，精神萎靡了。

凯尔终于受够了。"这太离谱了。"他说完便站起来，背起行囊，"如果要永远这么等下去，那我还是回家吧。"他走到马路的另一边。

迈克尔也受够了，但他什么也没说——他已经学会了耐心地对待流浪的青少年，就像他已经学会了耐心地对待塔博一样。还没有塔博的时候，他不怎么担心被困在路边。但是现在，他担心猫会因为太热而感到紧张。他总是在天气炎热的时候给它戴上自己的那顶遮阳帽，或者让它待在笼子里。好在塔博非常懒散，白天趴在他的膝盖上，晚上就睡在灌木丛下的睡袋里。

路的另一边，凯尔立刻搭上了一个邋遢家伙的车，那个人看起来就像住在车里的一样。但这趟车似乎把他带进了一片偏僻的乡村荒地，方圆数英里内除了干草什么也没有，凯尔只好求司机放他下车。他又走到路的另一头，很快又拦到了一辆车。

大约一个小时后，当迈克尔注视着越来越亮、越来越热的正午太阳，想着要走去下一座小镇时，他看到一辆车缓缓驶来，凯尔坐在副驾驶座位上。车在凯尔离开的那个十字路口接上了迈克尔和塔博。他们一起驱车三个小时来到了爱达荷州。

傍晚时分，车把他们送到了博伊西[1]西北方向的一个乡村边上。迈克尔、塔博和凯尔才发现他们身处爱达荷高地沙漠。步行几英里后，他们几乎被热浪冲击得精神失常，内心十分绝望。即使在笼子里，塔博也明显感到不舒服。他们发现了一些细长的树木和灌木丛，太阳落山之后便把那里当作临时居所休息了一晚。第二天一大早，塔博就从笼子里出来，跑到凯尔的睡袋跟前，开始拉他的胡子。迈克尔被它喵喵的叫声吵醒了，凯尔大叫着："走开。"塔博看见迈克尔睁开了眼，便跑到他的跟前，跳上他的胸口，开始拉他的胡子。

"拜托，现在才四点。"迈克尔嘟囔着，把它从脸上推开，"不，塔博，走开……住手！"

但它并没有就此停手，于是他们决定在太阳出来之前早早出发。迈克尔喂饱猫，收拾好行李。出发的时候，他告诉凯尔，牧民都是根据太阳和星星的位置在荒野中辨别方向的。但不知怎的，他们俩还是在黑暗中迷路了，偏离了通往蒙大拿州的道路，来到了一座看似西部电影里被遗弃的小镇上。镇上的商店布满灰尘，像回到了19世纪。街道两旁排列着下沉的木制房子和猎枪小屋，小屋前门上贴着"请勿擅自闯入"的标识。

整个上午他们都在镇上炎热、尘土飞扬的路上寻找阴凉处，贴着店面的阴影走，以避开炽热的阳光。汗水顺着迈克尔的脸淌下

---

[1] 爱达荷州的首府，是该州最大的城市。

来，他热得发晕。塔博在他的怀里喘着气。他担心它会太热，因为猫只能通过舌头和爪子排汗，所以他时不时地往自己的手上倒点儿水，把它的毛弄湿，好让它凉快下来。

在主路的尽头，迈克尔发现一家废弃的古玩店外面有一片阴凉。这是一座木质结构的房子，屋顶上是斑驳的金属瓦片，上面结了蜘蛛网，整体看上去就像一艘从海底打捞上来的失事船只。

"我们走到死胡同了。"迈克尔说着瘫倒在一张破损的海绿色金属椅子上，一双长腿伸展开来。他看了看老旧的可口可乐和维珍妮牌女士香烟的广告牌，还有延伸向远处的铁路交叉口。塔博突然从他的怀里跳出来，从墙上的一个洞口蹿进了关着的商店。

又累又热的迈克尔只能耸耸肩。"这下好了，"他说着把脚搭在一个足浴缸的边沿，"感觉我们得困在这里一段时间了。不过，至少它还系着牵引皮带，不会走得太远。"

凯尔担忧地看着他，问道："我们怎么把它弄出来？"

"它想出来的时候自然会出来，也许它饿了就出来了。它需要午休，就随它去吧。"

等待的空隙，凯尔在垃圾场里闲逛，那里堆满了年代久远的路标、破旧的自行车、生锈的汽车零件和农用机械，还有一个艺术性十足的青绿色的66号汽油加油泵以及其他稀奇古怪的东西。

"我从来没见过这么古怪的地方。"他边说边看了一圈那些老古董，然后朝着布满灰尘、脏兮兮的窗户走到那座建筑前。他绕着转了一圈，望着墙上的每一道裂缝，试图在被垃圾填满的黑暗中捕捉到塔博的身影。

"它喜欢对着所有的东西闻来闻去。"迈克尔边说边从帆布帽子下面拿出一块棕色大手帕,擦去被晒黑的脸上的汗珠,"它只是想躲开阳光,凉快一下。如果它不愿意,我们就不能随心所欲地离开。它是只母猫,所以我必须像对待母猫一样对待它,永远让它自己来做决定。"

消失了大约半小时后,和迈克尔预料的一样,塔博从被阳光晒得斑驳的木板里探出头来。他用珍致牌猫罐头引诱它出来,然后用一块洗衣板把洞堵住,并紧紧地抓着牵引皮带。

他们被太阳晒得疲惫不堪,凯尔担心他们可能会困在这儿一整天。"这真是糟透了。"他斜靠在墙上,盘腿坐着,那里是他能找到的唯一的一片阴凉。他漫不经心地扯着旁边长出的杂草和蒲公英。"不知道在这样的温度下还能活多久。"他口干舌燥,迈克尔为了帮助塔博降温已经用光了他们所有的水,"这里完全像是另一个星球,金星之类的。"

"爱达荷也可能是另一个星球。"迈克尔说。他漫不经心地听着凯尔的话,眼睛盯着一只从脚上飞速爬过的蝎子。他不想吓到凯尔,也不想引起他的警觉,但他必须确保蝎子不靠近正埋头进食的塔博。

塔博吃完午餐的瞬间,凯尔立即动身上路。迈克尔抱起塔博,把它放到背包上,跟在后面。

他们在几个街区外一家陈旧的乡村商店兼咖啡馆外停下来。这儿看起来好像还在营业，一些当地人进进出出。

迈克尔把塔博拴在商店门廊外的长凳上。"你需要什么吗？"他问已经在长凳上坐下来的凯尔。

"水。"

"还有呢？"

"水。"

迈克尔走了进去，凯尔和塔博在门廊上等着。迈克尔很高兴有一个旅伴帮他照看塔博。通常，当走进一家商店买东西时，他会匆忙地穿行于过道中，在收银台前急不可耐，生怕有人会把猫带走。他也不能离开塔博太长时间，否则它会像婴儿一样哭闹，直到他回到身边，而这可能会吸引一些不必要的目光。

在洗手间里，迈克尔将他们的水瓶灌满水，拿到外面给凯尔，然后跑回店里买食物。他买了啤酒和香烟、四季宝牌花生酱、一块橙色奶酪、一块沃登面包，还有一张彩票刮刮卡——"疯子乔"称之为"流浪汉的必需品"。

"动作很快嘛。"现在他们有了食物和水，凯尔的心情好了一些。

"我才不会磨磨蹭蹭的。"迈克尔答道。他们坐在门廊上吃午饭，迈克尔把塔博放在笼子里遮阳。他们又走了几个小时，来到了博伊西的郊区。沿着南下的轨道行走，他们又闯进了一座死气沉沉的矿业小镇，它甚至比上一座小镇更加恐怖和荒无人烟。一个废弃的小型购物中心里有几栋破旧的建筑、一座被遗弃的加油站，还有几家喷满涂鸦的脏兮兮的木制酒店。贫瘠的土地上耸立着的三齿

第17章 大天空之州：恶魔与尘埃

蒿丛中散落着一只干瘪的旧靴子和饱经风霜的轮胎，还有绿色和棕色的玻璃碴，它们在沙地上闪闪发光。被风刮来的袋子挂在仙人掌上，像塑料的风滚草一样四处飘荡。

"我猜这里就是塑料袋的最终归宿了。"凯尔说。

"也可能是搭便车的人的最终归宿，因为他们走不出这里。"迈克尔指着一堆石头中一个小小的自制木十字架，十字架上放着一些死了的花和一双破旧的运动鞋。

他们最终搭顺风车到了博伊西市区，在博伊西总站下了车。那里是个都铎风格的货车站，前面停着一辆老式驿马车。气温悄然上升到了九十几华氏度。

被太阳晒得头昏眼花的他们终于坐在了灯火通明的自助餐厅最远的角落——绿松石色的软垫里。这家餐厅是货车司机的食物和燃料补给站，坐满了穿着牛仔服和严重磨损的牛仔靴、戴着斯泰森毡帽的老头儿——他们一生的大部分时间都在户外度过，有着饱经风霜的脸和被太阳晒得像马鞍皮一样的长满老茧的手。

两个流浪汉和猫在空调下懒洋洋地瘫坐着，一边喝着冰水和冰咖啡，一边等着手机充满电。凉快下来后，凯尔、迈克尔和骑在背包上的塔博又回到了外面。迈克尔知道在这里停留毫无意义——货车司机很少会接受搭车客，因为这违反他们公司的保险政策。他们沿着公路走到一个繁忙的路口，这里紧挨着I-84公路的一个坡道，I-84是一条多车道的公路。他们坐在路边，旁边立着去蒙大拿州的搭车标识。拴着牵引皮带的塔博钻到了三齿蒿丛里，皮带另一头被系在包上。迈克尔挑了几片鼠尾草叶子，用双手摩擦，呼吸清新的绿色气息，然后开始吃芝士三明治。

一辆破旧的黑色雪佛兰皮卡疾驰而来，在他们的面前停下来，扬起一股尘土和碎石。

方向盘后面的牛仔从窗户探出头来。"你们要去哪儿？"他慢吞吞、口齿不清地问道。

迈克尔马上接话道："哪儿都行。"同时凯尔说："蒙大拿州。"

"我不能带你们走那么远，但我可以载你们走一段。"牛仔说着跳下车，帮他们拿行李。他身高接近六英尺，穿着宽松的蓝色牛仔裤，身材魁梧，英俊潇洒，头发像玉米丝似的，胡须剃得很整齐。

"能稍微等一下吗？"迈克尔说着，匆忙吞下最后一口三明治，抓紧了塔博的皮带。

"不着急。"牛仔说着，斜靠在车上点燃了一支香烟，明亮的火蓝色眼睛在饱经风霜的斯泰森毡帽下闪着光，看上去就像万宝路广告里的牛仔。

凯尔爬上后座，迈克尔把背包递给他，然后转过身去找塔博，但它拒绝上车。它抬头看了看迈克尔，眼里充满了反抗，使劲扯着皮带想逃走。他觉得自己已经牢牢地抓住皮带的一端了，但当他弯下腰去抓它时，它挣脱开并沿着繁忙的支路逃跑了，皮带在后面拖着。

"哦，天哪，为什么偏偏是现在？"迈克尔说着，开始追那只猫，汽车从他们的身边飞驰而过。他可以瞥到谨慎的司机们纷纷放慢速度避开那只猫。

"塔博,停下!"他喊道,"塔博,快回来!"

它从他的身边躲开,仿佛知道他要带它去它不想去的地方,抑或是出于它自己也无法解释的原因。

"别这样。"迈克尔恳求着,快步跟在它的后面。他深谙永远不要去追一只害怕的猫的道理,因为那只会让它们更加紧张和焦虑。巨大的钻机从他们的身边呼啸而过,一股气流袭向他们。塔博沿着白线小跑,然后停下来,转过身,用恐惧和痛苦的表情看着他。

迈克尔也停了下来,慢慢靠近受惊又无助的猫,心脏疯狂地跳着。他缓缓地低声安慰道:"没事的,塔博……没事的。"

塔博直直地盯着他,喵了一声。

紧张的一分钟过去后,迈克尔慢慢地走到它的面前,把它抱在怀里。

"坏孩子,塔博,你太不乖了。"他一边责备它,一边把它搂得更紧了。

那只猫畏缩了一下,还是放松了耳朵靠在他的胸口上。

"你为什么要这样呢?"他一边向卡车走去,一边问。凯尔和牛仔一直坐在车里看着他们。

"它真是只野猫,不是吗?"牛仔道。迈克尔正爬到后座上,仍然紧紧地抱着塔博。"我还以为它死定了。"

"它把我吓坏了。"迈克尔说,颤抖着双手抚摸着它的头,"我不能让这只猫发生任何意外。它就像我藏在背包里的公主。"

牛仔露出了一个灿烂的笑容。他们从斜坡开上公路，正午的烈日直射着挡风玻璃。牛仔是个农场主，也是一个刚出狱的重罪犯。他微笑着瞥了迈克尔一眼，那双蓝色的眼睛在阳光下闪闪发光，问道："这只猫怎么回事？"

在迈克尔讲了他是怎么遇到塔博并和它一起沿着西海岸旅行的整个故事后，牛仔突然大笑起来："我的天，真是不可思议。"

牛仔把车开下公路，快速回了趟家。他手指间夹着烟，开车沿着崎岖不平的乡村小道疾驰而过，穿过斑驳的田野和有着西部风格商店的古雅小镇，一路颠簸。空气中弥漫着马、烟熏木头和野花的气味。贫瘠的牧场和草地上零星可见几头牛和几匹马。

迈克尔、凯尔和塔博留在车里等待，过了一会儿，牛仔回来了，给他们拿来装满食物的袋子、一些烧烤用的木炭和液体打火机。然后，他把他们送到了印第安河水库附近，那里是通往蒙大拿州的路上的一片美丽湿地，有几英里长的远足小径和草地。

他帮他们把行李从车里拿出来，然后问："你们抽大麻吗？"

"抽啊。"迈克尔说。

作为临别赠品，他给了他们一大罐大麻、卷烟纸和一个塑料打火机。

在他们前面的公园里，沐浴着阳光的水牛草伸展到地平线上，在风中起伏，像波涛汹涌的大海一样，吹向四面八方。塔博以二十英尺的领先优势全速前进，迈克尔怀着探究的心情跟在它身后。它放慢脚步，嗅着路旁盛开的野玫瑰，这令迈克尔好奇它是否会想念波特兰和那里的玫瑰。

他们决定在公园里待一晚,在重新上路前补足睡眠。他们停下来,取下背包,在一片摇曳的草丛中坐下来休息。迈克尔把塔博的皮带系在包上。它立刻钻进高高的草丛中鬼鬼祟祟地摸索着,吓走了老鼠和鼩鼱,迈克尔和凯尔则躺在地上。它悄悄地靠近迈克尔,嘴里叼着一只可爱的大眼睛鹿鼠,那只毛茸茸的小家伙拼了命地尖叫挣扎。它抬头看着迈克尔,轻轻地把小鹿鼠放到他的脚边,向他炫耀自己的狩猎成果。

"噢,塔博。"他说道,看着那只小鹿鼠跑开,消失在长草里,"你把那只可怜的小老鼠吓得半死。"

他们收拾好行李,拿起背包,沿着一座孤零零的被松树环绕的斜坡走到一片营地里,看着太阳溶入湖中。红喉潜鸟和黑水鸡扑向海岸,黑松鸡在冷杉树上叽叽喳喳地叫着。他们眺望田野,迈克尔给塔博和凯尔介绍了所有飞到芦苇丛中过夜的水鸟的种类。

天渐渐黑了,迈克尔点燃火堆,烤了牛仔给他们的食物:牛仔自己抓的鲑鱼、草菇、当季的新鲜土豆和自制的桃子馅饼。

做饭时,迈克尔给凯尔讲了他是如何得到第一份厨师工作的。那是1979年,他十四岁,又一次离家出走了,在家乡的铁轨旁过夜。"我在韦伯斯特酒吧和烧烤店吃了薯饼和吐司,"他回忆道,"我打开那扇旧纱门,准备吃完跑路,心想,烤架后面的胖女人是不可能抓到我的。但她就在门口。'你要去哪儿?'她挡住我问道,'你打算逃单吗?'我说:'对啊。'她问:'你有钱吗?'我跟她说：'我什么都没有。'然后她说：'你想洗碗抵账，还是想让我报警？'于是我决定洗碗还债。"

"那位女士碰巧就是店主。我很擅长洗碗，也许她是同情我吧，那天她最终雇了我。我洗了一会儿碗，然后她让我去当厨师。煎鸡蛋，做饼干和肉汁。这就是我进入餐饮业的契机。我小时候一直想当厨师。我八岁的时候就知道怎么做奶酪三明治和桃子馅饼了。"

"闻起来挺香。"迈克尔递过去一盘食物，凯尔感叹道。

"天哪，今晚我们的伙食真好。"

塔博也在贪婪地吃着。在自己开始吃饭之前，迈克尔先把它的碗装满了珍致牌猫罐头，但它没有理会，直接去吃他盘子里的三文鱼了。尽管迈克尔想让它定量进食以维持日常饮食规律，还是把它正狼吞虎咽着的鱼肉分了一半给它。然后它睡了过去，毛茸茸的小脑袋靠在交叠着的爪子上，胡须随着呼吸而颤动着。

看着塔博吃了一顿大餐后倒头就睡，迈克尔觉得，虽然生活是那么孤独和单调，但是能找到一个帮助你渡过难关的存在，一切就都值了。

迈克尔和凯尔抽着大麻，一直聊到深夜，直到蚊子都聚了过来。迈克尔把塔博放在笼子里，然后把笼子和他的睡袋一起放到一棵大松树下的小坡上。树可以吸收晨露，能让他们在睡觉的时候保持干燥。

第二天，迈克尔在第一束晨曦中醒来，把塔博从笼子里放了出来。喂它吃完早饭，给自己和凯尔煮了咖啡后，他收拾起帐篷。他们抽了罐子里一大半的大麻，把剩下的藏在灌木丛里，留给下一个幸运儿。在这里抽大麻是要坐牢的——在爱达荷州，抽大麻可能会面临两年或更长时间的监禁。

他们回到主路上开始搭车，努力对沿路的司机表现得友好无害。爱达荷州不仅对搭便车者怀有敌意，对行乞者也怀有敌意。某些保守派城镇有一些特别可怕和乖戾的家伙，如果你用不当的眼神看他们，他们很可能会给你一枪，可能还会活剥了猫皮。一整天快过去了，他们仍然没搭到车，于是又回到公园里去拿那罐大麻，吃完剩下的食物，傍晚时分在路边的一片树丛下歇息。

破晓时，他们又出发了，走了一整天才到达芒廷霍姆。这座小城夹在沙漠和群山之间，有一个空军基地、几十座教堂、一个牛仔竞技会，还有一年举办一次的乡村音乐节。这里一直是爱达荷州最糟糕的居住地之一，有着极其炎热且干燥的夏季、持续的森林火灾和高失业率，但也有大量的车经过。

迈克尔和凯尔经过几座加油站，试图搭车。这样一来，司机们就能马上看到他们，加油的时候也有时间考虑是否让他们搭车。两个人把水瓶灌满，又给手机充电。他们坐在外面，一边举着牌子一边牵着系着皮带的塔博，玩纸牌打发时间，直到天变得很热，不能再等在路边了。他们只能在清晨和深夜时分花两个小时拦车，因为不能让塔博一直待在酷热的天气里。他们喝得太多，吃得太少，身上到处被虫子叮咬，只能在空地上靠着树休息。五天过去了，他们还在芒廷霍姆等车，那里的一切看起来都死气沉沉，被炙热无情的沙漠太阳晒得褪尽颜色。

第六天，当他们坐在沐浴着晨光的加油站外喝着煮过头了的咖啡，闻着柴油味时，迈克尔感到精疲力竭。这些年来，在他穿越全国的搭便车旅行中，找不出比现在更艰难的了。

天气太热了，他们挪到了附近的一个购物中心，那里有更多的阴凉和人流。在沃尔玛附近的停车场里，他们在一个阴凉的地方休息，顺便给手机充电。凯尔刷新了一下他在克雷格列表网站的顺风车版块上发的帖子，并更新了他们的位置。

迈克尔抓起一张他昨晚靠着睡过去的硬纸板，用凯尔的锐意牌记号笔和他自己的彩笔写了一张新的标牌："父亲、儿子和猫需要搭车到蒙大拿州。"

塔博对这样的滞留似乎并不太在意——它基本上都睡过去了。它心满意足地仰面躺着，把毛茸茸的脸转向太阳，像向日葵似的。它闭上眼睛，前爪蜷成一团，看上去很可爱。凯尔拍了张塔博的照片，并把它上传到脸书上，还配了一句话："塔博在爱达荷州的芒廷霍姆。"他想了想，又换了一句："去他妈的芒廷霍姆。在这儿待了六天，还没搭到车。"

下午剩下的时间里，他们坐着抽烟，和那些中途停下来看塔博的人闲聊。天气逐渐变热，塔博在一种烦躁的情绪中醒来。

它抬起头，用暗绿夹杂着黄色斑点的眼睛顽皮地看看凯尔。它的前爪一遍又一遍地放进凯尔张开的口袋，发出小猫一样的颤音。凯尔把手伸到口袋里，将它的爪子拿出来，向它挥了挥，让塔博知道他可以陪它玩。它蹲下来，看上去很凶，盯着他的手，仿佛那是一只走投无路的老鼠。然后它扑过去，开始咬他的手和手腕，和他嬉戏打闹。

"噢……啊……啊啊啊。塔博，你弄疼我了。"凯尔说着，试图把手从它的尖牙上拉开，"塔博，放手。"

"我告诉过你，它会咬伤你的。它不知道咬和抓的区别。"迈克尔说。凯尔小心翼翼地看着他流血的伤口。"它受过创伤。这可能就是它能勇敢地面对那只熊的原因。如果不是塔博，那只熊可能会过来吃了斯廷森。"

迈克尔卷着一根烟，在纸中间撒了烟草，再用舌头把它封上。

"我们应该出发了。"他说着站起身来，"我可不想在这里度过余生。"太阳很快就要落山了，他想找个过夜的地方。

"我觉得，我们应该找个能搭上货运火车的地方。"凯尔说。

"当然可以，我会用魔法棒给你变一个出来的。"迈克尔说着，收拾好背包，准备出发。就在最后一缕阳光扫过停车场时，一个陌生人走近了他们。他剃着光头，手指上戴着银色的骷髅戒指，穿着短裤，还带着一条白色麻袋。蓝色的蛇形文身盘绕着他壮实的腿，腰间的枪带上左右各挂着一把六发的左轮手枪，大腿上还绑着一把九毫米口径的手枪，一只凶猛的蓝灰色斗牛犬跟在他的身边。

"你们就是网上的家伙？"他问道。

凯尔想，他一定是从克雷格列表网站上的照片中认出他们来的，于是犹豫了一下，答道："嗯，是的……是我们。"

"哦，我的名字叫耶稣基督，今天是你们的幸运日。我可以载你们一程。"他说完便走开了。

确保他走远了之后，迈克尔和凯尔笑得前仰后合。"那算什么啊？"凯尔问。

"不知道。"迈克尔说，"但挺可怕的，不是吗？"

"我这辈子从来没有这么害怕过。"

迈克尔不确定这家伙是想要表现出讽刺意味，还是只是某种携带武器的街边布道者。不管怎样，他在天主教学校里遇到过有问题的神父，从此以后便对信教人士非常警惕。然而，大约十分钟后，当他们差不多收拾完东西时，一辆蓝色的四门丰田卡罗拉停在了他们的面前。

耶稣基督将头探出后窗。"你们的顺风车来了。"说完，他朝胡子拉碴、头发又脏又乱、脸颊凹陷的司机点了点头，"他今晚要去蒙大拿州的狄龙。"

"伙计，那太棒了。"迈克尔说。他的双胞胎兄弟JP是兄弟姐妹中唯一和迈克尔保持着联系的人，他也住在狄龙，离沃尔特家只有几个小时的车程。

凯尔有点儿不情愿，但只有一瞬间，然后他便抓起背包跟着迈克尔和塔博上了车。

迈克尔认为驾驶座位上那位耶稣的信徒看起来像个老傻瓜，而

第17章 大天空之州：恶魔与尘埃

耶稣本人看起来就像准备去谋杀什么人一样，但他转而安慰自己，管他的呢……只要能离开爱达荷州就行了。

耶稣的斗牛犬占据了后座的大部分空间，它看到他们几个似乎不太高兴。它透过车窗盯着塔博，但坐在迈克尔怀里的塔博毫不畏缩地回盯着它。塔博在波特兰有很多狗朋友，迈克尔只记得有一次它遇到了不喜欢的狗，那条狗最终学会了要远离塔博。现在它是一只凶猛的流浪猫了，即便是斗牛犬也吓不倒它。

耶稣把狗推到前面的座位上，清理起后座上空的能量饮料罐和糖果包装纸。地上有根脏兮兮的玻璃管子。

当他们把行李放进车里时，迈克尔半开玩笑地说："你是准备杀了我们，还是真的让我们搭个便车？"

"我们不会杀你们的。但如果你们真的想搭车，就麻烦动作快点儿。"耶稣说。他还解释说，那些枪只是为了自卫而已，因为他通常独自出行。为了进入沃尔玛，他必须用麻布袋子盖住武器。

耶稣只是要搭车去取自己的车，他的车就停在两个街区外的一座巨大的白色教堂外面。教堂顶上高耸的霓虹蓝色十字架像灯塔一样在渐暗的傍晚时分闪着光。一辆崭新、明亮的薄荷绿老式凯迪拉克停在教堂的前面，车牌上写着：JC。

"太诡异了。"迈克尔默默地对凯尔说。

他们在凯迪拉克旁停下来，耶稣说："我的朋友会带你们去你们想去的地方。"然后他和斗牛犬一起下了车。

当耶稣和他的地狱之犬离开后，前排座位上的家伙转过身来跟他们说话，问他们一些日常的事情，例如他们从哪里来，还有关于猫的种种，然后开始自说自话。他说自己是在爱达荷州工作的农民，要回蒙大拿州看望妻子。

但他看起来并不像他说的那样。迈克尔确信他是个冰毒头子——他身上有蜱虫，眼睛充血，牙齿也脏兮兮的——而他们还有大约三百英里的路要相伴而行。迈克尔告诉他，他们在芒廷霍姆滞留了将近一个星期，上一次让他们搭车的司机给了他们一些大麻。

前排那个骗子果然兴奋起来了。"我们都可以先抽根烟。"他说着，目光偷偷地在后座上疯狂扫视。

迈克尔把罐子递给他。骗子用大麻卷了一根烟，点着后深深地吸了好几下，任由烟灰撒在自己的身上，然后把烟递给迈克尔和凯尔。

"把烟吐到外面去。"迈克尔一边对凯尔说，一边伸手去打开车窗，"我可不想要一只嗑嗨了的猫。"

等他们抽完烟，凯尔爬到副驾驶座位上，吓了耶稣的信徒一跳。车在坑坑洼洼的马铃薯田上飞驰而过，然后加速上了公路。

离开芒廷霍姆三十英里后，那家伙才意识到只剩下三分之一的汽油了，这些汽油勉强只够他们穿越沙漠，所以他又急急忙忙地掉头，返回城里去加油。回到两车道的公路上后，他鲁莽、歪歪扭扭地躲避着大货车和其他车辆。迈克尔紧紧地抱住塔博，它正在他的腿上打瞌睡，没有被那些急转弯和轮胎摩擦地面的气味所打扰。

"你知道吗,其实耶稣也是个流浪汉。"骗子看着后视镜里的迈克尔说,"他在沙漠里待了四十四夜。"

"可我是全年无休、一天二十四小时都无家可归的人。"迈克尔说,"我并不是在拿自己和耶稣作比较,也不是不尊重你的信仰,但我已经在这个鬼地方待了四万个晚上了。"

骗子开着车,转过头去看着后座的迈克尔:"我想,像羊一样,我们都误入歧途了。"

"当心。"凯尔喊道,"那儿有只兔子。"

在黑暗的公路上,那个骗子没有避开动物,而是故意转向它。当他在马路的另一边发现另一只兔子时,又将方向盘猛地一转,试图撞到它。

作为一个独自跨越过数千英里的人,迈克尔一直依靠自己的直觉,很少感到有危险。但这时他突然清醒过来,暗想:"我怎么就信了他呢?"

凯尔确信这个骗子会杀了他们,迈克尔看到他惊恐的样子,就对前排那个家伙说:"嘿,你能让我在方向盘上伸展一下吗?你正好休息一下。"迈克尔很多年没开过车了,他在蒙大拿州和密苏里州都有过几次酒后驾车的经历,但现在他不想让那个骗子撞死野生动物——以及车上的所有人。

骗子似乎松了一口气,踩了刹车,把车停到路边的减速带上,没有熄火。他下了车,爬到后面,瘫倒在后座上。迈克尔把塔博交给凯尔,然后坐进了驾驶座。刚坐到方向盘后面时,他觉得有点儿奇怪，就像回到了以前的生活，但他慢慢地融入了那条落寞又黑暗的双车道公路，开了两百多英里穿越了沙漠。

这次开车让他回想起了自己有过的唯一一个家庭假日。那是20世纪70年代中期的一个夏天，他跟父母、妹妹和三个兄弟开着一辆大众面包车行驶在闷热的南部。他们乘着月光穿过路易斯安那州的海湾，黎明时分在佛罗里达州的阳光下醒来。当他们离开密苏里州的时候，似乎一切都在变好。但是，当他们抵达目的地之后，一切都没有改变：他的母亲仍然严厉，而他的父亲仍然离他们很远。但他从未忘记那种感觉，仍相信旅行拥有改变事物的力量。

沿着I-15公路行驶，多山的爱达荷沙漠变成了高地平原，穿越蒙大拿州线后平原又变成了美丽的森林。飞蛾在前灯的照射下闪烁着。凯尔抱着睡在腿上的塔博，它的爪子和胡须颤动着，正在做它的冒险猫之梦。暖风徐徐地从窗户外吹进来。

迈克尔打开收音机听布鲁斯·斯普林斯汀唱的《恶魔与尘埃》，那是一首悲伤又深沉的曲子，不知怎的，在早晨的某个时候听起来却出人意料地快乐。这感觉很好，是家庭公路旅行该有的样子——如果能忽略后座上那个昏过去的冰毒瘾君子的话。

他们转到MT-41公路上，驶向狄龙——位于蒙大拿州西南部牧牛之乡的草原小镇。现在去拜访JP还太早，而JP也没有多余的地方给他们休息。他有两只猫、一个生病的妻子，还有一堆麻烦事儿。于是，迈克尔把车停在印第安人历史博物馆外，那里就在JP家对面。他把塔博放到笼子里，和凯尔收拾好背包，摇醒了骗子，并向他表示感谢。

他们挥手告别骗子,看着汽车尾灯渐渐消失。迈克尔背起背包,拿起笼子,和凯尔跟跟跄跄地走在路边,衣衫褴褛,疲惫不堪。他们决定就着星光在迈克尔曾经露营过的博物馆附近的一片绿地上直接睡下。他们得越过栅栏,不过两边都有梯子。

越过栅栏后,迈克尔扣上塔博的皮带,打开笼子将它放到草地上。他们带着塔博走到一棵巨大的中空橡树旁。"我们可以睡在这儿。"迈克尔说,并抬头看着新月,"明天早上,我们搭便车到海伦娜。"

他们扔下背包,把睡袋摊放在厚实又茂密的灌木丛旁。凯尔踢掉鞋子,直接瘫倒在睡袋上,就好像他是从天上掉下来的一样。他立刻睡着了。迈克尔躺在他的睡袋里,听着塔博在他头边的笼子里呼噜呼噜的声音。

他抬头望着月亮,想起了那个骗子说的话:就像《圣经》里的羊一样,迈克尔迷失了方向。他穷尽一生,一直在逃。他知道这种愤怒和不安来自哪里,但不知该如何处理。在过去的十年里,他认为自己就要孤独终老了,在很长一段时间里都感到迷茫。

现在有塔博在他的身边,他想要抛开过去,想要重新生活,而不再是像幽灵一样漂泊在全国各地。最重要的是,他想给塔博一个更好的生活。和你在乎的另一个生命在一起是多么神奇啊,它改变了你对一切的看法。

月亮是如此耀眼,照亮了围绕在他身边的猩红的火焰草和树木。迈克尔兴奋得睡不着。他在睡袋里坐起来，点燃一支烟，想，既然他们就隔着一条马路，那他应该一大早就去看望JP。迈克尔在那棵空心树旁迷迷糊糊地睡着了。醒来时，他听到了叫声，便抬起头，看到了一只巨大的大雕鸮。万籁俱寂，他能听到远处郊狼的嗥叫声，还有在灌木丛中奔跑的小型夜行动物的声音。

当迈克尔重新入睡时，天已经亮了。不久后，塔博开始喵喵叫着让他们起床。迈克尔和凯尔站起身来，收拾好行装，穿过马路去拜访JP。他们见了JP和他的伴侣，还有一些同住在那栋小公寓里的朋友。之后，迈克尔让JP把他们送到之前拜访他时他曾露营过的牧场。

他们终于踏上了去沃尔特家的最后一程——一个远离一切的漫长且放松的假期正等着他们。

第18章 黑魔女

在波特兰，罗恩凝视着客厅的飘窗。那是6月初的一个晴朗的周末。梧桐树上站满了乌鸦，木兰花开了。一股暖风吹进敞开的窗户和门廊，白色的薄纱窗帘像风帆一样鼓起，花瓣散落在人行道上。

罗恩通常最喜欢初夏时节，但现在除了去吉他店工作和去街角的商店买食物，他很少出门。他变得自闭和孤独，只有猫在身边做伴。他的朋友——无论是去烧烤，还是参加音乐节，或是在伯克利公园看露天电影，以及在海边度周末——一直试图让他加入他们的活动。一天晚上，朋友埃文终于说服罗恩一起去他最喜欢的泰国餐馆"泊克泊克"吃饭，餐厅就在几个街区外的迪威臣街上，那条街是波特兰的美食中心。

在完成周末的购物和打扫后，罗恩被他称之为"黑色浪潮"的情绪击中了。为了减轻这种忧郁，他试着让自己去公园呼吸些新鲜空气，感受一下夏季的人潮，但他连这片街区也没有走出去。整个下午他都在沙发上懒洋洋地躺着，听着收音机的调频92.3——摇滚金曲电台。但是邦妮·泰勒因为一件心痛的事而号啕大哭[1]，通过无线电台吓到了他和他的猫，所以这并没有帮助他改善心情。"这真的算音乐吗？"他问埋在沙发褶皱里的克里托。埃文晚上才会到，在这之前他得做点儿什么来打发时间。

就在这时，吉姆从纱门外溜了进来，沙哑地喵喵叫着，尾巴上沾了几片叶子。吉姆有时会用爪子拉开门廊的纱门，这是它传授给玛塔和克里托的诀窍，这样它们就可以随时从房子里溜出去了。罗恩算着玛塔第一次和第二次失踪的时间，它总共消失了十五个月，而它只有三岁。罗恩抱起吉姆，一边抚摸着这个呼噜呼噜叫着的小家伙，一边把它尾巴上的叶子弄下来。

身边的沙发上，克里托四肢伸展，正在给自己梳洗打扮。像拳击手那样，它把白色的小爪子缩成小拳头，舔了舔，然后塞进耳朵。通常情况下，罗恩觉得它这样做的时候最好玩了，但最近克里托开始过度清洁自己，腹部和腿部的毛都脱落了很多。它看上去好像得了兽疥癣，但实际上这是猫科动物焦虑症的表现，克里托正因失去姐姐而痛苦不堪。兽医开了各种各样的药和护肤油，但都不起作用。自从玛塔消失，克里托大部分时间都跟着罗恩在房子和花园里转悠，它每天晚上都在门廊上悲伤地等待姐姐回家。

九个月过去了，罗恩仍然没有放弃寻找玛塔。它的失踪仍然折磨着他。他怀念和它的日常生活——它做的所有稀奇古怪的小事：

---

[1] 指威尔士女歌手邦妮·泰勒于1978年发行的第二张专辑《自然力量》中的歌曲《心痛》。

第18章 黑魔女

当他坐在办公桌前时，它把自己裹在他的肩膀上；它坐在支起来的活动猫门下，下雨时把它当作雨伞；它喜欢特级初榨橄榄油，爱把爪子伸到浓缩咖啡杯里蘸着喝。他所到之处都塞满了关于它的回忆。每当史蒂夫外出，罗恩独自在家时，"黑色浪潮"就会将他淹没。有些日子，他躲在阁楼里无声地哭泣。他不想让朋友们看到他有多沮丧，不想让他们对此作任何评论，或者说出"这只是一只猫"或"再养一只不行吗？"这样的话。

几天前，罗恩又给灵媒瑞秋打了个电话，并在留言中表示，他有一种不安的感觉，总觉得猫就在某处，这几乎让他发疯。一天后，瑞秋回了电话，她说她做了一个非常强烈的梦，以至于醒了之后偏头痛持续了二十四小时。

在那个梦里，她回忆道："玛塔从天堂来到我的身边，告诉我它在那里很快乐。它想让我告诉你，它非常爱你，想念你，让你不要担心它。它还说，和你在一起生活的时间虽然很短，却很美好。但是，有一些事情玛塔不想让我告诉你，比如它是怎么死的，以及它的尸体在哪里。"

罗恩静静地听着，但他能听到的只有几个词语——死和尸体，他的心跳声在耳边怦怦作响。"噢，不。"他崩溃了，"对不起，我得挂了。"他非常难过，马上给苏茜打了个电话。自从杰克搬走并破坏了他的房子和汽车，他们就再没说过话。罗恩转述了灵媒告诉他的那个梦，但苏茜也重申了几个月前告诉过他的话：她和杰克在劳动节那个周末一起外出了。

虽然得知了瑞秋的预感，但罗恩仍然无法摆脱玛塔还活着的感觉。

夜幕降临，罗恩变得异常激动和不安。他试图使自己平静下来，想起了祖母和自己说过的话：内战期间，各家各户都会在窗前摆放蜡烛，等那些离开家去打仗的士兵回家。就像灯塔的光芒，蜡烛指引着饱受战争摧残的人们穿过黑暗回到安全的家中。因为只在屋子里找到了一支半融化的蜡烛，他又到街角的杂货商那里买了一打红色蜡烛，并把它们摆在屋子里及窗台上，还有客厅的玻璃茶几上。

他点燃蜡烛，很快，屋子里能看到的地方都被红色的光芒笼罩着。等罗恩做完这些，埃文也到了。克里托现在对所有人和所有噪声都很警惕和怀疑，埃文甚至还没走到门廊上推开屏风门，它就听到了声音，急忙跑到罗恩的身后提醒他。

"我的天。"埃文是个瘦小的男子，留着铜棕色的短发，皮肤和"爱尔兰之雾"威士忌一样是浅棕色的，手臂上文有少女系蝴蝶文身。此时，他正站在门口望着客厅，忍着笑。"这看起来就像《驱魔人》[1]里的房子。你想烧掉它吗？"

"真有趣。"罗恩回答，似笑非笑。

"放火烧了马路对面那个杂种的房子不是更明智吗？最好是他在家的时候。"

---

1 《驱魔人》是1973年美国的一部恐怖电影。

第18章 黑魔女

埃文总是很风趣。在成为一名摄像师之前,他曾在一家英国小报工作,负责给第三版的半裸女郎照片配文字说明,例如"美味的黛比……她有一对大胸"。罗恩被他的机智和古怪所吸引——他会说一些这样的话:"他们选的那个新邦德只有一条眉毛。"

"你从什么时候开始变成通灵主义的信奉者了?"

"从我的生活被毁开始的。"罗恩说着,抱起克里托,"我就是太想它了。"

"好,我知道你想它。"埃文同情地说,然后在罗恩身旁的沙发扶手上坐下来,"但这也太疯癫了。"

"克里托也想它。它晚上都不进屋,我总能听到它在门廊上叫的声音。"罗恩说着,把猫放下来,猫在沙发里蜷缩成一个黑毛球,"看看它,都快秃了,毛只剩下原来的一半。它总在屋子里爬来爬去,躲在床垫下,挖出一个小洞。门铃一响,它就藏到地下室里。那儿太潮湿了,但它从架子上弄下来一条旧毯子给自己做了个窝。它再也不出去玩了,也不像过去那样会去拜访邻居。唯一能让它开心起来的东西是薄荷味冰激凌。"

"你喂猫吃薄荷味冰激凌?"

"是啊,它很喜欢。"罗恩心不在焉地回答,"也许我需要找个猫语者。"

"为了克里托吗?"

"不,是那种可以和动物交流,能帮我找玛塔的人。"

"你疯了吗?"埃文问他。

"对，我是疯了。找不到玛塔简直要了我的命。我一直做那种梦，那种它从我的身边被人带走了，在飓风中从我的怀里挣脱出去的梦。或者我看见了它，但是抓不住它。昨晚我梦见自己被关在一座布满蜘蛛网的破房子里，就像被封在一个时间胶囊里。我跟着玛塔的影子爬了无数层楼梯。楼层越高，就越显得破旧和神秘。不知怎的，我来到了一片森林地带，就跟世界末日来了一样。到处都是泥，克里托和我一起找玛塔。我总能看到远处有一只瘦弱的小猫，它的爪子流了血，正试图穿过树林找到回家的路。"

"点蜡烛也不会让它回来。你得做好它可能已经死了的心理准备。"

"住口。"罗恩厉声说，"它没死。"

埃文看得见罗恩眼中的绝望，于是紧紧地抱了一下他。他也关心玛塔，但如今他越来越担心罗恩的疯疯癫癫。"我敢肯定，它一定正在蔚蓝天空下的某个地方冒险。"埃文幽默地说。

第19章　蒙大拿州的狄龙：圣牛

那是6月10日，一个雾蒙蒙的夏日，空气是静止的，天空是蓝色的。在狄龙市外，迈克尔、塔博和凯尔正在去往海伦娜的路上，他们沿着尘土飞扬的荒凉道路走着，却没了方向。正午时分，周围屈指可数的生命迹象就是一只匆匆跑进灌木丛的兔子和一群从枯黄的草丛中爬出来啄食地面的野火鸡。

他们在一条僻静的乡间小路上走着，经过一座孤零零的红色谷仓，仓门上钉着一块摇摇欲坠的牌子，上面写着：非法入侵者将被诅咒至死。

凯尔笑着说："这有点儿刺耳啊。"他瘦长的身躯靠在门上，汗珠顺着脸往下滴，"我不能再走了。脚上全是水泡。"

后面的小路上长满了杂乱的灌木和一簇簇白色的巨型猪草。谷仓后面是一幢农舍的废墟，周围是棉花树。

"来吧。"迈克尔说着转过去，"再走几步，我们就能找到有阴凉的树了。"

"不，我不行了。"凯尔呻吟着，瘫倒在一片柔软的绿色苔藓上。他太热了，被背包压得喘不过气来。"我觉得我的脚在流血。"

"别碰猪草。它会让你长出像毒葛皮炎一样的疹子。"

迈克尔继续往前走，凯尔最终站起来跟着，闷闷不乐地盯着地面。他们都疲惫不堪，脾气暴躁，但就算有争吵，也会很快过去。凯尔喜欢把他们的友谊比作一条河：你可以往河里扔石头，激起涟漪甚至是巨大的水花，但它会一直流下去。

塔博也很暴躁，它坐在迈克尔的包上，从几英里之外就一直在抱怨。"它需要吃午饭了。"走过田野时，迈克尔说，"又热又饿的时候，它的脾气就像老虎一样。"

凯尔突然停住了，脸变得通红。"噢，天哪！"他说。

迈克尔转过身来，怒气冲冲地问："怎么了？你的脚掉了吗？"

"有条巨蛇从草丛中爬出来了。"

迈克尔停下脚步回头看了看："它的头是什么形状的？"

"什么？三角形的。它还冲我发出嘶嘶声。"

"毒蛇的头通常是三角形的。"

"你在开玩笑，对吧？"

"没有，我严肃得很。但是，如果它没有爬到你的腿上，那就没事。一些无害的蛇也有三角形的头，其中一些只是像毒蛇罢了。"

迈克尔走回去亲自看了看，没有让自己和塔博跟蛇离得太近。那条蛇是米黄色的，身上有棕色的斑点。"这只是草原上的响尾蛇。"他说，"它们没有攻击性，只是你吓了它一跳。保持冷静，慢慢后退。"

凯尔后退一步，躲得足够远了，便开始跑，仿佛踩在热炭上。

"那条蛇在我看来很小,是一条快成年的蛇。"迈克尔追上凯尔后说,"幼崽咬你才是最致命的,因为它们还没有学会控制自己的毒液。"

"为什么这里的一切都想置你于死地?"

"不。实际上,很少有动物能置你于死地。这很简单:你不理会它们,它们就会放过你。响尾蛇实际上是非常美丽和重要的物种。"

凯尔看着迈克尔,仿佛在看着一个疯子。"如果能再也见不到蛇的话,我会很开心。"

他们爬过栅栏,来到一片丘陵地带。上个夏天,迈克尔在去沃尔特家的途中曾在这里扎营。穿过一片石头做的牛食槽,迈克尔把塔博放在地上,然后弯下腰捧了一捧水拍在脸上。他又用水把塔博的毛捋平,让它凉快一点儿。它似乎很享受,安静地站在牛食槽旁,发出呼噜声。

迈克尔带他们来到他的秘密基地,那是个阴凉处。他们倒在一排开了花的棉白杨树下,银白色的树枝垂到了地上。迈克尔拿出一些他们的装备,并把塔博的牵引皮带换成长皮带系在他的背包上,这样它就可以稍微走动一下,但又不会跑得太远。

几百码外,一头奶牛孤零零地出现在山顶上。然后,又有几头奶牛加入了它的行列。每当迈克尔在袋子里翻找猫粮时,总会有一头新的奶牛出现。

在他们继续上路之前,凯尔拿出收音机和一副纸牌打发时间。

"打一场输家牌局，五张抽什么的怎么样？不管谁输，都直接玩下一把。不玩钱什么的。"

"真贴心，因为我一分钱也没有。"迈克尔说。他把塔博的珍致牌罐头倒进它的碗里，开始卷烟。

"或者我们可以玩个几分钱的。"凯尔补充道，从包里拿出一把硬币，"看，我找到一枚上面有你的出生年的硬币……1916年。"

迈克尔回想起那个温热的夏日夜晚，他和默瑟在圣路易斯的家中跟一群朋友通宵达旦地打扑克。有段时间，他们和另一个男人合租了一间三居室公寓，这间公寓有时就像廉价旅馆，什么人都能来借宿，各种各样的毒品随地可见。迈克尔经常说，他和默瑟是同流合污的伴侣。

"我教你怎么玩扑克。"迈克尔边说边卷烟。

"好啊。"凯尔说，心不在焉地听着。他正从一个几乎空了的四季宝牌花生酱罐子里弄出最后那点儿酱，给他们做花生酱三明治。"你在哪儿学的？"

"蒙大拿。"

"跟沃尔特学的？"

"当然不是。"迈克尔说着卷起袖子，"我十六岁的时候就学会了，当时我在一座玩私人游戏的房子里当毒贩子。不过，我也能调鸡尾酒。默瑟和我住在圣路易斯的时候，我们每个星期天晚上都会请一些人来家里玩扑克。有些名人也会加入，比如一个希尔顿家族的人。他是我们老房东的朋友，不过不太擅长玩扑克。我们本以为可以赚点儿钱,但希尔顿是个卑鄙小人。他输了二十五美元后就退出了比赛。我赢了他们十个人七次。"

"每个人你都能赢吗?"

"不,我只是知道怎么玩而已。十七岁的时候,我在蒙大拿的一个赌场里经营二十一点。我知道如何找出那些最弱的玩家。"

迈克尔开始发牌。停下来捻灭手里那根烟的时候,他回头看了看,发现更多的牛加入了山上的牛群。

但率先意识到牛群的情绪变化的是塔博。它从碗里抬起头来,朝小山上望去,眼睛睁得大大的,耳朵前后摆动。它的尾巴变得像一个刷子,背上的毛竖起来,露齿嚎叫,看起来像一只髦毛的豪猪。它吓坏了,开始一边咆哮一边吐口水,就像着了魔似的。

"天哪。"迈克尔又回头看了看。牛群现在很庞大,很不安分。前面的领头者们正在往下捅着牛角,盯着他们所在的方向。那时正是初夏——产奶的季节——牛会异常注重保护自己的领土和幼崽。这些迈克尔都懂,他曾在一个奶牛场工作过。如果奶牛盯着你的方向看,你可以确信它们一定会朝你走来。而这些都是长角牛,不是他工作时接触过的那些比较安静的奶牛。

当牛群开始从山上向他们移动时,迈克尔爬了起来。他踩在塔博的皮带上,以防它跑远,然后,他背上背包,下一秒这只猫便发疯了。它试图扯下项圈、咬断皮带,然后扑倒在地上,像一匹小野马一样,又拉又扯,又蹬又踢。迈克尔试图抱起它,它却用爪子挠他的前臂,那里马上撕开了一个巨大的伤口。他几乎抓不住它。

"我们得赶紧跑。"他对凯尔喊道,又使劲把猫抱在怀里,"用最快的速度收拾行李。"

"这到底是怎么回事?"凯尔一下子僵住了,像一只受到惊吓的林地动物。他们的东西散得到处都是。他疯狂地把所有的东西都塞进包里,但有些东西在他塞进包里的同时又掉了出来。

地面突然开始震动。几十头长着长毛的长角兽正从山上狂奔下来,穿过树林,越来越近了。体形庞大又怒气冲冲的牛群不断地咆哮着向他们猛冲过来,地动山摇。

迈克尔紧紧地抓住塔博,保护着它,催促着凯尔朝一片浓密的棉花树林跑去,他心想,奶牛不会愿意冒着被树缠住的风险冲进去的。塔博尖叫着到处乱抓,试图挣脱迈克尔的双臂跳上树枝。它那颗小心脏在狂跳。它吓坏了,咬他的手腕,然后又用爪子抓他,狠狠地挠他的双手。但他没有感到疼痛。他太害怕一个松手它就会葬身于狂奔的牛蹄下。

离他们大约五十码远的地方,牛群正迅速地逼近。迈克尔担心他们还没跑到牧场栅栏外就会被追上。凯尔在他的身后跑着,快追上他时,迈克尔想起了那个在约塞米蒂和熊对峙的胖子。他对凯尔喊道:"冲他们冲过去,挥动你的手臂,使出吃奶的劲儿大声尖叫,直到它们撤退。"

凯尔可不喜欢这个主意,但他朝牛跑了一小段路,来回挥动手臂,漫不经心地大喊着。牛群突然停了下来,有些甚至退了足够远,足以让迈克尔和塔博从树林跑到栅栏那里。然后牛群又开始向凯尔靠近。

"这些该死的牛停不下来!"凯尔喊道。

"继续像刚才那样做!"迈克尔喊道,"当它们后退的时候,你往边缘移动,然后拼命跑。"

于是凯尔继续叫喊,直到牛群逐渐分散。

迈克尔将背包扔过栅栏,然后和塔博一起爬了过去。"快点儿跟上。"他对凯尔喊道,只见一团乱蓬蓬的头发和挥舞的四肢正从林子里呼啸而来。

凯尔跑到栅栏边上,放下背包,在栅栏上的一个洞里扭动着,钻到了另一头。他没有时间爬过去了。他被多刺的黑莓荆棘和荨麻刮伤了,但还是伸手把背包拽了过去。当他跌跌撞撞地走到栅栏外时,又被沉重的背包压得踉踉跄跄,跌倒在地。

一些比较壮实的奶牛仍然烦躁不安,一直跟着他们走到了栅栏前。现在它们正愤怒地冲向栅栏,决心以自己的领土被侵犯为由向它发起进攻。迈克尔在栅栏后面站着,塔博像刺一样紧紧地扎在他的胸口。他在橄榄绿色的T恤和米色的帆布裤子上擦了擦流血的手,那条裤子上沾满了啤酒、泥土和草渍。

凯尔趴在地上喘着气,脸涨得通红,浑身发抖。作为一个在城市里长大的孩子,他很少离开波特兰。

"来,你抱它一会儿。"迈克尔说着,把猫推到凯尔的怀里,"我不想把它的毛弄脏。"他拿出水瓶,洗去手上的血迹和污垢,然后走到附近的一棵松树旁,刮下树皮上的蜂蜜色液体涂在胳膊和手上。

"你这是在做什么?"凯尔问。

"你永远没法儿融入乡村生活。"迈克尔笑着说,"这是松子片,能止血,也能给伤口消毒。它是受损树木产生的保护自己免受感染和昆虫侵袭的物质。因此你也能沾沾光。"

看到迈克尔的伤口从手腕一直延伸到手肘,凯尔说:"这看起来真的很恶心。"

"天哪,重点是很疼好吗?"

"那些奶牛离我太近了,我都能摸到它们。"

"是啊,那真是千钧一发。"迈克尔说着,把塔博接回怀里。

"可怜的塔博。"凯尔说。塔博喘着粗气,还在迈克尔的怀里发抖。"我不知道奶牛会这么生气。它们为什么要这样啊,'百宝箱'?"

"以我的经验来看,它们是受惊了。这下我记住了,一定不要待在有牛粪的地方。"那些奶牛本可以轻易地杀死他们。就在那一刻,迈克尔知道了,他会毫不犹豫地为塔博献出自己的生命。

他们边走边寻找另一块可以安全过夜的营地,而栅栏的另一边,牛群也跟上了他们的步伐。

牛群事件发生后的第二天早上,迈克尔、凯尔和塔博乘车前往海伦娜市中心。当他们到达的时候,太阳正沿着大贝尔特山升起,照亮了空旷街道上的老店,店面上镀了一层金色的光芒。拉斯特长丝峡谷街道是这里的主街道和中心区，几十年来依旧如初，"鹦鹉糖果店"里仍保留着冷饮冰柜，"戴夫的典当铺"里还陈列着引人注目的古董宝石和手枪，"火塔咖啡屋"的玻璃橱窗里仍然摆放着艺术性十足的摇滚欧拉自动点唱机。

看到这些熟悉的景象，迈克尔很高兴能和两个最好的朋友回到他的第二故乡。每一幢楼，每一个角落，每一条第四街区大道的小路都承载着他美好与不幸的记忆。他们经过蒙大拿跳蚤市场，迈克尔的二手平装书就是在那儿买的，那里仍然挂着20世纪80年代的老宣传语：生命太短暂，所以万万不能喝劣质葡萄酒。

当他们走过"罗克的西部酒吧"时，迈克尔把塔博举到酒吧窗前，好让它能看到里面。"这里是我曾经待过的地方。"他对它说，"工作了一整天后，我经常在深夜来喝一杯啤酒，打台球，待在这儿，直到他们把我赶出去。"

他对自己曾在海伦娜做的工作感到自豪。"我以前在这里送过牛奶。"他对凯尔说。他们走在宽阔的林荫大道上，道路两旁是维多利亚式街灯和20世纪末期的装饰着玫瑰石的建筑物，其中许多建筑是用黄金和经营牧场赚来的钱建造的。"你愿意认识那时候的我吗？"他对站在他肩膀上的猫说。

塔博好奇地环顾四周，注视着一切。迈克尔带它和凯尔去了联邦法院，联邦调查局在蒙大拿州森林的一间小屋里发现了炸弹杀手泰德·卡辛斯基后，就是在那儿审判他的。

凯尔对那段历史并不熟悉，迈克尔解释给他听："他是一名美国恐怖分子，20世纪90年代杀了很多人，害得很多人变成了残疾。但他很聪明。他写东西阐述科技是如何使人失去人性的。现在你知道了，那个老混蛋是对的。"

他们走到下一个街区，迈克尔说："每年春天，我都会在离这里不远的州议会大厦外面种上金盏花和雪叶莲。我赚了足够的钱，几乎整个夏天都去露营。"

"你是园丁吗？"

"是的……我有一张名片，上面是这么写的：'迈克尔·金，皇家园丁：以低廉的价格收获皇家品质。'"

"酷啊。我之前总觉得你是个城里人。"

"我对植物和大自然总是情有独钟。七岁的时候，我常常拔掉沿着铁轨生长的老虎百合花，然后把它们种在我们家的后院里。"

迈克尔停下来，指着下个街角那座雄伟的灰石建筑顶上长翅膀的蜥蜴石像。"看到了吗？那是魔法火蜥蜴，它不怕火烧。旁边的两条龙是保护它的。这个地方曾经被大火烧毁了很多次，所以用这些象征物来防火防灾。火蜥蜴被认为是一种炼金术生物，可以在火中生存。看到大楼上那个男人的雕像了吗？那是希腊神话里泰坦神族的阿特拉斯，他支撑着整个世界。"

他们沿着欧几里得大道漫步，经过一排排看上去一模一样的整齐低矮的木结构房。他们转到了加里森街，走到下一个街区，又转到了加农街。他们处在落基山脉的山麓，在海伦娜的豪宅区下面，从豪宅区可以俯瞰海伦娜的市中心。他们走到一个安静的角落里，那儿有间简陋的黄白色隔板小屋，那是沃尔特住的地方。迈克尔绕到后门，凯尔跟在后面。方形院子的后面是几辆旧汽车和一辆生锈的小卡车，它们挡住了杂草丛生的土路。迈克尔穿过后院，去年夏天他在一排篱笆旁种的向日葵已经长高了，它们像小狮子一样的可爱的小脑袋正冲着天空。

"沃尔特。"他喊着，走进纱门，扶着门等凯尔。乡村音乐从立体声音响里飘了出来。

沃尔特弯着高挑的身躯从客厅走到厨房里。他已经七十多岁了，满头白发，戴着银边眼镜，永远皱着眉头。他退休后一个人住，有着一副被生活折磨得疲惫不堪的慈祥样子。当看到迈克尔和像毛毛虫一样紧紧地抓住他的肩膀的猫时，沃尔特简直不敢相信自己的眼睛。

"那是一只猫吗？"他问道，看向仿佛长了两个脑袋的迈克尔，"你背着一只猫穿越了整个美国？这太疯狂了。你真是疯了。"

"我在街上捡到了它。它受了伤，也饿极了。"

沃尔特上下打量着他——衣服上的尘土、血迹、草渍，还有他那粗糙的带着疤痕的被挠伤的手臂，看上去就像被灰熊抓过一样。"你看起来像坨屎。"他说着走进客厅。

"谢谢您了。"迈克尔看着他的背影说。

他把塔博放在厨房的地板上，看着凯尔，叹了口气。"对不起，沃尔特心情不好。别在沃尔特面前叫我'百宝箱'。他讨厌这个名字。对他来说，这就意味着无家可归、酗酒、睡在树下。"沃尔特虽然脾气暴躁，但也相当幽默。有一次，迈克尔在脸书上贴了一张自己正在乞讨的照片，照片上还有用来乞讨的纸板子，上面写着："今天需要一点点帮助。"沃尔特在下面评论："迈克尔，你需要的不仅仅是一点点帮助。你需要很多帮助！"

和迈克尔一样，沃尔特也喜欢动物，他曾经在家里养过流浪猫、受伤的小鸟和其他受伤的动物。他还把剩下的食物给浣熊吃。1967年，他从越南战场归来后，动物成了他释放战争压力和恐惧的避难所。动物也帮助他维持了三十八年的清醒人生。在匿名戒酒互助会上第一次见到迈克尔时，他曾对他说："任何一个失意的人都会用动物来治愈自己。"

凯尔在餐桌旁坐下，疲倦地叹了口气，环顾四周。厨房里有一种朴素舒适的感觉，松木橱柜里塞满了配不上对的盘子，窗户上方悬挂着一排积满灰尘的铜杯，再往后就是院子。双层冰箱上贴着一张褪色的"投给奥巴马"和"支持希拉里"的贴纸；一个美国国旗冰箱贴，上面写着"上帝保佑美国"的字样；还有一张磨损的明信片，上面是一只漂浮着的哈欠连天的水獭。厨房的桌子上方挂着迈克尔和他的双胞胎兄弟JP十七岁时的照片，旁边还有埃利奥特的照片。埃利奥特是一名十五岁的美籍韩裔孤儿，是沃尔特在迈克尔离家后收养的。

迈克尔走到冰箱前，拿出一瓶矿泉水给凯尔，然后跟着沃尔特走进客厅。这个温暖的屋子里有壁炉、手工制作的木制家具，还铺有破旧的小地毯。塔博悠闲地走在他的后面。然后，沙发上的另一只猫映入眼帘，塔博顿时吓得呆若木鸡。

沃尔特有一只名叫格斯的喜马拉雅猫，它有着灰蓝色的大眼睛。它看见家里出现了另一只可疑的猫，便摇动着它那蓬松的尾巴嘶嘶地叫着。它有一张扁平的脸和皱着的嘴，毛茸茸的，看上去像个毛发浓密的小老头儿。塔博顺着迈克尔的腿爬上他的肩膀，从这个安全的地方盯着格斯。格斯跳下沙发，跑下楼梯，奔向沃尔特的卧室，那里是它的藏身之处。

沃尔特坐在一张颜色发黄的仿古躺椅上，背对着迈克尔。在迈克尔到达之前，他就在那儿享受着清晨的雀巢咖啡和约翰尼·卡什的舒缓又悲伤的曲子。

"你在生我的气吗？"迈克尔抱着塔博问他，"我做错了什么吗？"

沃尔特犹豫了一下，生气地说："嗯，首先，你让格斯不开心了。你明明几辈子都没跟我联系了，现在居然又和一只猫一起出现了。"

"对不起。我一直在赶路，同时还得照顾这只猫。"

"你就不能拿起手机给我打个电话吗？怎么，你没手吗？"

"我明白。我都懂。你说得对……对不起——"

"我不想再养一只猫了。"沃尔特打断了他的话，"我现在退休了。"

"但我没想把它甩给你。"这些年来，迈克尔救助了无数的流浪动物，并把它们带回了沃尔特的家。十几岁的时候，他把谷仓里的小猫放进口袋，给它们取名为萨西和卡西。是沃尔特教会了迈克尔如何养猫，而萨西和卡西长成了健壮又快乐的成年猫。

"格斯死后，我会把它葬在院子里萨西和卡西旁边的位置，它将是我的最后一只猫。"

格斯——沃尔特有时称它为"老朋友"——现在已经十三岁了。十二年前的一个夏天，也是迈克尔救助了它。当时沃尔特还收留并喂养了一只名叫迈克尔的野猫，它身材壮硕，自从来到沃尔特的后院，就再也没有离开过。尽管它更喜欢睡在门廊下或灌木丛中，还是会接受每日两次从厨房递出来的食物。

"我发誓，我们只是来看你。"

"我不希望那只猫惹格斯生气。"沃尔特接着说，"它讨厌改变，而且很容易被一切事情弄得心烦意乱。"

"但是塔博很随和，它和其他猫相处得很好。"

"我不在乎。"沃尔特用干哑的声音说，"当你养了只动物的时候，不管它是狗、猫、鹦鹉还是熊，那都是一种承诺。"

"我知道。"迈克尔说，"我正在为此努力。"

凯尔出现在门口。"是真的。"他试图为朋友辩护，"迈克尔把它照顾得很好。你应该看看当初他救助它的时候它是什么样子。"

沃尔特稍微缓和了一些。"我知道，迈克尔一直对猫很好。我们家里到处都是大猫和小猫。迈克尔为此欣喜若狂。他会站在后院里，把它们扔到车库的屋顶上，然后它们会转身朝他跳下来。完全是个马戏团。"

"不管怎么说，家里有格斯了。它现在老了，我不想有什么闪失。我们最好先带那只猫去看兽医。不知道它跟着你在路上是否染上了螨虫、蜱虫之类的东西。"

"它挺好的。"迈克尔抗议道,"塔博没染上任何疾病。"

"我不想让格斯染上任何疾病,"沃尔特像蝎子一样带刺地回击道,"它老了,而且很脆弱。"

"但是塔博完全是健康的啊。"

"你在小题大做。"沃尔特坚定地说,"它得去看兽医。"

"好吧。"迈克尔同意了,然后和凯尔一起回到了厨房里。没人再和沃尔特争论。

第 20 章　波特兰：夏季风暴和满月

夜晚时分，暴风云聚集在波特兰西北部的屋顶上方。一道闪电划过天空。灯火通明的客厅里，华丽的蒂芙尼天花板下，一位身材矮小、驼着背、白发苍苍的老妇人坐在一把塑料衬里的扶手椅上，仿佛那是她的宝座一般。这是玛德琳，一个因寻找走失动物而闻名的灵媒，至少根据她在《宠物猫》杂志上的广告来看是这样的。一盏手状的霓虹灯从她商店的橱窗里伸出来，散发着蓝色的光，上面写着她能读懂塔罗牌，以及提供一些其他的超自然服务。客厅的墙壁上挂满了圣徒画像，这些画像被装在镶有金边的画框里，每幅画框的表面都覆盖着水晶、凯尔特符文以及神秘主义和神学符号。

罗恩坐在玛德琳对面的一张沙发上，他们中间隔着一张小牌桌。埃文陪他一起来的，但他出去买咖啡了。罗恩告诉玛德琳关于玛塔的事，说他最后一天早上看到它时，它坐在厨房柜台上看着他煎鸡蛋，然后又坐在门廊上晒太阳。

"有时候，我哭得停不下来。"他说着朝那面大窗户外瞥了一眼，眼看着雨开始下了起来，人们纷纷赶着回家，"对我来说，最困难的部分是如何让自己接受。我过不去这个坎儿。"

玛德琳指着窗外的树影道："你看到月亮是怎么让人几乎看不见的吗？人和动物也可能是这样，藏在别人的后面。"

"藏？"罗恩看起来很困惑，"你说的是什么意思？"

"我是说，有时候线索就在我们的身边，比如在梦里或者在我们的直觉里。"

埃文回到店里，坐在罗恩的身边。他刚刚去了外面，因为在看到灵媒的妆容后急需要笑出声——那看起来好像是用泥铲子糊上去的，以及这一切实在是太荒谬了。当罗恩邀请他一起来的时候，他说："你需要的是治疗师，而不是通灵者。通灵行业就是个巨大的谎言。"

玛德琳目不转睛地盯着罗恩："我能看出这种未抚平的悲伤正在侵蚀你的灵魂。"

"是的，是这样的。"他说着，眼睛盯着一幅画，画上是神圣的基督，他的胸膛里燃烧着火焰。他也感受到了自己那颗破碎的心燃烧得有多么猛烈。"疼痛就是无法消失。"

"你得让自己痊愈。"她用低沉而平静的声音说，然后停下来，眼睛盯着罗恩，问道，"你对你那只走失了的猫有什么感觉吗？"

"这就是他付钱给你的目的。"埃文低声咕哝着。

罗恩不耐烦地瞥了他一眼。"我不知道。我希望某个老妇人找到了它，而它正在给别人的生活带来欢乐，但我知道有些坏人会对动物做可怕的事情。自从我跟瑞秋——那个告诉我玛塔已经死了的灵媒——通过话以后，我就不能往好的一面想了。"

"一个灵媒告诉你，你的猫死了？"她皱着眉头问。

"她描述的天堂的样子来源于《以西结书》和《启示录》，正如我想象的那样是一个热带天堂。"

"所以，她说你的猫死了，然后它去了一座热带岛屿？"

"是的，在这个热带天堂里，人和动物都很快乐。它甚至和《圣经》中写的一样：'上帝爱他的动物，在天堂里，你将与你的动物同在。'"罗恩停下来，深吸了一口气，"我只是想知道玛塔是否还活着。"

玛德琳把手放在胸前。"我内心深处知道你的猫没有死。"她把一副风化了的塔罗牌放在他们中间的小牌桌上，"你来洗牌，然后选出你第一眼看到的那张牌。"

罗恩洗了一下牌，选择了一张牌。玛德琳把它翻过来，罗恩发现那上面是个倒吊着的人，脸色霎时变得苍白。"噢，天哪，这是不是说明它被勒死了？"

"这张卡牌是想告诉你，你正处在十字路口。你必须放手，天使会助你一臂之力。你所释放的一切要么会从你身上完全洗刷掉，要么会以痊愈的结果再度回到你身上。

"现在，在这个阶段，人们通常会给我他们失踪的宠物的照片，我看着宠物的眼睛和它们联系，试着找出它们在哪里。"

罗恩从钱包里掏出一张折角的快照递给她。"这是玛塔的照片。"

玛德琳靠在桌子上，身上的珠宝像华丽的枝形吊灯一样闪着光。"夏季有暴风雨的月圆之夜会有很多闪电,所以更容易找到你的猫。"

她点燃了白色和黑色的蜡烛,在他们面前的黑色毡布桌子上画了一个五角形,把玛塔的照片放在里面。"好了,现在我告诉你我看到了什么。"她开始说,"我能感受到你的猫的焦虑。它知道你和它的弟弟一直在想念它。"

她闭上眼睛,用手指勾住猫的照片。"我看见一只猫在沙漠中行走。它不是独自前行的。看起来有人和它在一起,想让它远离危险。它离家很远很远,但它想找到回家的路。"

第 21 章　蒙大拿州的海伦娜：猫之心的秘密

6月13日早晨，在迈克尔他们到达海伦娜的两天后，沃尔特开着他的白色旧斯巴鲁轿车载着他们去看兽医。凯尔坐在副驾驶座位上，迈克尔和塔博坐在后座上。塔博像往常一样一身轻松，蜷缩在迈克尔的膝盖上，伸出纤细的前爪，愉悦地看着天空和松树从身边溜过。

迈克尔却很忧虑。前一天，他整夜翻来覆去地睡不着，早上一觉醒来就有一种可怕的直觉：他要失去塔博了。

他们停在兽医院外，迈克尔在侧镜中看到了自己的倒影。他嘴巴周围的线条加深了，眼袋也变黑了。看起来越发像贝拉·卢戈西[1]了，他想。

海伦娜兽医服务中心设在一幢蓝白相间、类似滑雪小屋的建筑里，楼前有个巨大的动物爪印标志。迈克尔没有对沃尔特或凯尔倾诉过他的恐惧，但是，当他们进入兽医的办公室时，塔博也开始紧张起来。凯尔在接待处等着，迈克尔和沃尔特带它去检查。

---

[1] 匈牙利裔电影演员，以饰演吸血鬼闻名。

会诊室里弥漫着消毒剂的味道。迈克尔把塔博放在不锈钢台面上，它的小身体立刻绷紧了，并试图跳下来。迈克尔抓住它，但它又设法从他的手中滑了出去，冲到房间的角落里，拼命地挤进了一个半开着的医药箱抽屉。

兽医是个讲话温和的男人，头发灰白稀疏，有着胖胖的脸颊，戴着一副古怪的眼镜，他小心翼翼地把它从抽屉里拉出来。"没事的，宝贝。"他安慰地拍了拍它，哄道，"没事的。"

布鲁斯·阿姆斯特朗医生已经给沃尔特当了十五年兽医。在定居蒙大拿州建立自己的诊所之前，他游走于世界各地救助动物，从加利福尼亚的野生动物保护区到沙特阿拉伯。他和妻子在海伦娜城外拥有一座小牧马场，他们在那里种干草和紫花苜蓿。

阿姆斯特朗医生询问塔博的经历，迈克尔告诉他，一个雨天，他在街上的一张桌子下发现了它；它还住过海滩，不久前刚躲避了一场牛群受惊事件。兽医笑了笑，不住地抚摸着桌子上的玛塔。

"听起来它经历了一场相当大的冒险啊。"他对着猫低声耳语，"让我们看看你，小姑娘，确保你一切都好。"

他摸了摸塔博的关节，把一个小听诊器放在它的心脏上。"它很健康。你显然把它照顾得很好。"他说，并撬开它的嘴看牙齿，"它看起来大概两到四岁的样子。"然后，他把它放到体重秤上，皱了皱眉，"它重十二磅，对这副骨架来说有点儿胖。"

迈克尔笑了。"是的，它是有点儿胖。"他边摸着它的头边说，"那是因为它很懒，去哪儿都要人背着。但我想，因为我们一直在外面流浪，所以体重稍微超一点儿对它也没什么害处。"

"我们应该让它把该打的疫苗都打了。"沃尔特说。

阿姆斯特朗医生点了点头，把它带下桌子，让它在后面的房间里接种疫苗。塔博斜靠在兽医的肩膀上，朝迈克尔送去一个遭到背叛的眼神。

兽医和塔博待在后面的房间里，这段时间对迈克尔来说似乎是一种永恒。他感觉有什么事情不对劲。

当阿姆斯特朗医生抱着塔博回来时，他的脸上有一种奇怪的表情。"各项指标显示，它体内的疫苗是最新接种的。"他说着将它放到中间的桌子上，"但还有一个问题。"

"它还好吗？"迈克尔立刻惊恐起来。

"它体内有一个微芯片。"

"哈，我就知道。"沃尔特笑着说。

迈克尔坐在那儿，愣住了："一个芯片？"

"是的，它有主人。"阿姆斯特朗说，"它于2012年9月在波特兰被报失踪。"

迈克尔的心都碎了。眼泪就要涌出来了，他说了抱歉后走出去，穿过接待处，走出了前门。他又心碎又愤怒，需要抽支烟让自己振作起来。

当凯尔看到迈克尔在等候区游荡时，他也知道事情不太对劲了。他想，噢，不，迈克尔要失去塔博了。

沃尔特把塔博放回它的笼子里，看了看兽医。"迈克尔无家可归，生活很艰难。他非常依赖这只猫。"

阿姆斯特朗医生写下与识别芯片相关联的电话号码，并把它递给了沃尔特。他问沃尔特是否可以告诉当地报纸关于迈克尔和塔博的这段旅程，因为这可能会促使更多的人给他们的宠物植入微芯片。沃尔特认为，讲述他们一起旅行的故事也可以帮助迈克尔接受失去塔博的事实。

然后，沃尔特带着塔博和迈克尔、凯尔会合，载着他们一起回家。

他们离开诊所后不久，扫描了塔博身上的微芯片的兽医技术员玛蒂·帕克给芯片公司打了电话，又给玛塔的主人打了电话，并在罗恩·巴斯的答录机上留言道，海伦娜兽医诊所想和他通话。

第 22 章　星周

水是如此清澈，以至于你可以看到鱼和海龟在水面下游动。玛塔和罗恩并排坐在一条小船的木椅上，看着河水潺潺流过。玛塔忽然变得焦虑。它亮出牙齿，嘶嘶叫着，然后爬下来躲在罗恩的腿下。罗恩从船边往外看，只看见一个黑乎乎的巨大的影子。当他们向岸边漂去时，他看到了，那是一条在芦苇丛和浅水里滑行的鳄鱼。

罗恩尖叫着，牢牢地抓住身边的猫。

罗恩从噩梦中惊醒过来。阳光穿过卧室的窗户，透过半开着的百叶窗照射进来。他一动不动地躺了一会儿，睡眼惺忪地望着射进来的条纹状光线弯折着打在墙上。然后，他站起来，到厨房里给猫准备早餐。克里托和吉姆坐在餐台边一个盛满了橘子、桃子和葡萄柚的玻璃碗旁，不耐烦地喵喵叫着。

喂完它们后，罗恩给自己做了一份桃子和橘子混合的奶昔，然后打开收音机，20世纪60年代的音乐飘出来，传到了街上。罗恩坐在角落里吃着早餐，听着轻快节奏乐队1966年的经典歌曲《我脑海中的星期五》发呆。他竭力回想着自己做的那个梦，然后打电

第22章 星周

话给住在海边的米格尔。

"我总是看到玛塔在水边和树林里。"他对米格尔说,给他讲自己做的噩梦,"我仍然感觉它还活着,不是迷路了就是被人捡到了。你认为那人会把它溺死,然后埋在河边的树林里吗?"

"听着,你需要停止分析这个梦境。"米格尔简短地说,"这什么也代表不了。"

"是的,你说得对。"罗恩安抚地说,他正在耗尽朋友的同情心,"今天早上我有很多事情要做。我需要去食品店,给花园浇水……还得开始考虑该带些什么东西走。"

下个周末,罗恩受邀到得克萨斯州参加一个朋友的追悼会。去年夏天,他通过吉他生意和来自得克萨斯州奥斯汀市的名为"内阁乐队"的几个摇滚乐手成为朋友。作为20世纪90年代的一支拥有多张白金销量专辑的工业金属乐队,它的许多成员都以生活奢侈、酗酒和吸毒而闻名,所以,当他们的吉他手在舞台上倒下,并在四十七岁的时候死于心脏病也就不足为奇了。六个月后,在世的乐队成员将举办派对来庆祝他的一生。

罗恩挂了电话,把内阁乐队的CD塞进厨房的立体声音响,用一个斯芬克斯的铸铁雕像支撑住后门,然后走到院子里。克里托和吉姆已经在车库顶上晒日光浴了。邻居安的猫戈登——一只长相凶悍、黄眼睛的黑色公猫——和它们在一起。车库的屋顶上看起来就像一群公猫正在举办太阳崇拜者派对。罗恩解开花园里的水管,内阁乐队的那首《耶稣赐我改装车》从厨房里传了出来。

在给草莓和覆盆子浇水的时候，罗恩想起了玛塔是如何为草莓的味道而疯狂的。它会在草莓地里翻来覆去，四脚朝天，用鼻子嗅着草莓的花朵和叶子，仿佛它们是猫薄荷一样。再后来，它会像闻了一口猫薄荷那样在房子里转来转去。

当罗恩抓着一束刚摘来的紫色银莲花回到厨房里的时候已经是中午了。他把花放在早餐桌上的花瓶里时，看到自己的黑莓手机闪烁着红灯。他错过了两个电话，一个是他姐姐打来的，另一个来自一个不熟悉的区号。

那是蒙大拿州海伦娜的一位兽医打来的电话，兽医留言说他的猫被找到了。罗恩哭着给那个号码回了电话。阿姆斯特朗医生接了电话，他解释说，一个常年在外流浪的人去看望他的养父，他带了一只猫来做检查，他们按照惯例扫描了它。

"我不敢相信玛塔居然在蒙大拿州的海伦娜。"罗恩说着笑了，眼泪顺着脸流下来，"这是我听过的最不可思议的事了。你的地址是什么？我现在能去接它吗？"

"如果我们发现这只猫有主人，那么收留它就不是我们的责任了。"阿姆斯特朗医生解释道，"我们只是通知您一声。现在收养它的人说他想亲自把猫归还给原主人。我有他养父的电话号码。"

罗恩拨打了兽医给他的那个属于蒙大拿州的电话号码，但无人接听。他打算过几分钟再试试。

他欣喜若狂，更不知所措。在拜访了灵媒玛德琳之后，罗恩的内心发生了变化。他把兑里托登记为一只治疗猫，几个月前，

第 22 章　星周

当他看到那张长得像菲尔·斯佩克特的"失踪的羊驼"的海报后就打算这么做了，这样他就可以带着克里托去给医院的病患传播一点儿快乐。

上个周末，罗恩在阁楼上摆弄着他的吉他，听着范·莫里森的歌单。当《星周》响起时，他感到手臂在剧烈地颤抖。歌词表达的是，冒险卷入急流并获得重生是通向更广阔的真相的入口。

当玛塔第一次走失的时候，罗恩绝望地请求上帝的帮助，并许诺如果他能把它带回来，自己就会努力成为一个更好的人，会去帮助别人。但是他轻易地忘记了自己的诺言，于是它又消失了。那天晚上，以及之后的每个晚上，他在上床睡觉前都会做一个小祷告，祈求上帝庇护玛塔，无论它身在何处。

现在看来，罗恩的祈祷得到了回应。透过厨房的窗户，他心神不定地看向纯净的蓝天，回想着为什么他认为这次玛塔的回归——就像上次一样——是因为神的介入。乔是罗恩在加州的贝克斯菲尔德的老朋友，后来他搬到西雅图做保安工作，在一起抢劫案中被枪击中了。他昏迷了很长一段时间，醒来的时候，他说上帝和他坐在一起，一直握着他的手。当玛塔第一次失踪的时候，罗恩就是在乔的家里接到了来自微芯片公司的电话。

在取消了飞往得克萨斯州的行程后，罗恩在他的脸书页面上贴了一张玛塔的照片，照片中玛塔仰面躺着，眼睛半闭，沐浴着阳光。罗恩在下面配了一行文字："2012年劳动节失踪的我心爱的玛塔在蒙大拿州的海伦娜被找到了。"

他的快乐和宽慰之情溢于言表，就像踢开一扇防火门，逃离了一座燃烧着的大楼一样。他冲到隔壁去告诉邻居安，路上对着正在车库上晒日光浴的猫们喊道："玛塔要回来了，小伙子们。"三只小猫突然抬起头，睡眼惺忪地盯着他。

之后，他靠坐在门廊后的台阶上，给玛塔的兽医、他儿时的朋友兰迪、米格尔，还有父亲和埃文都打了电话，把蒙大拿州的兽医对他说的话转述给他们。

"也就是说，一个流浪汉带着它去了蒙大拿？"埃文问道。

"嗯，那个灵媒的确说过，玛塔正在离家很远的地方冒险。"

"她能知道些什么呢？那个女人得有一百岁了，几乎被睫毛膏弄瞎了眼。"

"玛塔很聪明，它的好奇心很可能让它陷入麻烦。"罗恩继续说着，"有时它会跟着在街上抚摸过它的老太太们走。但在这世上所有无家可归的人中，它遇到了它所能遇到的最伟大的那个。"

第23章　最美的女孩

沃尔特通过厨房的窗户望出去，迈克尔正坐在后院车库后的一堆木头上，不停地抽烟。塔博正在干草上玩耍，用爪子拍打着黄昏的日光下的蛾子，无忧无虑，并未意识到它的生活又要改变了。兽医给了他们塔博主人的电话号码，沃尔特把它给了迈克尔。现在轮到迈克尔打电话了。

十个月前，迈克尔还不想养猫，现在他无法想象没有它的生活。在塔博走进他的生命之前，很长一段时间里，他觉得自己在虚度光阴，对任何事情都漠不关心。默瑟去世后，他的生活就被撕裂了，但这只小猫让他开始把这些碎片拼在一起。塔博赶走了一些像乌云一样笼罩着他的孤独。他原本已经再次步入正轨了，它用温暖和欢笑填充了他的每一天。捡到塔博之前，他被消极的想法冲昏了头脑。但它长久地平息了这些坏念头，久到让他感受到了一线希望。

凯尔走出来，停下来点燃了一根抽了一半的烟。他抖了抖烟灰，在迈克尔身后的台阶上坐了下来。"我用沃尔特的电脑登录了我的脸书，有人上传了一段视频，内容是一只醉醺醺的浣熊闯进了一座装满酒的仓库。大家都说那可能是穿着浣熊服的迈克尔。"

迈克尔朝他露出一个苍白的笑容，但什么也没说。

凯尔看得出来，迈克尔现在没心情开玩笑。"塔博的事挺遗憾的。"他同情地说。

"我确实想到了。你知道吗？当我们走进那家兽医诊所的时候，我就有了第六感。我萌生的第一个念头是，如果那只猫的身上有个该死的芯片，我会很生气的。然后它就真的有个芯片。"

"也许你应该留下它。"

"我不能那么做，那是不对的。它应该回家。"迈克尔知道，他可以继续上路，然后悄无声息地消失，就像他一直以来做的那样。他可以假装从来没去看过兽医。"他弄丢了它。我捡到了它。"他想。但迈克尔也知道，如果塔博突然失踪，他会绝望的。他最不想做的事情就是给别人带来那种痛苦。

他们俩看着塔博追着飞蛾和萤火虫跑来跑去。"它多甜美可爱啊。"迈克尔若有所思地说，"我每天早上的第一个想法是，为什么这只猫拽着我的胡子，舔着我的眼皮？"

"还记得我们在霍桑大道上走着的时候，它总是在你的背包上跳来跳去，还跳到斯廷森的身上吗？"

"记得，那可真厉害。有时我觉得自己就像一艘船，在大海里游来游去，一只成年的猫在身后的包上摇摆。我跌跌撞撞，人们看着我，我只想说：'不，我没醉。是这只猫在乱晃。'"

沃尔特一直透过纱门看着他们谈话，几分钟后，他走出来加入他们。

第 23 章　最美的女孩

"我知道这很难。"沃尔特穿过小院子，把手搭在迈克尔的肩上说，"伤心归伤心，但也有好的一面……猫可以回家了。如果你愿意，我很乐意替你打那通电话。"

迈克尔点点头，他从口袋里掏出那张纸，把它递给了沃尔特。"但我想亲自把它送回去，最后和它旅行一次。"

暗淡的光线把后院变成了紫色。查理·里奇的《最美的女孩》从房子里20世纪60年代的箱式立体声音响中微弱地飘出来。迈克尔觉得这是世上最悲伤的歌。

那天晚上晚些时候，沃尔特给自己调了一杯酸橙奎宁水，又把迪恩·马丁的唱片放进音响。祖传的时钟嘀嘀嗒嗒地走着。

迈克尔瘫坐在沙发上，心里想着他是多么幸运，能有沃尔特在身边。他钦佩沃尔特的韧性和独立——喝自己做的奎宁水，放喜欢的音乐，一切都很好。

沃尔特斜靠在他那已经被猫们挠得只剩下架子的破旧的黄色安乐椅上。塔博走进房间，跳上咖啡桌，又跳到迈克尔的膝上。格斯懒洋洋地躺在扶手椅的椅背上，磨着指甲，警惕地注视着房子里的入侵者。

沃尔特拿起电话，拨通了波特兰的电话号码。"喂，是罗恩·巴斯吗？"他说，"我想你的猫在我们这儿。"

"噢，天哪，真谢谢你打电话来。"罗恩在电话那头喊出声，"我收到了蒙大拿州的兽医的语音留言，他告诉我，你把它带到海伦娜去了。太感谢了,谢谢你。如果方便的话,我现在就能过去接它。"

沃尔特看着房子另一头的迈克尔和塔博。它正用鼻子蹭着他的胡子,他温柔地抚摸着它,眼睛盯着前方发呆。

"我就知道!我就知道它还活着。我能感觉到。"罗恩兴奋地继续说着。

"我的儿子迈克尔在街上捡到了他,他们一起跨越了西海岸。我们带他去兽医那儿给他打针,没想到他居然有个家。不过,嗯,我很开心。"

迈克尔勉强地笑了笑。沃尔特不断地称塔博为"他",这很有趣。

"迈克尔觉得继续留着猫他会很愧疚。"沃尔特接着说,"他想把他送回家。"

"老实说,不用这么麻烦你们。"罗恩说,听起来有点儿担心。微芯片附带保险,可以负担罗恩的机票钱。"我可以搭明天的飞机亲自去接它。"

"一点儿也不麻烦。"沃尔特插嘴说,"反正迈克尔也是要回去的。他有时住在波特兰,就是在那儿捡到了这只猫。他们一起度过了过去的十个月。他想和这只猫最后旅行一次。就这样突然分开对他们俩来说都太难了。"

沃尔特感到了罗恩的不情愿,就想把迈克尔的故事讲给他听,好让他放心。"迈克尔是个好人。他心胸宽阔。你放心,他会把它还给你的。我可以保证。"

当沃尔特说这些话时，罗恩在电话的另一端保持着沉默。然后，他回答道："嗯，当然。我只是太欣喜若狂和不可置信了，非常感激它没事。如果迈克尔想送它回来，那当然没问题。"

沃尔特挂断电话后，迈克尔从沙发上站起来走进自己的卧室。塔博站起来，伸伸懒腰，打着哈欠，发出一声轻微的喵呜声，小跑着跟在他的后面。他打开电脑，在脸书上给波特兰的朋友们发了一条信息："带塔博去看了兽医。它的身上有个芯片，要把它还给原主人了。'百宝箱'难过又悲伤的一天。"他立即收到了很多饱含同情的回复，但他连读的勇气也没有。他去睡了，塔博躺在他的旁边。

第二天早晨，天上飘着云，预示着要下雨了。迈克尔恍惚地从睡梦中醒来，完全不知身在何处。听到迪恩·马丁的低声吟唱，他以为自己在某家古老的意大利餐馆里。过了一会儿，他才想起来自己在沃尔特家，沃尔特是个习惯早起的人。看到他睁开了眼，躺在他头边枕头上的塔博便跳上他的胸口，开始一边扯他的胡子一边喵喵地叫。

迈克尔站起来，觉得自己像一具行尸走肉。他跌跌撞撞地走到厨房里，塔博抱着他的脚踝，缠在他的腿上。它用尖细刺耳的声音叫着，渴望着投食。迈克尔对站在窗前端着咖啡的沃尔特说了声早安。他给塔博端了早餐，然后和沃尔特一起站在厨房的窗户前看着后院。一只羽毛蓬乱的蓝松鸦来到了院子里，栖息在鸟食架上。沃尔特喜欢留意这只鸟以及偶尔驻足在自家后院里的野生动物。

沃尔特喝了口咖啡，看向天空。"看样子雷雨要来了。"他说，对上迈克尔投来的目光，"你不会想和一只猫一起困在暴风雨中的。"

蒙大拿州的初夏是雨季的末尾。天气变化可能是突然而剧烈的。迈克尔知道他们应该留下来，至少等雨停了再走。一想到能再拖延一会儿送走塔博的时间，他就觉得很安慰。

迈克尔点了点头，进屋去给沃尔特和凯尔做越橘果奶油煎饼当早餐。他们三人坐在厨房里，喝着黑咖啡，听着外面的雷雨声和客厅音响里约翰尼·卡什的歌声。

在把这只猫带回波特兰之前，他们至少还要再待一两天，所以迈克尔整个上午都在擦洗房子，修理小玩意儿。沃尔特通常会留各种各样的家务给迈克尔做，而这些家务一般来说就是一切事物。沃尔特从不拿扫帚，也不开吸尘器，但他会给草坪浇水、割草，喂鸟、兔子、松鼠和鹿。这些动物每天都来吃他留给它们的面包、坚果和种子。

迈克尔干完活儿后，沃尔特带他和凯尔去购物，坚持要给他们买新的背包和睡袋。沃尔特喜欢说："我们本来就应该照顾受压迫的人，保护他们。"在越南的时候，他和一些战友偶然发现了一个孤儿和麻风病人聚居地，他们就径直走进去，开始实施援助。

到了下午，当乌云散去、太阳出来时，迈克尔想带凯尔参观海

第 23 章 最美的女孩

伦娜,并在郊区的海伦娜国家森林里露营过夜。他们原本计划在那里停留几周,但现在把塔博送回去成了他的头等大事。

在他们去海伦娜国家森林之前,迈克尔给罗恩打了个电话,让他放心。"我真的很抱歉把猫带走了。"在进行了自我介绍后,他这么说道,"我最不愿意做的就是养一只猫,但我知道我必须帮助它。我知道你不认识我,但在我把它带回你身边之前,我真的想最后和它一起旅行一次。我马上就会有一部手机,我会每天给你打电话,让你知道我们走到哪儿了。这是最后一次一起旅行,这对我们来说真的很重要。你得相信我。"

"哦,当然,我相信你。"罗恩回答。他的确相信。他感受到了迈克尔的真诚,从声音中就能感受到。

挂断电话后,迈克尔在脸书上发了一条新消息:"我们和塔博的主人聊了聊,他真是个好人。我星期二离开蒙大拿州,到波特兰的时候会把塔博(玛塔)还回去。别难过,该庆祝庆祝,塔博要回家了。"

海伦娜国家森林包围着城市的东部、西部和南部,他们开着沃尔特的车走了一小段路。沿着蜿蜒的山路行驶,穿过距离海伦娜约十五英里远的茂密山林,迈克尔把车停在公路边的悬崖上,他们可以从那里徒步旅行。

在广袤而蔚蓝的西部天空和大贝尔特山的包围下,他们穿过一片农田,越过一圈铁丝网,朝着一座高山的山顶爬去。拴着皮带的塔博爬上陡峭、满是花朵的斜坡,脚步稳健得像一只小山羊,它不时停下来嗅老鼠的洞穴,用爪子抓蒲公英纤细的花头。

通常,当他们一起走的时候,迈克尔会给凯尔指出不同类型的鸟、树和花,但是此时他沉默寡言,而且心烦意乱。走到半山腰时,迈克尔抱起塔博,转身往停车的地方走,凯尔则继续往上爬。

二十分钟后,凯尔穿过田野走回来,迈克尔坐在车的引擎盖上,塔博依偎在他的身边,若有所思地看着下面松树丛生的宁静山谷。迈克尔惊讶于他和塔博是如何感知到彼此的情绪和感受的。他愿意为这只可爱的小猫做任何事,他不知道一旦它不在身边他该怎么办。它用一种他需要但并未察觉的无条件的爱填补了他几乎所有醒着的时刻。

塔博在阳光下半睡半醒,但当听到凯尔靠近汽车时,它突然跳了起来,耳朵和胡须抖动着。

凯尔上气不接下气地说:"我在山上发现了三堆石头。我拍了张照片。"说着,他给迈克尔看他的手机,"它们被排成一排……"齐膝高的石头看起来像神龛一般。

"这可能……"迈克尔说,然后沉默了一会儿,"是二十五年前我撞到一只鹿的地方。我整理完别人的花园后开车回家。有只雄鹿不知从哪里冒了出来,我的车撞到了它。它乱作一团,像婴儿一样尖叫着,躺在马路对面,一条腿断了。我不得不用小刀割开它的喉咙。"

凯尔看上去有点儿吃惊:"你不能带它去看兽医吗?"

"它的情况很糟。"迈克尔解释道,显然被回忆困扰着,"你想象不出我当时有多么难过，竟然会对另一个生命做出那样的事。那之后我酗酒了三天。"

迈克尔把他们的东西从车里拎了出来。他带了一些食物、水和啤酒。自从回到沃尔特家，他就没喝过酒。他带着他们来到一个他曾经露营的地方，那地方沿着河岸依偎在峡谷中央。

他们在小溪边找到一个被云杉、白杨树和大叶松包围着的地方，铺开了睡袋。在树林中，迈克尔总是感到自在——睡在蒙大拿州丛林里密密麻麻的松树和星空下更是独一无二的感觉。云杉和鼠尾草的清香令人陶醉。这勾起了他当园丁时的美好回忆，他有时能赚到足够的钱去过暑假。

黄昏前，太阳逐渐消失在树林里，他们拿出收音机和一副纸牌。等天彻底黑了的时候，迈克尔生了一堆火，他们继续在火光下玩牌。塔博专注地看着萤火虫，在迈克尔的膝盖上轻轻地拍打着它们。然后，迈克尔烤了一些汉堡、土豆、豆子和绿色蔬菜，很快做好了一顿丰盛的晚餐。但他一点儿也不喜欢。对他来说，这就像最后的晚餐。有好长一段时间，凯尔和迈克尔坐在塔博的左右，静静地围在营火旁，看着它慢慢地燃烧。

迈克尔伤心欲绝。凯尔不知道该说什么来消除他的痛苦，他也爱上了塔博，害怕和它分开。他们熄灭了营火，钻进睡袋，塔博呼噜呼噜地叫着，和迈克尔抱在一起。

第二天早上醒来后，迈克尔喂了塔博，并让它继续躺在睡袋里，沐浴在从树林的缝隙倾泻而下的光束中。他想尽可能地享受和塔博在一起的每一刻，但强烈的悲伤一直伴随着他，因为他就要失去最好的朋友、他的公路旅行伙伴了。

翻着带来的食物，迈克尔打算煮点儿咖啡，顺便给他们准备早餐。就在这时，他看到小溪对岸的松林里有一个黑色的毛茸茸的东西在他们的视线中来回移动。

"噢，我的天。"迈克尔平静地自言自语道，"溪边有一只熊。"

塔博也看到了，睁大了眼睛。它嗅着空气，头左右摇晃，好奇地盯着那黑乎乎、模糊的身影穿过树林——迈克尔称之为"'我闻到了熊的味道'专用眼神"。但当迈克尔开始焦虑的时候，塔博保持着冷静，看着它。它已经成了一个老练的野熊调教师，似乎知道这只熊并不难对付。

那只熊走到一棵树旁，看见了迈克尔。它的皮毛在阳光下充满光泽感，像缟玛瑙一样又黑又亮。它很迷人，比他们在约塞米蒂遇到的棕熊小得多，也可爱得多——不是真正的成年熊或幼崽，而是介于两者之间。

"我们得走了。"迈克尔对正在系鞋带的凯尔说，"如果有一只幼熊在附近徘徊，我敢肯定它的妈妈也在不远处。"尽管在树林里遇到熊令他感到一种意想不到的兴奋，他还是决定带凯尔和塔博回沃尔特家。

第 24 章　猫是黑暗世界的彩虹

周六下午，当迈克尔、凯尔和塔博露营后回到沃尔特家时，一位优雅、留着银色的海象式胡子的年长绅士正和沃尔特坐在餐桌旁。

沃尔特正在向那位绅士讲述自己和迈克尔在1981年秋天的匿名戒酒互助会上相识的故事。当他们三个从后门经过时，迈克尔和凯尔听到了对话的尾巴："迈克尔当时正途经海伦娜，这就是最初的相识。"

然后，沃尔特抬起头看着迈克尔说："这位先生是从报社来见你的。"他站起来要离开，对他们说，"我还有一只饿猫要喂。"格斯在客厅门口呼噜呼噜地叫着，沃尔特从橱柜里拿出食物，把它的小瓷盘放在餐台上。

这位大胡子的工作人员是来自海伦娜《独立纪事报》的阿尔·克诺伯。他站起来和迈克尔握了握手。他从海伦娜的兽医那里听说了迈克尔和那只旅行猫的故事，想在迈克尔和塔博离开之前找他聊聊。

凯尔走到外面的花园里去抽烟。塔博跳到厨房的桌子上，侧身躺倒，呼噜呼噜地叫着，从刚刚的冒险中挣脱出来的它精神抖擞，菊花一样蓬松的脑袋耷拉在桌边。

"它累坏了。我和我的朋友凯尔带它去山里露营了。"迈克尔说完，又讲了自己是如何遇到它的故事，"我经常看到猫。我并不是因为想养猫才去捡它的。它浑身湿漉漉的，那么瘦，又那么害怕。"

他看着桌子对面的塔博，它漂亮又毛茸茸的脑袋依然耷拉在桌边，斜斜的眼睛半闭着。看着它睡眼惺忪的样子，迈克尔哽咽起来。

"我真的需要陪伴。"他说着，眼里涌出泪水，"我无家可归。抑郁症可是个大问题。这只猫就是黑暗世界的彩虹。"

迈克尔说完停了下来，格斯走出去，然后又回到了厨房里。"它要回到属于它的家了。"过了一会儿，他说，"那将是难过的一天。我把它送走的那天，估计有六七个人会哭。我越来越喜欢它了。我的背包会一下子轻二十磅，但也会留下一个空洞，巨大的空洞。"

他们聊完后，迈克尔送阿尔·克诺伯走到前门，并说了再见。塔博昏昏欲睡地抬起头，喵喵叫着，眼神追随着迈克尔离开房间。没过一会儿，迈克尔查看自己的脸书，发现猫的主人罗恩给他发了一条信息："看看玛塔婴儿时期的照片吧，迈克尔，就在我的相册'玛塔快回家'里。是时候铺开欢迎地毯庆祝了。"

迈克尔回道："嗨，罗恩，当地报纸的人今天来我爸家了，他们想要独家新闻。这个故事将刊登在周一的海伦娜《独立纪事报》上。"

罗恩回道:"谢谢你,迈克尔,他们给我打过电话,今天早上我也和他们聊过了。期待读到这个故事。"

迈克尔甚至没来得及好好看看塔博和它的四个兄弟姐妹婴儿时期的照片,门铃就响了。是《独立纪事报》的摄像师。迪伦·布朗通常是报社里唯一一位在周六工作的摄像师,他得在不同的故事中快速转换。他身材高大、瘦削,胡子刮得干干净净,有一头卷曲的金色短发和一双明亮的蓝眼睛。沃尔特邀请他进屋,塔博从厨房里小跑出来,和迈克尔一起走进客厅。

布朗匆匆地拍了几张迈克尔和塔博的合影,立刻被人和猫之间的深情打动了。

塔博喜欢忙乱的场面,在闪光灯下蹦蹦跳跳地摆姿势。

"我爱这只猫。"迈克尔咧着嘴笑了,看着它说,"我认为,我根本不应该出现在照片里。每个人都想看猫,而不是像我这样的老流浪汉。"就在这时,塔博跳到放电视的台子上,站在布朗的面前,直直地盯着镜头,那双桉树绿的眼睛温暖而深情。

两天后是周一,2013年6月17日,这张照片出现在海伦娜《独立纪事报》上,就在标题"这只猫是黑暗世界的一道彩虹"下面。

星期一的早晨,迈克尔坐在厨房的桌子旁翻着报纸,找那篇关于他和塔博的文章,并把它拿给正弯着腰在柜台上煮咖啡的沃尔特看。

"塔博看上去真漂亮。"迈克尔说，然后继续往下读。当读到这只猫曾跳进一辆汽车的后座，六个月后被罗恩救了回去时，他有点儿吃惊。"噢——这真让我生气。"他补充道，"它以前就这么干过啊。"

就在他说这句话的时候，塔博冲进厨房，飞快地跨过地面，用爪子踢着一个塑料水瓶的瓶盖。凯尔背着背包跟在它的后面。

"我很高兴他们用了它的照片。"迈克尔说，把照片拿给凯尔看。

凯尔回头看了看，笑了："他们把后面的你虚化了。"

"那正是我所希望的。"

"早上好。"沃尔特对凯尔说，然后在他们面前的桌子上放了一壶咖啡和一沓华夫饼。

他们默默地吃着，啜饮着咖啡。塔博绕着几个人的脚一圈圈地跑，直到累得筋疲力尽。它跳上桌子，颓然地倒在一边。沃尔特站起身来，开始为他们做路上吃的三明治。他还提出送他们去最近的公路。

迈克尔做了一个生动的梦。"我梦见了两只麋鹿。"他给凯尔讲起来，"这和我遇到塔博之前在沃尔特家过冬时做的梦是一样的。那天晚上下雪了。我望着窗外，看见两只高大的母麋鹿躺在雪地上，背对着房子。我看到它们躺下睡了，然后我也去睡了。第二天早上，我从床上探出头再看了看外面，就看见这两只麋鹿抖掉了身上的雪花。走出前院时，它们开始融进彩虹，然后变成了两个穿着鹿皮的印第安女人。"

"你是喝醉了吗？"凯尔咧着嘴笑问道。

"你知道我在沃尔特家是不能喝酒的。"

"那你觉得这个梦是什么意思呢？"

"我不知道。"迈克尔没再多说一个字，站起来去收拾早餐盘子，然后开始把他们的行李搬到沃尔特的斯巴鲁车上。他想要赶快动身了。

正当沃尔特用棕色蜡纸把三明治包起来的时候，电话铃响了。沃尔特接起电话，然后朝后门外的迈克尔喊道："是凯瑟琳……你的母亲。"

迈克尔走进屋，恭顺地接过话筒。他不记得上一次母亲给他打电话时是怎么知道他在哪儿的。"嗨，妈妈。"他对着话筒说。

"迈克尔！"她用清晰的英式口音喊道，"你上报纸了。"

这个故事在全国范围内被联合报道了。

"我的邻居今天早上在报纸上看到了你和那只猫。"她说，"所以，你要把猫还回去吗？"

"嗯，对的……今天就动身。"他结结巴巴地说，"我要带塔博回波特兰……送它回到它的主人那儿。"

"你真是好心肠，迈克尔。"

这是她长久以来对他说的第一句赞美的话。那种感觉很好，虽然他并不需要得到她的认可。他有凯尔、斯廷森和一个横跨美国西部的流浪汉大家庭。他有沃尔特，而且暂时有一只他爱的猫。他们都给了他一种温暖、相互扶持的家庭感,这是他在自己的原生家庭中从未感受过的。

"谢谢。"他说,"嗯,我们正准备出发。"

"好的,亲爱的。祝你旅途平安。"

挂断电话后,他转述给凯尔和沃尔特:"她在当地报纸上看到了这个故事。"

沃尔特端起他的咖啡,拿起那份报纸,坐到客厅的扶手椅上读那篇文章。格斯跟在他的身后。凯尔疑惑地看着迈克尔说:"我都不知道你们还有联系。"

"我偶尔会给她打个电话,看看她是否安好。"迈克尔一边说一边看着别处,他不愿意谈论什么事情的时候就会这样,"她是我唯一的母亲。我不得不原谅她。她七十八岁了,一个人生活。我浪费了很多时间和精力去恨她。不管她对我做过什么,都不再重要了。"

沃尔特回到厨房里,说:"每个人都有自己的故事。这是你自己在经历了一段艰难的日子后才能意识到的人生真谛。"他继续说道,"没有地方容得下怨恨。我曾经很讨厌我的爸爸。他是个有爱心的蒙大拿人,是五个兄弟姐妹中最大的那个,他的父亲过去常常用鞭子抽他。他把从他的父亲那儿学到的东西带进了自己的婚姻和家庭。许多年后,当我停下来回忆往昔时,我意识到,我出生时他十九岁,在成为五个孩子的父亲时也才二十多岁。他让我有地方住,有东西吃,有衣服穿,还送我去天主教学校。他已经尽他所能了,而我却在这儿说他的坏话。

"当清醒过来,看到这个人所做的一切时,我为自己感到羞愧。迈克尔的母亲也有个艰难的童年。她有五个孩子,迈克尔的父亲不得不靠警察的工资养活他们。当然,她也会像普通人一样心烦。这就是为什么我说你需要重新审视这一切:人们所做的一切都是为了生存。"

凯尔也讲了自己的故事。"我的妈妈另有九个孩子,他们来自七个不同的父亲。"他说,"我从来没有见过她,甚至不知道她长什么样。我听说她在2007年去世了。我在朋友家偶然见过的一个同母异父的兄弟告诉我,她和一个男人在一起,那个男人开枪杀了她,然后开枪自杀了。"

"真令人难过。"迈克尔说,"这太糟糕了。"

"她从来都不是我生活的一部分,从我听到的消息来看,这是一件好事。"凯尔说着,懒洋洋地靠在椅子上,"你有你母亲的照片吗?"

迈克尔把沃尔特和凯尔留在餐桌旁,走进卧室,拿出一本泛黄的相册。

"这是我的母亲在伦敦结婚那天拍的。"迈克尔说。他指着一张20世纪50年代的黑白照片,照片上是一对微笑的年轻夫妇,他们站在一座古老的用灰色石头建成的教堂外。她穿着一件松松垮垮的高领蕾丝长袍,头发卷成了波浪状。在她身旁的是一个放荡不羁、孩子气的英俊男人,他穿着军装,一头黑发浓密蓬乱,一双眼睛苍白得发亮,就和迈克尔的一样。迈克尔合上相册,把它拿回卧室。

把相册放回床下后，他看了一眼电脑，快速地浏览了脸书。他分享了《独立纪事报》上那篇关于自己和塔博的文章，这样他所有的朋友都能在他们回到波特兰之前做好失去这只猫的准备。

分享文章的时候，他注意到前一天晚上罗恩发来的一条信息："玛塔绝对是个漫步者。我第一次接受报纸采访的文章大概在午夜的时候就能在线阅读了。登陆Helena.air.com，那将会是头版新闻。"

他看到罗恩在早上上传了一段视频，并将其命名为"玛塔·海利007"。点开链接播放时，他意识到塔博出现在了波特兰当地电视台KGW8频道的新闻中。海伦娜《独立纪事报》上塔博和迈克尔的照片在屏幕上闪过，底部滑动着一条字幕：玛塔·海利的回归。

一位四十多岁、靓丽的长发女主播正在报道："在西北地区经历了一场冒险之后，一只名叫玛塔·海利的猫要回家了。没有什么比这更具有波特兰特色了。"她补充道，看起来在努力憋笑，"这只名叫玛塔·海利的猫被波特兰市的一名流浪者捡到了，然后他用牵引皮带领着它走遍了整个西海岸。"

"它最终到了蒙大拿州。"她的男搭档带着教科书般的微笑接着报道，"几天后，它就要回到波特兰东南区了。我们的新闻主播艾丽卡在一个下午和猫的主人聊了聊。"

一位身材苗条、蓝眼睛、金头发的记者站在波特兰市中心，对着镜头说："玛塔·海利，大家知道吗，它有着迷路又被找到的本领。一个名叫'百宝箱'迈克尔的流浪者称，他去年9月在波特兰第38号大街和霍桑大道的交叉路口发现了它。他带它去加州的文图拉露营,一路到了约塞米蒂,最后到达蒙大拿州。他带它去看兽医,而兽医扫描了它的微芯片,并给身在波特兰的原主人打了电话。"

一张罗恩·巴斯蓄着胡子坐在沙发上抱着玛塔和它黑白相间的弟弟的照片在屏幕上闪现。然后,罗恩本人出现了,他说:"它和他一起走了三千五百英里。它和他一起去了约塞米蒂国家公园……然后,嗯,在美国各地露营。我希望,等他们回来之后,它不会比喜欢我更喜欢他。"他加了最后一句,笑得有点儿局促。

漂亮的金发记者艾丽卡回到了画面中:"现在,这只猫预计会在本周三或周四回来。并且,这不是玛塔·海利的第一次公路旅行。两年前,这只猫曾在华盛顿州的温哥华失踪了六个月。"

画面转回到演播室,两个播音员正在开着关于搭便车的猫的玩笑。"不知道为什么,你可能无法完全相信这个故事。"那位靓丽的长发女主播说道,她看上去总是想抑制住自己的笑声。

她身旁笑着的男搭档皱着眉头说了结语:"好吧,看来捉老鼠将会在这次经历之后显得无聊了。"

"捉老鼠肯定不能相提并论,这他妈是一定的。"迈克尔大声说,然后把这句话准确地打在了对罗恩的回复里,并补充道,"我们还得搭便车回波特兰!!!"

迈克尔回到厨房里,告诉沃尔特和凯尔,他和塔博上电视了。对于他们俩出现在西北部所有的新闻里这件事,迈克尔有点儿发蒙。

那是个完美的夏日，湛蓝的天空闪烁着耀眼的阳光，沃尔特把他们送到了一个斜坡边上，这个斜坡通往I-90公路。他拥抱了迈克尔，慈爱地拍了拍凯尔的背。

"规矩点儿。"他对迈克尔说，然后看向塔博，轻轻地抚弄它的皮毛，"照顾好他，确保他安全到家。"

"我会的。"迈克尔笑着说。沃尔特仍然把塔博称作一只公猫，这让他笑了起来。他答应在他们到达波特兰后给沃尔特打电话。

沃尔特开车离开了，他们三个在路边等着。凯尔摆弄着滑板，迈克尔疯狂地抽着烟，塔博趴在迈克尔的背包上，呼噜呼噜地叫着。迈克尔想，他将会多么想念它和它那些有趣的小怪癖啊：它舔着他的脸把他弄醒的样子；当他想睡觉的时候，它拉着他的胡子的样子；它时不时地用爪子抓食物吃的样子。它正在他的身旁呼噜呼噜地叫着，想这些只会使失去它的念头变得更加令人痛苦。

不到十分钟，他们就搭到了去米苏拉的车。在那里，他们一取出他们的搭车牌——上面写着"需要搭车到波特兰"——就顺利地搭到了另一辆车。一辆淡蓝色的小型汽车停了下来，车上坐着两名面带微笑的印第安女人和一只棕色的小狗，小狗夹在她们中间，看上去就像麦迪逊家的鲍比。

"等很久了吗？"司机摇下车窗问道。

"哇，那是一只猫吗？"他们还没来得及回答，坐在副驾驶座位上的女人就问了出来。

她们要去位于北边的华盛顿州的斯波坎市，并愿意一路开车送

第 24 章 猫是黑暗世界的彩虹

他们。迈克尔和凯尔一上车,司机就微笑着回头说:"我们好久没见过搭便车的人了。"

迈克尔对她笑了笑,心想:"你看不到他们,是因为他们总是能搭到车啊。"虽然他们在沃尔特家待了一段时间后看起来很干净整洁,不像平时那么皱巴巴的,但他确信,人们之所以停下车,还是因为塔博。

坐在后座上的迈克尔看着女人们的后脑勺,突然睁大了眼睛,侧身凑到凯尔的身边,低声说:"还记得我跟你说过的那个关于两只麋鹿的梦吗?这是似曾相识还是什么?"

凯尔花了一分钟才想明白迈克尔的意思,他小声说:"哇!这也太奇怪了。"

女士们都很健谈、友好,问他们这只猫的情况,并提出要买些东西给他们吃,但迈克尔谢过她们,并表示他们已经吃过了。

迈克尔盯着窗外广阔的天空和在平原上空盘旋的云朵,一束束光掠过松林,白尾鹿和麋鹿在远处吃草,塔博依偎在他的膝盖上。他尝试着享受最后的旅程,因为这是一次特别的旅程,是一种凯旋,但他只感到难过。

坐在副驾驶座位上的女人转过身来问道:"你把猫送回家之后打算怎么办呢?"

"不知道。"迈克尔低下头说,无法解释他的心痛,"应该会很艰难吧,因为它在我的腿上待了十个月了。我不想一直待在波特兰为这只猫难过。我想和一些朋友一起消失在俄勒冈州普赖恩维尔的森林里。"

一个小时后，凯尔看到迈克尔焦虑万分，并且想下车。在正常情况下，这样的长途搭车机会就像金子一样宝贵，但这一程只会缩短迈克尔和塔博相处的时间，而他想延长回家路上的时间。

最后，迈克尔让女士们在圣瑞吉提早停了车，这是一片隐藏在蒙大拿州西部蛮荒地带的边缘山区里的小死水区——离任何地方都有几个小时的路程。当迈克尔让她们在到达爱达荷州之前先在一个偏僻的树林里停下来时，他能看到她们眼中闪现的恐惧。她们一定以为碰到了一对疯子。

"在这里？"司机问道，她下了公路，让他们下车。从出口望去，除了茂密的冷杉林，什么也看不见。

"是的，太棒了。"迈克尔笑着说完，使劲推开门，"谢谢你们。"他从车里跳出来，拿出他们的行李，抓起塔博。

女士们开车离开，把他们留在离I-90公路出口不远的一条荒凉的乡村公路上。凯尔问："你的梦成真了，你觉得这意味着什么？"

迈克尔没有回应，他给塔博拴上皮带，放它下来伸展四肢。它走到路边去撒尿，然后刨了一下周围的土，又跳回到迈克尔的背包上。他们沿乡间小路走着，周围是巨大的松树。前面有一个巨大的黄色标志，标志上有一头牛的黑色图案，写着警告语："即将进入开阔地带。路上会有奶牛出没。"旁边还有一个黄色的野生动物十字标志，上面画着一只正在踢人的鹿。

凯尔警惕地环顾四周。

第 24 章 猫是黑暗世界的彩虹

天空渐渐暗下来,紫色的云在山上飘浮。蒙大拿州夏季的雷暴天气变幻莫测,也很危险,有时会引发森林火灾。天空开始下起毛毛雨,然后变成了倾盆大雨。

塔博在迈克尔的肩膀上发着牢骚——它讨厌被弄湿,所以他把它塞进自己的连帽衫,只把它的头露在外面。然后,迈克尔紧紧地抓住它,穿过湿漉漉、黏糊糊的草地,凯尔跟在后面。他们躲到公路的高架桥下,并在那里搭建起了一个小营地。

迈克尔收集附近能找到的所有树枝和木头,点燃了一个小火堆,然后打开沃尔特给他们买的新睡袋,吃了他做的速食三明治。塔博立刻钻到迈克尔的包里去了。

雨下了一天一夜——并不是波特兰的那种特大暴雨,却也无处可去。于是他们在高架桥下听着车流穿梭的轰鸣声,一边聊着天,一边听着远处的雷声轰隆隆地越过山岭。他们也一直喝着酒,喝到酒瓶见了底——一瓶打包的家庭装伏特加,他们准备在路上喝的。

迈克尔对他和塔博在一起的每一分钟都心存感激,塔博大部分时间都舒舒服服地裹着保暖物,在迈克尔和凯尔的睡袋之间穿梭。

"我几乎没告诉过任何人,"迈克尔说,"默瑟去世的前一晚,我待在后面的卧室里,客厅在另一边。我走向厨房,向左转,默瑟就在他的临终关怀室里。我坐在那里摆弄着什么东西,然后听到地板嘎吱作响,感觉好像有人走进了房间。我环顾四周,却又什么也没有。突然,三个影子飘了过来。我差点儿吓晕了。第一个人戴着眼镜和一顶宽檐帽。第二个人是一个卷发老太太。老太太后面是一个穿着夹克的高个子绅士。我想,他们是来告别的。默瑟第二天就去世了。"

"这太沉重了。"

"葬礼之后,我把这件事告诉了默瑟的一个姐妹,她说:'哦,那是我们的某一个叔叔,后面的是我们的妈妈和爸爸。'"

"哇……这你可说不了谎。"

"是的,这就是为什么我不喜欢谈论这些东西。多么不可思议啊。"迈克尔沉默了一会儿,"就算仅仅是谈起……我也会难过……"他颤抖着说。甚至提起默瑟的名字都感觉像是某种背叛。

在默瑟去世近十年后的今天,迈克尔又要面临失去塔博的命运,他觉得没办法摆脱这种失落和空虚。在公路下,他被噩梦所困扰。其中一个梦发生在默瑟的葬礼后不久,迈克尔独自待在圣路易斯的家中,正准备结束自己的生命。他想找个人聊聊天,于是给母亲打了个电话,啜泣着告诉她,默瑟走了。

客车和大货车从头顶上方轰隆隆地驶过,迈克尔突然浑身颤抖着惊醒。睡袋的一角被泪水浸湿了。天已经暗了下来,他意识到自己一定是睡着度过了早上和下午的大部分时间。

在高架桥下的第二天,迈克尔不停地想着发生在他身上的所有不幸,希望自己能永远消失。他呆呆地望着下着的雨,看着湿漉漉的路上映照出的一溜儿车灯,一边抽着卷烟,一边用一只手抚摸着塔博。塔博盯着他的眼睛,在黑暗中锁定了迈克尔。它从睡袋的窝

第24章 猫是黑暗世界的彩虹

里站起来,伸开四肢,然后紧紧地偎依着他。

当它挪到他的腿上,胡乱地蹭着身上的毛时,他开始哭起来。他知道,没有人能理解他破碎的心和他所感受到的空虚。这只可爱的小猫和它活泼的性格、生动的感情、真挚的友谊就像一个毛茸茸的小奶瓶,给他带来了极大的安慰——也带走了他的焦虑和阴郁情绪。没有它的温暖和陪伴,一切都将不复存在。

虽然迈克尔毫不犹豫地决定把塔博还给它的主人,但在内心深处,他在"做正确的事"和对塔博深切的爱之间挣扎不休。他再次回想起十几岁的自己把生病又饥肠辘辘的小猫带回家时沃尔特对他说过的话:"在滋养他人的同时,我们也会找到自己。"

没过多久,迈克尔就想喝点儿什么以驱散这些思绪。塔博又睡着了,他把它抱起来,小心翼翼地塞进了猫笼。他看了看正在一边听收音机一边自己玩骰子的凯尔。

他站起来,穿上连帽衫。"我需要喝点儿啤酒……去去就回。"他说着,悄悄地溜进了瓢泼的大雨中。凯尔知道,在迈克尔被黑暗情绪笼罩的时候,是没法儿跟他讲道理的。

迈克尔沿地下通道走着,希望能找到一家啤酒店,直到他看到一个巨大的水牛状的红白霓虹灯招牌,上面写着"扑克、基诺[1]和米勒淡啤"。

几个小时后,迈克尔身无分文地回到他们的营地。他花光了他

---

[1] 一种赌博游戏。

们所有的钱——整整八十美元。

第二天早上,太阳一出来,他们就起床了。天空是一片耀眼的蓝色,空气中弥漫着松树和鼠尾草的清新气息。他们一收拾好行李,就从地下通道朝着公路的坡道入口走去。他们拿出"去俄勒冈州的波特兰"的牌子,并搭上了车。一个头发蓬乱、一脸友好的年轻人停了下来,他开着一辆落满灰尘、带着华盛顿牌照的小型汽车。

"你们真走运,我要去西雅图。"他告诉迈克尔,他让他们搭车是因为他喜欢猫,之后便一路把他们带到了西雅图市中心。

在行驶了四百英里之后,迈克尔也给他讲完了关于塔博的整个故事。那个人说:"就送到这儿吧,我给你们买到波特兰的巴士票,这样对你们来说更方便。"他把车停在下一个路口,拿出手机和信用卡,给他们买了"灰狗巴士"的票。但是,到达车站后,他们才发现那个人只付了一张车票钱。

凯尔耸了耸肩,对迈克尔说:"你上车吧,我会想办法的。"他向他们挥了挥手,继续想自己要怎么回去。

迈克尔疲惫不堪,他上了车,坐到座位上,塔博坐在他的腿上。他心里很难过,但也准备好了结束他们的旅程。

第25章　漫长又蜿蜒的路

当迈克尔和塔博于6月20日抵达时，波特兰正一片欣欣向荣。绿意盎然，松树和玫瑰的芬芳令人陶醉，路边的树上挂满了水果，温暖闷热的夜晚甚至会让流浪的人也觉得自己的生活很美好。

傍晚时分，迈克尔抵达了市中心的灰狗巴士站。他神情严肃地走在这座城市里，背包上蹲着一只沉重的大斑猫。他耷拉着肩膀，眼里满是阴霾。在高架桥下感受到的那种空洞的悲伤一直在他的心里挥之不去。

最终共花了三天时间，搭了四次车，喝光了一加仑伏特加酒和几盒六罐装啤酒，他们乘坐巴士再度回到了波特兰。

他在傍晚橙黄色的灯光下漫步，一切都显得暧昧不明。波特兰市区到处都是流浪汉和瘾君子，还有追逐着玩耍的孩子们。城市的大片土地都被纸箱、帐篷和堆满东西的购物车占据了。无家可归的人在伯恩赛德桥上缓慢地移动着。

迈克尔沿霍桑大道走着，经过了艺术风格浓郁的商店、不拘一格的咖啡馆、书店和唱片行。在"十字路口音乐商店"外，一个女孩和一个男孩穿着复古的衣服，带着吉他和手鼓，正在表演独立民谣二重唱,大意是环游世界。几栋楼之外,一个颧骨线条硬朗、英俊又孤独的街头艺人正拉着电子提琴,演奏着低沉忧郁的曲子。

迈克尔顺着霍桑大道继续走,塔博骑在他的背包上,一起回到了他们在装货区旁的老地方。这是一次苦乐参半的回归。他喜欢波特兰,而他离开的唯一原因是严酷的冬天。但现在,这里污染严重,而且压得人喘不过气来。在夏季游客和友好的本地人中穿行时,他看到大多数路人仍会对着猫微笑。他在与凯尔和斯廷森一起乞讨的超市外的消防栓上发现了自己的名字。

"好了,塔博,我们到了。"当他们到达装货区时,他说道,"回到我们的第一个家了。"

看清他们在什么地方后,猫惊奇地睁大了眼睛。它从他的肩膀上蹿下去,嗅着空气,在灌木丛中徘徊,脸到处贴贴蹭蹭,以留下自己的气味,就好像在夺回它失去的王国一样。当塔博磨着爪子在枫树上标记它的领地时,迈克尔回想起那些因为它不睡觉自己也半睡半醒的夜晚,那些使人心烦意乱的路灯和警笛声,还有他们一起玩捉迷藏的方式——它以为自己已经完全藏到树后或灌木丛里了,浑然不觉还留了一截尾巴在外面。他想知道猫是否会以同样的方式回忆往事。

他拿出一罐它最喜欢的珍致牌鸡肉罐头给它,然后坐在门口抽烟。它叼了一大口放在他的脚边,让他陪着它慢慢吃,然后,它把盘子舔干净,一口也不留。它躺在他的背包上,舌头伸出来,很快就睡着了。这总是能把迈克尔逗笑。

第 25 章 漫长又蜿蜒的路

这只猫让他触摸到了另一个世界,让他在最小的事物中看到了美丽的存在。

塔博醒来后,尽管天很黑,他们还是沿着霍桑大道一路走了下去。他们找到了一些朋友,他讲了塔博的事,然后和它一起在公园里露营。凯尔发短信说他正在路上。罗恩给迈克尔发短信说,等他们回来后,他要举办一个欢迎派对。迈克尔打算等凯尔回来后和他的这些朋友一起送塔博回家。

第二天早上醒来后,迈克尔打电话给罗恩,说他们在波特兰,下午三点会去他家。然后,他带着肩上的塔博回到 UPS 装货区等待凯尔。整个上午,他都坐在那儿抽烟,为自己感到难过。塔博似乎感觉到了他的悲伤,不断地在他的膝盖上跳来跳去,坐在他旁边的背包上。上午过半,凯尔出现了,他发现迈克尔瘫坐在门口,盯着那只在他的腿上睡得昏昏沉沉的猫。它伸出一只爪子盖住眼睛以遮挡阳光,而光线在迈克尔的周围流动,就像太阳在废墟中落下一样。

"你回来得挺快。"迈克尔说。他红着眼睛,憔悴极了。

"嗯,也不算太糟。我打电话给我爸,他给我买了一张回来的车票。"凯尔边说边坐在他的身边,"你有烟吗?"

迈克尔从口袋里掏出几根抽得只剩一点儿的烟点燃,递给了凯尔。

迈克尔闷闷不乐地深深地吸了口烟。"该死的运气。"他看着一缕缕的蓝色烟雾说道，"如果我再爱这只猫多一点儿，我就得被自己气死。凯尔，如果你哪天敢这么喜欢一只猫，那么我会揍你的。"

"我会尽量记住这一点的。"

他们默默地坐着，直到塔博醒来。它伸开前爪，睡眼惺忪地眨着眼睛，懒洋洋地打了个哈欠，从他的膝上站起来。然后，它满怀期待地抬头看着迈克尔，仿佛在问："接下来咱们去哪儿？"

迈克尔把它放在地上，站起来，背上背包。"好了，塔博。"他说着把它抱起来，抱在怀里，"是时候出发了。"

塔博像一艘小型拖船一样发出低沉的呼噜声，它融化在他的胸腔里，随时准备好迎接新的冒险。迈克尔几乎感觉不到脚下的土地，他知道，他们在一起的时光将在数小时内结束。

两个人沿着霍桑大道走到了萨默斯上校公园和社区花园，然后到了老旧红砖砌成的军事纪念馆，斯廷森、"鞭子小子"、简和他们的朋友都在那里等着。塔博似乎特别高兴见到斯廷森。它跳上他的肩膀，开始拨弄他那水母一般的头发。

"我听说，你们被困在爱达荷州的沙漠里了。"斯廷森一边对凯尔说，一边把一只猫爪从头发上弄下来，把塔博抱进怀里。

"是啊。"凯尔说，"我们在路边坐了大约十二天，也没有人让我们搭车。"

"真的吗？"斯廷森大笑起来，"我以前也有过倒霉的时候，比如在犹他州，因为警察的存在，我总搭不到车，嗯，还有那糟糕的交通。但如果让我等十二天，我宁肯去死。"

第25章 漫长又蜿蜒的路

迈克尔坐到麦迪逊和鲍比旁边的草地上,身边还坐着"鞭子小子"和简。他们对于迈克尔要归还塔博这件事表示不可置信。他们都想让迈克尔留下它。

塔博是他们这个小团体的一员,是他们的"团猫"。这只积极向上的小斑猫是个巨大的精神安慰,是他们的生活中最明亮的一道光。

但时间一到,他们就都拿起自己的背包,跟在了抱着塔博的迈克尔后面。他们想要支持迈克尔,但同时也希望能参加一场提供免费食物和酒的派对。然而,在去罗恩家的路上,这些无家可归的孩子一直在试图说服迈克尔留下这只猫。

"我们现在掉头吧。"身边的斯廷森侧过头对他说,他的另一边走着凯尔、麦迪逊、"鞭子小子"、简和另一个朋友,还有三只狗跟在后面,"我的意思是说,你和它在一起生活快一年了。它基本上就是你的猫了。"

"我本可以反悔,直接说'不,我要留着这只猫',然后搭车去东海岸。"迈克尔直直地盯着前方说,"但它不是我的猫。"

"鞭子小子"走到他们的身边。"但是,'百宝箱',我们和这只猫在霍桑地区一起待了三个月。"他抗议道,"是我们一直把它带在身边,而他再也没见过它了。他不配拥有这只猫。"

凯尔试图说服他们,因为他看到他们的话让迈克尔更加心烦了。"就算现在迈克尔想留着猫,也不确定他是否可以了,全世界都知道这件事了。"他说,"报纸和电视上到处都是。"

"反正我也不能养猫。"迈克尔说,"我只是临时看管它的人,确保它能安全回家就行了。"

塔博感觉到了迈克尔的不安和它周围的紧张气氛,它不断地抬起头看着他的脸,试图找出不对劲的地方。在罗恩家几个街区外的伯克利公园附近,塔博突然把爪子伸进迈克尔的衬衫里。那一瞬间,他想起了和它一起在冰天雪地里的时候,当时他用连帽衫紧紧地围着它,从俄勒冈州出发。他觉得喉咙哽住了,但还是继续往前走。

"你总可以再救一只猫的。""鞭子小子"说,试图让他开心起来。

"不一样的。"凯尔说,"这就像是:'噢,分手而已,我还能再找个女朋友的。'但事实并非如此。"

在巴格达剧院——一家爵士时代的大型影院——的街角,他们向右拐,沿着东南第37号大道走了几个街区。在那里,街道两旁开满了鲜花簇拥的精致咖啡馆,门外放着盛满水的碗,那是给狗狗准备的。再远一点儿是一些色彩鲜艳的老式住宅,每家每户都有百叶窗、盆栽,窗台上放着天竺葵,门前是修剪整齐的草坪。

当他们离塔博家越来越近时,它把自己缩成一个小球,紧贴着迈克尔的胸口。几个流浪汉朋友拖着沉重的脚步走在后面。他们在一幢白色的两层房屋前停下脚步,房子的门廊柱子被漆成金色,半掩在一棵可爱的老杜松树后面。

对于一只神奇的猫来说,这是一座普通的房子,迈克尔想。

第 25 章　漫长又蜿蜒的路

罗恩通过窗口看到了那个衣衫褴褛的小队伍，心想："噢，不，他把他认识的人都带来了。"他只准备好了迎接迈克尔一个人的到来——而且约定时间是一个小时后。尽管如此，罗恩还是跑下门廊台阶，含着喜悦的泪水迎接了他们。"玛塔！"他喊道。

迈克尔还没来得及自我介绍，罗恩就把手伸到塔博的肩膀后面，把它抱进了怀里。

"噢，玛塔，玛塔，我的小塔塔，只希望我能，只希望我能找到你。"他对它唱着歌，把它搂在臂弯里。"这是我为它写的歌。"他抬头看向迈克尔，"猫喜欢人们对着它唱歌。"

迈克尔想，它看起来跟晕船了一样。

有那么一分钟，所有人都站在一旁看着罗恩对一只猫点头哈腰，这只猫似乎一下子被大家的关注淹没了。

在房子旁边的花园里，又有一只猫出现了。那是一只毛发光亮的长腿燕尾服猫，长着弯弯的小胡子，银色的叶形眼睛跟塔博的像极了。它的身后是一只有着鸳鸯眼的壮实黝黑的暹罗猫。但是，看到房子前面的狗时，克里托和吉姆吓了一跳，马上跑到邻居的后花园里去了。

"那只黑白猫是我的。"罗恩解释道，"它是玛塔的弟弟。"

突然，一直在罗恩的怀里扭动的塔博对他发出了嘶嘶声，从他的怀里逃走并爬上了迈克尔的腿，又爬到了他的肩膀上。罗恩看上去有点儿伤心，但这时，他的房客史蒂夫走出来看玛塔了，只见它躺在迈克尔的怀里，抖着毛发。

罗恩给他们介绍了史蒂夫，史蒂夫对每个人都笑了笑，然后出门去工作了。

"进来吧。"罗恩边说边把客人们带进那间简单整洁的屋子。迈克尔的朋友们飞快地跑到门廊前，他们的狗在后面跟着。

迈克尔仍然抱着塔博，不情愿地跟在后面。他觉得有点儿尴尬。他能说什么呢？"对不起，罗恩，这是你的猫。对不起，我把它带去了加利福尼亚和蒙大拿。"走过被茉莉花遮住的门廊秋千时，他想象着塔博、罗恩以及其他猫在温暖的夏夜里懒洋洋地躺在那里感受着这一切的样子。

罗恩亲切而轻松地招待了他们。"我买了比萨和苏打水，这样我们就可以为玛塔开个小派对了。"

一群无家可归的人和他们的三只狗冲进乳白色基调的客厅，坐在罗恩家舒适的沙发上。斯廷森盘腿坐在石头壁炉和玻璃咖啡桌之间的光滑的蜂蜜色木地板上。两只体形稍大的狗——一只棕色的杂交犬和一只灰色斑纹的斗牛犬——围着他打转。

壁炉架上的花瓶里刚修剪好的小苍兰散发出好闻的香味。风铃在打开的窗户上发出清脆的响声。客厅里挂满了猫咪主题画。银色狮子和豹子雕塑被放在一株光滑的绿色文竹下面，文竹的叶子从书架上散落下来。墙上挂着19世纪巴黎黑猫设计酒店的复刻版画，还有一张镶在银色相框里的玛塔的照片。那是它小时候的照片，它的眼睛里有着同样的银色光芒。

第 25 章　漫长又蜿蜒的路

迈克尔坐在靠窗的沙发上。"好啦。"他把塔博放在地板上对它说。它藏在他的腿下，看上去很困惑。

罗恩兴奋地忙活着，满脸笑容。他到厨房里去给客人们倒可乐，但有点儿分心，担心他的猫再也认不出他了。他很快给朋友斯蒂芬妮打了个电话。斯蒂芬妮是他的前邻居，是她在她家的门廊下发现了玛塔和它的兄弟姐妹，并领养了它们的斑猫兄弟亨利。

"快点儿来，派对的时间提前了。"他在电话里平静地说，"我觉得我有点儿恍惚了。玛塔讨厌我。还有，波特兰所有无家可归的人和他们的狗都在我的客厅里。"

罗恩回到客厅里时忘了端可乐。"说说你们的故事吧。"他说，"玛塔这段时间都去哪儿了？"

"我现在有点儿晕……无法思考。"凯尔说着瘫倒在石砌壁炉旁边的扶手椅上。"鞭子小子"坐在椅子上，鲍比坐在他的腿上；麦迪逊靠在椅子把手的另一端。

迈克尔无法回答。他盯着那只猫，拼命忍住眼泪。

斯廷森知道他的朋友受伤了，于是代替他开了口："一天深夜，我们要去霍桑大道找个睡觉的地方，就看到它躺在咖啡馆的野餐桌下。当我们看到它时，它显得有点儿害怕。我抓住它，以为它是一只流浪猫，就想着也许我那个失去了猫的朋友可能想要它。那之后，它一直和我们在一起。然后我们把它的照片发到了克雷格列表网站上，那是最常用的失踪宠物寻找网站。"

"我唯一没找过的就是这个网站。"罗恩说，"真是奇了怪了。"

这时，塔博从迈克尔的腿后探出头来，焦急地环视了一下房间，跳上正门对面壁龛里一个低矮的中世纪餐具柜。它有点儿激动地坐在那里，低头看着那两只仍在斯廷森的周围乱转的狗。

迈克尔朝它走去，站在餐具柜旁抚摸它，试图让它平静下来。

"第一周还是第二周的时候，我们和塔博一起出去玩，或者，嗯，和玛塔。"凯尔说，"我们在霍桑大道的装货区里暂住，一开始那几天晚上它总会出去一段时间，然后再回来。"

"对。"罗恩笑着说，"它是会在附近的三个街区里转悠，只是为了交朋友，认识别人。"

简加入对话："在'百宝箱'捡到它的几周后，我遇到了他们，它表现得好像就是他的猫一样。它成了霍桑大道附近的明星。每个人都喜欢它。"

"噢，玛塔，小可爱，亲爱的小兔子。"罗恩柔声对它说。

"迈克尔把它照顾得很好。"凯尔补充道，"当我们到达蒙大拿州时，迈克尔的爸爸……或者，嗯，养父，带我们去看兽医，给猫检查身体。兽医说它很健康，是只家养猫，除了有点儿蛀牙。"

罗恩转过身看着仍旧蹲在餐具柜上的猫。有那么一瞬间，他觉得如果玛塔不开心，更愿意和迈克尔在一起，他会把它送给他的。但接着，他又想到克里托有多想它、多爱它，于是他想，它只是需要一点儿时间来想起一切，然后就会再度安定下来的。

"'百宝箱'和玛塔来到这里了。"他急切地想要引起迈克尔的注意，"你告诉我，它会抓住你的胡子，然后亲你的嘴，我觉得这

第25章 漫长又蜿蜒的路

个特别搞笑。"

"它对斯廷森也这样,对凯尔也一样。"迈克尔说,视线没有离开塔博。

斯廷森笑了:"有时我醒来会发现它的爪子在我手里。"

"还有谁有什么故事吗?"罗恩问道,"我听说你们去约塞米蒂露营了,怎么样啊?"

"太酷了。"斯廷森说,他还在地板上和两只狗纠缠着,"当时麦迪逊和鲍比也在那儿。"他指着角落里椅子上的一人一狗说。麦迪逊对罗恩微笑着挥了挥手。"我们遇到了一只熊。迈克尔大叫:'有只熊。'我说:'没熊啊。'塔博和鲍比都吓坏了。最后还好熊没有吃掉我们。"

"在蒙大拿州,我们被一群愤怒的牛赶出了农场。"凯尔说。

罗恩看着房间另一端静静地站在塔博旁边抚摸它的迈克尔。"我似乎怎么感谢你也不够了。"他对迈克尔说,"谢谢你对玛塔这么好。"

"它对我也很好。"迈克尔说,并没有抬头,"我背着它走了三千六百英里,走遍了俄勒冈、加利福尼亚、爱达荷和蒙大拿。它大概只走了半英里。它就像希巴女王一样。"

"希巴女王——我喜欢这个称呼。"罗恩笑了,"这真是太好了。"他为自己那只疯狂、漂亮的猫感到骄傲。

"我从报纸上得知,它之前跑掉过一次,结果是被困在一辆汽车的后备箱里了。"斯廷森说。

"它被邻居绑架了。"罗恩告诉他,"奇怪的是,你们在6月21日,也就是今天把它带回来了。玛塔第一次失踪是在2011年12月20日,温哥华动物收容所也是在6月21日打电话来说它被找到了。可怜的玛塔,在森林里独自生活了六个月。"

"那么,它是怎么在森林里活了那么长时间的呢?"凯尔问。

"我猜,它一定是靠捉老鼠养活自己的。"

那它们一定是得了关节炎的老鼠,迈克尔在心里嘀咕。除了骚扰海鸟,以及在长草中捕获并放生了一只鹿鼠,他从未见过塔博捕猎。他无法想象它自己在荒野里能活一天。

"它竟然从郊狼、老鹰和那些鬼知道是什么的动物那里逃走过若干次,这真是太不可思议了。"罗恩继续说道,"之前有一只叫拉乌尔的黑猫住在街对面,和我的猫是朋友。它的主人搬走了,把它带回了在黄石公园的家乡。有一次,它跑出门,被一只郊狼吃掉了。她只找到了它的头。"

迈克尔打了一个寒战,他又想起了郊狼在文图拉的树下围着他和塔博的那个夜晚。它在这里肯定能过得更好,他想。

简一直安静地坐在沙发的尽头看着窗外,她发现有三辆电视台的车停在了屋外。她立刻站起来说:"我们得走了。"

其他人也纷纷站了起来,迅速朝后门走去,三只狗排成一队跟在后面。

"我只是不想和那些人打交道。"迈克尔对罗恩解释道。

塔博从餐具柜上跳下来,坐在客厅门口。它直视着迈克尔的眼

第25章 漫长又蜿蜒的路

睛,似乎感觉到他要离开它了。

那一刻,所有矛盾的情感都涌上了心头。这就像解救了一只受伤的小鸟,看到它终于痊愈,即将飞走的时候那样——虽然不舍,但这才是对的。

迈克尔最后一次抱起它,把脸埋在它柔软的皮毛里。与它吻别时,他禁不住热泪盈眶。"你要好好的,塔博。"他对着它的皮毛低声说,"我爱你。"

"嘿,你可以随时来看它的。"罗恩被打动了,"完全没问题。"

"好,我很乐意。"他说着,抬头看向罗恩,"我很快就要出城了,但我想在离开前再见见它。"

当他把它交给罗恩时,它向它的主人嘶嘶地叫了一声。迈克尔走了,克里托把脑袋伸过来,塔博也朝它"嘶嘶"了一声,然后钻到沙发底下,只露出眼睛,看着迈克尔从后门走了出去。

迈克尔和朋友们走后不久,玛塔从沙发下逃到了罗恩卧室旁的安静处——餐厅和厨房之间的小走廊上。罗恩拉上窗帘,屋里一片漆黑、宁静,这样它就能冷静下来了。他给它准备了猫奶,也做了它最喜欢的食物——加了蛋黄和维生素的碎生鸡肉,它和克里托小时候他时常这么喂它们——但这次它不吃了。

他站在卧室里,拿出一个垃圾箱,它立刻钻了进去,坐在里面伤心地看着他,又缩到更里面去,把头埋在爪子里。这是它表现出退缩情绪的方式——它为迈克尔的离去感到难过。

克里托在卧室门口转来转去,小心翼翼地嗅来嗅去。吉姆小跑着跟在它的后面，从克里托身边挤过，向玛塔走去。它满腹狐疑，想要一探究竟。玛塔站起来，吐了一口唾沫，咆哮着；吉姆大声叫了起来。它们短暂地对峙着，嘶吼了几声。

"吉姆，别这样！别这么残忍。"吉姆没来得及伸出爪子，就被罗恩抓住并推出了卧室。罗恩关上了门。

然后，他翻找着黑胶唱片。他的猫都喜欢音乐。猫对音乐的品位是一件很神秘的事，但从以前到现在，他所有家养的小猫似乎都喜欢20世纪60年代的旋律，尤其喜欢披头士。还有迈尔斯·戴维斯的《有点儿忧郁》，在玛塔和克里托小时候，每当留它们独自在家时，罗恩都会播放这首歌给它们听。

罗恩把披头士乐队的单曲《我爱她》放到唱机上。"这首歌是送给你的，亲爱的小兔子。"听到唱针和黑胶唱片接触时发出的噼啪声和轻柔的吉他声时，它抬头看着他，仿佛记忆被触动了。

克里托在床上跳着，用它那双大大的充满探究的眼睛静静地望着，呼噜着。玛塔从垃圾箱里望着它，眼里露出辨认的神情。

罗恩和克里托一起坐在床上。

过了一会儿，玛塔跳上床，没过多久就开始和身边的燕尾服小猫互相嗅着蹭对方的鼻子。然后，它看了看罗恩，似乎突然意识到它回家了。它翻过身来躺在床上，发出呼噜呼噜的声音。它终于回家了。罗恩想让大家知道这个好消息。他从短裤口袋里掏出手机，拍下一张玛塔四肢伸展躺在床上的照片，贴在脸书上：

第 25 章　漫长又蜿蜒的路

失踪：2011年12月20日。找到：2012年6月21日

失踪：2012年9月1日。找到：2013年6月13日

感谢上帝，幸好有宠物微芯片。

他看着两只猫依偎在床上，心想，这是他一生中最美好的夏天。然后，他又贴出了一张玛塔和克里托的旧照，照片里的两只猫正从花园里的红玫瑰丛下盯着镜头看。他快速地打了另一行字：

玛塔·海利、克里托·冯·布鲁瑟和我，感谢大家为它的平安归来所做的祈祷和亲切的关怀。我们三个又团圆了。

第 26 章　重逢波特兰：喜悦之情

塔博再次成为玛塔的九个月后，迈克尔再度回到了波特兰，这次他是乘火车回来的。2014年3月，他和沃尔特在蒙大拿州度过了一个冬天，然后回来与凯尔和他的两个室友合住。他在那栋破旧的房子里挑了一间摆放着破旧家具的房间，还有一个长满了杂草的野花园，里面住着一整个浣熊家族。但是，这个地方很平静，很适合重新开始一段生活。

然而，迈克尔到达波特兰后做的第一件事是直接去塔博住的东南第37号大道拐角处的那座房子。才走到半路，他就看见它懒洋洋地躺在野餐桌上，沐浴在阳光里，爪子胡乱地抓着天空，雪白的虎纹毛皮在晨光中闪耀。

它朝他的方向望去，目不转睛地盯着他，他可以看到它的耳朵正前后颤动着。

"塔博……塔博。"他大声喊着，一走到拐角处就吹了声"塔博专用口哨"。它跳下桌子，喵喵叫着向他跑来。

他还没来得及放下背包，它就跳上了他的肩膀，就像以前总带着一声小猫的"呼哧"声跳上去那样。热泪顺着他的脸滑下来，它轻轻地碰了碰又舔了舔他的脸颊，还在他的下巴底下蹭了蹭，呼噜呼噜地叫着。他高兴地哭了，因为它没有忘记他。

他像抱婴儿一样抱着它，低头看着它，它沐浴在阳光里的银绿色眼睛闪烁着宝石般的光芒，他认为它是世上最美的生物。

一年前，在把塔博还给罗恩之后的两个星期里，迈克尔喝得酩酊大醉。在许多个泪流满面的失眠之夜，他就坐在他们在UPS装货区的老地方，想象着它从灌木丛中突然蹿出来，一边叫着一边将尾巴翘到空中的画面。

虽然仍然很想它，但他熬过了那段黑暗的时光。它丰富了他的生活，也改变了他——他更加冷静，对待自己和这个世界也更加平和了。

迈克尔坐在前院草坪的野餐桌旁。塔博直接跳到他的膝盖上，轻轻地叫着，蹭着他的肚子。他注意到它还戴着自己给它买的红橙格子的狗项圈，但它的心形标签已经换成了新的铜制名牌。它又变回了玛塔·海利。

它的同胞弟弟克里托从花园里火橙色的野花丛中看过来。它的身边还有一只小猫，那是一只黄眼睛的橙、棕、黑三色相间的斑点猫。它的眼睛、四肢和皮毛都像蒲公英一样纤细。随着一声尖厉的叫声，这只小猫咪跳上了迈克尔身边的长椅，把玩着他的包带。塔博舔了舔小猫咪的头，伸出一只爪子护着它的脖子，因为它也慢慢地爬上了迈克尔的膝盖。

迈克尔猜，罗恩又养了一只猫。他简直不敢相信，在弄丢了塔博两次之后，罗恩竟然又养了一只猫。虽然见到塔博令他很开心，但他很惊讶罗恩居然还敢让它在外面溜达。

身后一个声音响起："它的名字叫'谜'。"

迈克尔抬头看向史蒂夫站着的门廊，认出了他。送塔博回来的那天，他们曾在罗恩家门外短暂地打了个照面。史蒂夫盯猫盯得很紧，可能以为迈克尔是来把猫抓回去的。

"我只是来跟塔博打个招呼。"迈克尔疲倦地说。他估计眼前这位罗恩的年轻情人，或者随便他是谁，会拿出餐具朝他扔过来。

史蒂夫笑着说："它是新来的。有人搬走了，把它留在了一座空房子里，所以我把它作为吉姆的妹妹救了出来。"

坐在长椅上的迈克尔笑了笑，把塔博放回野餐桌上晒太阳。他站起身准备走，但又转过身往回看。塔博跟在他的后面，而那只斑点小猫跟在它的后面。但史蒂夫光着脚追上它们，把它们都抱在了怀里。

看到塔博开心地过着它习以为常的生活就够了。

第 27 章　离天堂最近的地方

第二年秋天，2015年10月15日，早上七点刚过，迈克尔站在萨默斯上校公园旧军事纪念馆前的草地上，对面是十几个无家可归的孩子。斯廷森现在已经不流浪了，他在一家亚洲食品厂里工作，和女朋友住在一起。"鞭子小子"和简也开始了新工作，在他们自己的公寓里幸福地安顿下来。但外面还有很多孩子过着艰苦的生活，和迈克尔一样，他们也有烦恼和失落，他无法对此视而不见。

距离把塔博还给罗恩已经过去两年三个月加三个星期了。现在，当谈论起那只猫的时候，他还是会笑着流泪，不过他总是能控制住自己的情绪，并用一些观点总结："人活着总要有点儿念想。"

但是，今天，迎接形形色色的人参加"707聚会"时，他感觉很好。"早上好。"迈克尔扫了一眼流浪孩子们的脸说。

两年前，在归还塔博后酗酒的那段时间里，有一天，迈克尔站在霍桑大道的一家酒铺外，等着它早上七点开门。跟他一起等着的还有一群醉鬼和瘾君子，气氛有些严峻的惺惺相惜。门一开，他们就拖着脚走进去，纷纷买了各自能承担得起的酒，准备喝个烂醉。

不过那天，迈克尔提议他们做一些和往常稍微不同的事情。他建议，喝完酒后，他们步行到附近的休厄尔峰公园，坐下来一起聊聊天。每个人都可以喝酒逃避，但分享一下彼此的故事也许也会有帮助。这就是707聚会的由来：在上午七点酒馆开始营业后举行，从卖酒的地方步行到公园里的露天看台需要七分钟。迈克尔每星期都会在城里举办一次聚会。这让他找到了生活的意义和目的所在。

公园里二十岁出头的流浪孩子们大都瘦骨嶙峋，衣衫褴褛，看起来弱不禁风，抽着烟，身边的纸袋里放满了罐装啤酒或喝剩下的麦芽酒。他们中的许多人来自不稳定的缺乏关爱的家庭，随着季节的变化，他们沿着西海岸南北迁移。他们中的一些人认为自己是被遗弃的人，但仍然渴望归属感，他们在和自己有着相似处境的人群中找到了家庭和集体的感觉。他们进进出出一家又一家店，成群结队地行动，分享着食物、酒水和香烟，互相看管彼此仅有的财物。

迈克尔对他们中的大多数人都很了解，通常在聚会开始的时候，他会与每个人分别交流。"肖恩，你最近怎么样啊？"他问一个头发乱糟糟、留着棕色刘海儿的瘦长男孩，"跟你妈妈谈过了吗？"

当肖恩承认他已经有一段时间没和母亲说过话后，迈克尔递给他一部"即付即用"的手机，那是几年前沃尔特给他的。现在它旧了，屏幕也裂了，但仍然能用。肖恩过去曾借它来打电话给母亲要钱，但现在迈克尔想让他打过去跟她单纯地说说话，什么也不要。

"打吧。"迈克尔把手机递给他，"只是跟她聊聊天。"

肖恩拿着手机走远了。小组中的其他人谈了自己的问题。迈克尔分享了一些自己的感受，但他没有提到塔博。

第 27 章 离天堂最近的地方

在过去的几年里,他偶尔会去罗恩家看它。他会站在人行道上,喊出它的名字,吹一声"塔博专用口哨",然后放下背包。它则会跑下门廊台阶,跳上背包,使劲蹭着它。

但就在刚刚过去的春天,在九个月没有见到它之后,他意识到有些事情发生了变化。当他到达时,它正在前院的草地上溜达,然后小跑着奔向他。他原以为会受到一如往常的热烈欢迎,但它无动于衷,只是盯着他看。然后它爬上门廊的台阶,用爪子打开纱门,迅速地回到屋里了。

迈克尔几乎能听到它的想法:"你别想再带我去爱达荷州来一次四千英里的公路旅行了。"那一刻,他为它不再需要他而感到难过,但也为它在家里的安全和满足感到高兴。

在公园里,迈克尔鼓励一个海洛因毒瘾患者去美沙酮诊所,告诉一名冰毒上瘾者要尽量用大麻和酒精替代。迈克尔明白他们的问题不是一时就能解决的。人们信任他的一部分原因是,他的境况不比他们好多少:他仍然酗酒,仍然流浪。但人们来是因为迈克尔真正地关心他们。

中午过后,一辆当地福利机构的车停在纪念馆前,像往常一样分发免费食物。那些志愿者——其中很多人自己就是无家可归者——给公园周围的流浪者分发咖啡、三明治、薯片、苹果和香蕉。

和他的伙伴们共进午餐后,迈克尔说自己该走了。空气清冽,天气逐渐变冷。那天下午,他即将离开波特兰,去温暖一些的地方。他的口袋里只有不到十美元,只够买一张当地巴士或火车票——但足以让他重新上路。

后记

2013年6月20日，我正在搜集一篇文字资料，一个标题——"流浪汉跑了三千六百英里，把猫送回家"——引起了我的注意。读了这个流浪猫和流浪汉穿越美国的故事后，我就知道，我必须要找到这个人。他的故事充满了爱和失去、冒险和神秘，以及温情。

首先，我给迈克尔·金的养父、住在蒙大拿州海伦娜的沃尔特·埃伯特打了电话。我告诉沃尔特，我想写一本能帮助迈克尔改变命运的书。

他只是笑着说："祝你好运。多年来，我一直想把他从流浪生活中救出来，但最后还是放弃了。迈克尔花钱如流水。他心地善良，但是个酒鬼。"那时迈克尔正搭便车回波特兰，在把猫还给原主人的路上。但沃尔特说，如果联系上了他，会把我的信息传达给他的。

随后我联系了住在波特兰的罗恩·巴斯。就在同一天，迈克尔正带着猫搭便车回去，他给我打了电话，向我这个陌生人敞开心扉，说送回塔博是他做过的最艰难的一件事。三周后，当我在波特兰见到他时，他看上去很沮丧，一提到塔博，他那双深蓝色的眼睛就模糊了。

从那以后，我就一直关注着迈克尔和玛塔的生活，并为写这本书采访了迈克尔、他的流浪朋友们以及罗恩。2014年5月，迈克尔邀请我到蒙大拿州和沃尔特见面。凯尔当时也在，他和迈克尔计划去蒙大拿州露营，因为他们上次和塔博的旅行被缩短了。

我和他们三个人坐在厨房里，问迈克尔是否还在喝酒。他沉默了一会儿，然后说："还喝着呢，不过几乎都是啤酒。在寒冷的商店门口睡觉会让人觉得不舒服。我不想失去塔博，所以我得缓和一下。"

看到迈克尔心烦意乱，沃尔特讲述了自己作为一个酗酒者的心路历程。"戒酒并不容易。"他说，"当你对一蹶不振的状态感到一蹶不振时，也许就会想做点儿什么了。我把酒装成半加仑一瓶，分别放在车库、树桩和厨房的窗台上。所以，就算是出去除草的时候，我也有酒喝。直到有一年夏天，我看着镜子里的自己，然后打电话给朋友，说：'够了，我受够了。'我去州立医院看病，在去的路上还喝了半瓶。下车后，我把酒藏在停车场的一棵树下。也就过了五分钟，我觉得我得喝点儿酒，然后就从医院的候诊室里出来找它，却发现它已经被人偷了，我简直气疯了。

"所有人都经历过那样的时刻。别人无论说什么都没有用。就像我的朋友乔·马丁前辈说的：'我们这些人一辈子都不会清醒。'"

2015年夏天，我再次去波特兰拜访迈克尔、罗恩和玛塔。我在萨默斯上校公园里见到了迈克尔。彼时的迈克尔有了一种全新的使命感，他把关注霍桑区流浪儿童和离家出走的年轻人视为自己的使命。

他仍然酗酒，并与抑郁症作着斗争。他最近刚从蒙大拿回来，花了五个月的时间在那儿照顾病重的沃尔特，以及照料沃尔特的猫——格斯，还有沃尔特救助的另一只猫。"沃尔特收养了一只叫温妮的黑白色小猫，它之前被一只狗袭击了。"迈克尔解释说，"前几天，我和沃尔特谈过我要不要放下这边的聚会。他想让我在海伦娜退休，但我不知道在那里我要做什么。如果可以的话，我想在波特兰定居。"

照看沃尔特的时候，他清醒又理智，但一回到波特兰，他就回归了流浪生活。"我累了，这辈子也就这样了。"他讲述了去年10月他是如何尝试着戒酒的，"我去了俄勒冈州姊妹城的森林里，在那里待了两天，病得像条狗一样。我回顾了过去五年的种种，然后就彻底戒掉了。我不想再做那个在小巷里瞎转悠、不知道自己在哪儿的人了。也许我会去参加培训当护工吧。我照顾过默瑟，还有我病重的父亲。"

但是，迈克尔还需要十八个月才能完成康复治疗。某天，他突然意识到他的许多朋友不是死了就是进了监狱，这让他深受打击。他终于"对一蹶不振的状态感到一蹶不振"了，就像沃尔特说的那样。他意识到自己需要做点儿什么了。

迈克尔也知道他流浪的日子屈指可数了。五十岁是个转折点，他表示。"我不能再做一个海滨狂热分子了。我厌倦了太阳。"但他经常回想起自己和塔博在文图拉的海滩上的日子，那是他最快乐的时光之一。与琳达·塔博——那个经常给他和塔博买食物的好心捐助者——的相遇也是一段伟大友谊的开始。他们仍然会通过沃尔特家的地址互相写信寄给对方，迈克尔每次去加利福尼亚都会去拜访她。

迈克尔、凯尔和他们的朋友还是会想念塔博，那个夏天，正因为有了它，他们的友情才会变得更紧密。它的精神和能量无处不在，斯廷森、凯尔或其他孩子都熟知它在某处的事迹，或在公园里，或在某家店门口，或做了什么有趣的事情。

凯尔表示，迈克尔从来没有真正摆脱失去猫的痛苦。"我们把塔博送回去后的第二天早上，他又独自去和它告别了。罗恩给了他一点儿钱作为感谢，但他自己一分也没留。回到住处的时候，他沮丧极了，眼睛里含着泪，把弄皱的二十美元钞票扔给了其他人。"

迈克尔耸了耸肩，笑了。"我想我爱上了一只猫。"他说。有一段时间，它是他的全部幸福，但现在回想起来，他觉得捡到那只猫又把它带回罗恩身边仿佛是命中注定的。

凯尔和朋友们合租的房子被拆后，他又回到了无家可归的状态。当我问他下一步打算干什么时，他闷闷不乐地耸了耸肩。"在寒冷的商店门口醒来，感觉自己一事无成，这可真不浪漫。"和朋友们分开后，他这么说道。但同时，他也表示，如果找到了兴趣所在，他希望能回学校继续上学。"我不想活到四十岁，然后等死。

但直接回归社会又让我感到紧张。"

当我去拜访罗恩时,他邀请我进去看猫。他打开卧室门,向我展示了玛塔最喜欢待的一块地方。屋子里正放着披头士的那首《挪威的森林》,在阳光照射下的梳妆台上,玛塔正和那只名叫"谜"的斑点小猫依偎在一起,"谜"现在已经非常成熟而且漂亮了。

玛塔从梳妆台上跳下来,跑到我的跟前,抓着我的腿,仿佛在和一位老朋友问好。罗恩说:"玛塔变成了一只沙发猫,不像以前那样喜欢出门了。"

在房间外的后花园里,罗恩大声地叫着克里托的名字。它正在邻居家的小棚屋顶上晒太阳。不远处,巧克力色脑袋的暹罗猫吉姆正玩着玫瑰丛下面的泥土。

6月的一天,天气晴朗,微风习习,罗恩觉得是个带猫去海边的好时候。在去索维岛的路上,两只猫都像老练的旅行者一样安静地坐着。玛塔跳上我的腿,就那么坐了下来。它显然很喜欢公路旅行,不停地转动着小脑袋,一会儿看看前面的道路,一会儿从侧窗口欣赏飞驰而过的景色。

罗恩带我们来到海边一个靠近灌木丛的僻静地方,那里不允许狗进入,我们在一条铺开的毯子上休息。玛塔窝在我们中间,克里托躲进了身后的灌木丛。

我们坐在那里,吃着蔬菜三明治,喝着根汁汽水,看着落日和岸上的人们。一只脏兮兮的黑色小猫突然嚎叫着出现在灌木丛中。它看到这里有其他的猫和食物,便温顺地走近我们,喵喵地叫着。

这个小可怜有一双大而悲伤的眼睛，眼睛占据了大半张心形的脸，尖尖的耳朵和爪子对它瘦骨嶙峋的身体来说太大了。这个饥饿的小家伙显然是被丢在树林里自生自灭了。它看上去很疲惫，但绝望和饥饿感也助长了它的勇敢。当我叫它时，它马上就走了过来，狼吞虎咽地吃下了两罐希宝牌猫罐头，一罐吃完马上又吃另一罐，还喵喵叫着要更多。玛塔和克里托目不转睛地盯着它。玛塔似乎在为它感到难过。

"咱们得帮帮它。"看着它把最后一罐希宝牌猫罐头舔得干干净净，然后大口地喝着水，我对罗恩说。

"噢，这是肯定的。"他答道，"可怜的小家伙，它在这里肯定活不久，周围全是郊狼、鱼鹰和猫头鹰。"

大约有一个小时，罗恩留我和猫待在一起，他走到海滩上到处问有没有人认识这只小猫。回来后他说："我问了这里能见到的每个人……大约有五十个吧，只有一个人说他见过一个上了年纪的男人带着一只黑色的小猫来，却是独自离开的。我想，咱们得带它一起走……怎么做才好呢？"

"咱们不能吓到它。"我说，并打开一罐金枪鱼罐头放到玛塔的笼子里。那只小猫很主动地走了进去。罗恩关上它身后的笼门，它转过瘦骨嶙峋的身体回头看了一眼，就继续吃了起来。

吃完后，它从笼里探出头来，用小胡子蹭着我们的手，一直大声地呼噜着。我轻声跟它说话，它伸出一只皮包骨的爪子碰了碰我的脸。它爪子上的小肉垫已经快磨秃了，很可能是因为在炽热的沙滩上走了太久。

罗恩提起笼子，我们朝停车的地方走去。我在他们身后的沙滩上绊到了其他猫的皮带，一边被拽向相反的方向，一边努力地往前跟上大部队。克里托高高兴兴地走在回家的路上，但玛塔还没准备好离开海滩。我只得抱起一边扭动一边尖叫的它回到车上。

当罗恩把装着小猫的笼子放在后座上时，克里托跳了进去，坐在一旁。罗恩看着我说："你知道吗，我们差一点儿就没来这里。我本来想的是去公鸡石州立公园的，但最后改了主意，我想应该带你来看看这个地方。这大概是命运的选择。我们救了它，也是玛塔救了它。"

他给它起名叫索维，并把它带回了家。第二天早上，他带它去看兽医，兽医说它大约四个月大了，严重脱水，可能已经有十到十五天没吃东西了。罗恩坚信遇见它也是命中注定的。

接下来的周末，罗恩在索维岛的杂货店和海滩旁的树上都贴了"捡到小猫"的海报，但是没有人来认领，所以索维也成了罗恩的猫家族的永久成员。

就像罗恩说的："这是奇妙故事的完美结局。"

作者手记：救助代替购买

我希望《请带我回家》这本书能激励你去帮助任何你在路上遇到的流浪动物。

我们对待无发言权者和弱势群体的方式反映了我们作为一个社会群体的尊严——虽然我们对待某些动物的态度在过去的几十年里有所改善，但我们还有很长的路要走。这个国家的收容所里满是被遗弃的动物，有七千多万只流浪猫在街上游荡，忍受着痛苦和饥饿。

无家可归是对动物判的死刑。在美国，每年有近八百万只流浪的、被遗弃的和遭受虐待的猫狗进入收容所。[1] 一些较为幸运的被领养了，少数与家人团聚了，但大多数都活不了多久。令人震惊的是，在被送进收容所的猫狗中，有70%最终会被杀，恐怖的是，有时还会当着其他动物的面被杀——许多公共收容所发现，对健康、可领养的动物实施安乐死比救助它们要容易得多，而且救助

---

[1] 美国防止虐待动物协会：http://www.aspca.org/animal-homelessness/shelter-intake-and-surrender/pet-statistics.——原书注

它们每年要花费纳税人大约20亿美元。[1]通过调研，我发现，没有母亲的小猫被杀死是种默认的规矩，因为大多数收容所不想浪费资源来照顾它们。每种动物都是珍贵的，它们所需要的只是一个被救助的机会。正如伟大的动物权利作家马修·史卡利在他那本夺人眼球又感人至深的著作《统治：人的力量、动物的痛苦及呼吁慈悲》中的有力表达：没有任何动物、家畜或野生物种本应受苦，本应被剥夺"世间属于自己的一点点幸福"。那些成功的庇护所，例如"最好的朋友动物协会""北岸动物联盟"和"NKLA（洛杉矶不杀生）"，它们长期以来都奉行不杀生原则。

如果你想给家里添上毛茸茸的一员，请收养，不要购买。把一只猫或狗从黑暗和不确定的未来中拯救出来——永远不要从饲养机构或宠物商店购买，这将导致宠物数量过多，并让小猫和小狗在人工养殖场遭受无法承受的痛苦。许多人没有意识到的是，当他们从宠物店或网上买一只猫或狗时，那只动物最有可能来自一家人工小猫或小狗养殖场——也就是"工厂化农场"——小猫、小狗的母亲被迫不停地生育，直到死亡。而那些小猫和小狗通常也体弱多病，感染了各种疾病，生活在肮脏、拥挤和糟糕的条件里。

这种残忍且不人道的高达数百万美元的贸易行为是一个世界性问题，而结束这种交易的唯一办法就是人们完全停止购买动物。与此同时，根据美国人道协会的数据，只有大约30%的宠物来自收

---

[1] 据AmericanHumane.org网站统计，大约71%的猫和57%的狗进入收容所后被杀。——原书注

容所或救援机构。[1]在这场持续的危机中，没有一家饲养商是负责任的，有的只是程度各异的贪婪和残忍。即使你对某一特定品种（例如缅因或暹罗）心有所属，也要去收容所、避难所或救援机构看看。那些地方有各种品种的动物急需一个温暖的家。每当有人从宠物店或饲养商那里购买一只宠物，就等于同时杀死了一只原本可以被拯救的动物。

如果这些失去自由、或面临被杀害命运、遭遗弃的动物的数量多到令你不安，那么我建议你也为此出一份力。我们都可以改变无家可归的动物们的命运：捐助当地的慈善组织或人道主义协会；买一些动物床、食物和玩具；参加培训和志愿活动；帮助你家门口那只饥肠辘辘的小可怜；饲养、阉割、照料你所居住的社区附近的野生动物群，它们的生存依赖于我们的同情心（AlleyCat.org 是一个非常棒、非常有用的资源网站）。

一直以来，是无数个人的微小行为和点点善意影响着这个世界。

---

[1] 美国人道协会：http://www.humanesociety.org/assets/；facts-pet-stores-puppy-mills.pdf——原书注

致谢

我要感谢迈克尔·金和罗恩·巴斯的慷慨帮助,还有他们身上精彩卓绝的故事、深刻的智慧和幽默,以及面对没完没了的采访的耐心。如果没有他们的慷慨和仁慈,我就不可能完成这本书。沃尔特·埃伯特、凯尔·布雷肯、乔什·斯廷森、琳达·塔博、凯瑟琳·金、泽维尔·阿蒙德、罗克韦尔·米尔斯、布鲁斯·阿姆斯特朗医生、玛蒂·帕克、阿尔·克诺伯和迪伦·布朗,感谢他们所有宝贵的贡献。感谢玛塔·海利、克里托和索维带来它们那些不可思议的冒险故事以及作为猫的魅力。

我要感谢我那了不起的经纪人邦妮·纳德尔,她给予了《请带我回家》无限的信任,很快就为它找到了阿特里亚出版公司。一直以来,她倾其所能地给予我智慧和指导。我要特别感谢约书亚·戴维斯,感谢他最初将《请带我回家》刊登在《史诗杂志》上,感谢他对迈克尔、玛塔和罗恩的故事的热衷。他还提供了诸多修改建议,并将我介绍给了他的经纪人邦妮。感谢斯蒂芬·埃利奥特和哈利·斯普利策分别对《史诗杂志》上刊登的原文进行加工和资料核对。

致谢

我还要感谢我杰出的编辑莱斯利·梅雷迪斯,她从一开始就喜欢这个故事。感谢她阅读并细致地修改了本书,直到它精确地定稿,她大大地改进了它。她不断地鼓励我更努力、更深入地挖掘故事。她对猫的喜爱和理解也是一份令我意想不到、受宠若惊的礼物。

我非常感谢我的新编辑简泰格·库皮亚,感谢她在最后的加入。她的思考和见解,以及对我的包容、对我的想法的满足,都帮助我们最好地传达了这个故事。我要感谢帕特丽夏·卡拉汉,她敏锐的文案编辑能力和建议使每一页文字都得到了改善;同时也感谢产品编辑马克·拉夫劳。我还要感谢艺术总监阿尔伯特·唐,感谢他的完美主义;感谢莱斯利和简泰格可爱的助理们——娜塔莎·罗德里格斯、梅兰妮·埃格雷西亚-皮瑞兹和劳恩·勒;感谢阿特里亚公司才华横溢的出版团队,感谢他们的专业技能和热情,感谢他们把《请带我回家》带给世界。

感谢提扎诺·尼洛,感谢他坚定的爱和鼓励、深刻的见解、偶尔刻薄得滑稽的点评,以及为《请带我回家》拍摄的精彩的图书预告片。还有凯文·格雷迪,这位亲爱的老朋友、获得两次艾美奖提名的创意总监,感谢他设计出的漂亮封面和展现出的天分。无尽的爱和感激送给我的好朋友们,感谢他们的支持和幽默感:斯图尔特·布拉泽顿、克里斯·布洛克、克里希·艾蕾、茱莉亚·斯奈尔、大卫·加纳、希柏·尼克·吉尼亚、卢多维卡·尼洛、史蒂文·卢德温、马里昂·麦克寇尼、哈里特·格林、莎朗·沃克、卡罗琳·卡朋特、马克·沃克、道恩·查普曼、吉尔·斯塔雷-古兰格、珍妮弗·约翰逊、莎伦·帕汉姆、特雷弗·鲍文、斯蒂芬妮·西奥博德和芭贝特·库里克——特别要感谢维多利亚·克拉克和贾斯敏·纳伊姆,他们曾无数次无私地阅读我的手稿,估计把他们弄疯了。

还要特别感谢杰弗瑞·毛塞弗·马松为《请带我回家》写的序言,同时也感谢他为社会的弱势群体发出了无畏而铿锵有力的声音。他充满激情又饱含深思的关于动物的复杂情感的著作为我提供了太多的快乐和灵感,并提醒着我们,猫、狗、牛、猪和其他动物的脆弱教会了我们谦卑、正派,以及拥有无限的爱——这些恰恰是世间真正重要的东西。

我很荣幸也很感激能认识安德鲁·泰勒、西莉亚·哈蒙德、弗朗西斯·巴蒂斯塔和迈克尔·芒廷,他们倾尽一生救助动物,为它们争取权利,使它们得到应有的尊重、同理心和尊严,免于遭受人类一时兴起的消费。他们对这份事业的深切认同和坚忍不拔的精神持续地激励着我。

最后,感谢博比·西尔,我六岁大的精神支柱,它活泼可爱,有一双红润的眼睛,是一只爱生活和爱人类的甜心猫。2009年9月23日,它在伦敦被一群十几岁的暴徒残忍地杀害了,他们把它当成玩物,供自己的斗牛犬亵玩。博比的惨死彻底触到了我的痛处,促使我更加努力地为被虐待、被遗弃和遭受苦难的动物抗争。

感谢所有曾陪伴过我的猫:塔卢拉、伊迪·塞奇威克、可可、迪伦、哈罗、牧师巴鲁、皮格茜、泰德、莫格丽、白巴鲁;还要特

致谢

别感谢哈尼，我那只从癌症中幸存下来、漂亮可人的姜色缅因猫，它比我见过的任何生物都更有个性。它们让我知道了道德存在的意义，给我带来了数不尽的欢乐，并在我的心里留下了各自的爪印。

我非常感激我现在的小野猫萝拉、吉米·恰姆贝拉、沙都、史蒂夫·泰格菲斯·赖特和小默尔兹克·梅尔卡特，它们分别用自己的方式在《请带我回家》里留下了印记。我对每只小家伙都充满了爱和崇敬，用我最喜欢的作家查尔斯·布可夫斯基的话来说，就是："我认为，世界上应该到处都是猫，到处都是雨，这样就够了，只有猫和雨，雨和猫。"

关于作者

布里特·科林斯是一名英国记者,为《卫报》《星期日泰晤士报》《独立报》《时尚芭莎》《康泰纳仕旅行者》(英国版)和亿万富翁网(Billionaire.com)撰稿。从纳米比亚的大型猫科动物和狒狒,到内华达的野马,她在世界各地的动物保护区进行志愿工作,为《卫报》和《星期日泰晤士报》提供灵感。在为英国小报《星期日人民报》撰写的文章中,她通过调查动物虐待事件为许多国际慈善机构筹集了数十万美元。作为一名活动家,她帮助叫停了引起争议的实验室动物饲养行为。她和她的猫们现居伦敦。